KB075868

청년 주부 구운몽

청년 주부
구운몽

강선우
장편소설

고즈넉
이엔티

청년 주부 구운몽

초판 10쇄 발행 2024년 11월 22일

지은이 강선우
펴낸이 배선아
펴낸곳 고즈넉이엔티

출판등록 2017년 3월 13일 제2022-000078호
주   소 서울특별시 마포구 성지1길 35, 4층
대표전화 02-6269-8166 **팩스** 02-6166-9199
이 메 일 gozknockent@gozknock.com
홈페이지 www.gozknock.com
블 로 그 blog.naver.com/gozknock
페이스북 www.facebook.com/gozknock
인스타그램 www.instagram.com/gozknock

ISBN 979-11-6316-488-3 03810

표지 일러스트 나예(Naye)

단언컨대,
그것이 지푸라기든 보푸라기든
찾아내어 잡고 물고 늘어지는 것이
청춘의 일일 것이다.

목차

1
청춘의 일

검은 선글라스를 끼고 조수석에 앉아 꾸벅거리던 재영이 턱 밑까지 흐른 침을 손등으로 문지르며 고개를 들었다.

"라디오 볼륨 줄여."

"네 손은 바쁜가 보다?"

운전 중이던 강서가 재영을 흘겼다.

재영은 분홍빛 찬란한 쥬얼리 박스를 품고 있었다. 계획대로라면 쥬얼리 박스는 연우가 안고 있어야 했다. 고사리 같은 연우의 손이 열쇠를 돌려 분홍 서랍을 열고, 랜덤으로 나오는 장난감 쥬얼리들을 보며 손뼉을 치고 있어야 했다. 강서는 재영을 흘길 것이 아니라 엄마 짱! 외치며 엄지손가락을 들어주는 연우에게 환한 미소를 지어 보이고 있어야 했다.

보이지 않는다고 강서의 목소리에 실린 서늘함을 재영이 모를 리 없다.

"연우한테 미안하다고 전해줘."

재영은 모기만 한 목소리로 내뱉고는 더듬더듬 볼륨 버튼을 찾아 눌렀다.

검은 선글라스와 눈꺼풀의 이중막 뒤로 숨은 재영의 수정체는 탄력을 잃었다. 수정체는 본디 유연한 탄력으로 가까운 곳을 볼 때 두꺼워지고 먼 곳을 볼 때 얇아지면서, 거리에 따라 사물에 정확한 초점을 맞추는 일을 한다. 그러나 탄력이 저하된 그녀의 수정체는 역할에 충실하지 못했고 삼십 대 중반에 노안 수술이라는 걸 하기에 이르렀다. 실로 안타까운 일이 아닐 수 없었다.

친구의 노화된 수정체 사정을 헤아리지 못할 정도로 그녀들의 우정이 얕은 건 아니었다. 강서의 신경이 뾰족해진 건 재영의 변덕 때문이었다. 혼자 택시 타고 갈 테니 연우한테 가봐라, 하더니 비가 와서 택시가 안 잡힌다고 안과 앞으로 데리러 와라, 하더니 차 막히니까 오지 마라, 하더니 차 막혀서 택시비가 많이 나올 거 같다며 데리러 오라는 거다. 이랬다저랬다 하는 재영 때문에 갈팡질팡한 시간이 아까웠다.

여섯 살 나이에 어울리지 않는 참을성을 지닌 연우와 달리 재영의 참을성은 서른다섯이라는 나이가 무색할 수준이었다. 그러니 강서의 선택지는 하나였다. 재영을 태우고 연우에게로 가는 것.

강서가 몇 번의 유턴을 거듭한 끝에 안과 병원 건물 앞에 당도했을 때 재영은 차 문을 열며 말했다. 택시비 굳은 김에 연우 장난감이라도 사야겠다고. 아이들 옷과 장난감 사는 데 돈 쓰는 게 세상에서 제일 헛된 일이라고 외치는 재영의 입에서 그런 말이 나왔다는 건, 본인도 엄청 미안해하고 있다는 방증이기도 했다.

비 오는 금요일 밤.

예상을 뛰어넘는 교통 체증으로 사십 분째 뉴타운 사거리 일대를 벗어나지 못하고 있는 차 안에서 강서는 연우에게 전화를 걸었다. '엄마가 미안해'로 시작해야 하는 대화는 정말이지 하고 싶지 않았는데. 몇 번의 연결음 끝에 휴대전화 너머에서 정심 씨의 목소리가 들려왔다.

"연우는?"

"일찍 잠들었어."

"왜? 어디 아픈 건 아니지?"

"박물관 견학 갔다 왔잖아. 많이 피곤했던 모양이다. 오늘 안 와도 돼."

"알았어. 그럼, 주말에 갈게."

강서는 안도하며 짧은 안부 몇 마디만 나누고는 전화를 끊었다. 동시에 꽉 막혀 있던 사거리에서도 벗어났다. 강서의 차에 속도가 붙기 시작했다. 저만치 보이는 신호등의 주황빛이 점멸하고 있다. 강서는 엑셀을 밟았다.

끼익―!

엑셀에 올려져 있던 강서의 오른발이 브레이크로 순간이동을 했지만 늦었다.

한 남자가 허공으로 붕 떠오르더니 멀찌감치 내팽개쳐지는 모습이 강서의 동공에 박혔다.

***

운몽의 콧구멍이 실룩거렸지만 아무도 눈치채지 못했다. 응급실은 분주했다. 여기저기서 삐삐― 울어대는 기계음들과 뒤엉킨 발자국 소리가 빚어내는 부산스러움에 운몽의 의식이 서서히 기지개를 켜기 시작했다. 그러다 번쩍하고 정신이 든 것은 은은하게 풍겨오는 장미향 때문이었다. 강서의 클러치백에서 뿜어져 나오는 로즈머스크 향이었는데 운몽은 천국의 향기라고 확신했다.

서른 해. 운몽의 삶은 지난하고 팍팍했다.

짧지도 길지도 않은 시간을 살면서 운몽에겐 숱한 시련이 있었다. 그렇지만 타인의 삶에 민폐를 끼친 적 없고 미풍양속을 저해한 일도 없으며 이 나라 이 사회에 큰 보탬이 된 적은 없지만 딱히 손실을 입힌 것도 없다. 지난 행적을 돌이켜보건대 천국의 문지방 정도는 넘을 수 있는 선한 삶이었다고 자부할 수 있었다.

운몽은 생각했다. 이번 생엔 살짝 모자랐던 경제적 형편과 요절의 아픔과 하고 싶었던 일을 끝내 이루지 못한 점이 고려되어 다음 생에서는 부와 건강과 행운을 보장받아야겠다고. 아무튼 다음 생으로 건너가기 전에 지금 운몽이 머물 곳은 천국이어야 마땅했다.

운몽은 생의 마지막 순간을 떠올렸다. 좁은 병실, 손바닥만한 창문, 하얀 천을 뒤집어쓰고 있는 병상, 나무 의자, 그리고 환자복을 입은 자신이 범상치 않은 아우라를 뿜어내며 독백을 하던 모습을.

두 팔로 머리를 감싸고 온몸으로 괴로워하다가 무대 한가운데로 걸어 나와 관객을 향해 절규한다. 적들은 내 조국을 빼앗고 내 영혼을 감금하고 있지만 결코 굴복하지 않겠노라고. 나의 죽음을 온 동포에게 알리라, 온 나라가 분연히 떨쳐 일어나게 하리라, 외치고는 푹 꺾이는 운몽의 고개. 곧바로 무대는 암전된다. 잠시 후, 조명이 밝아지면서 밧줄에 매달린 채 대롱대롱 흔들리고 있는 운몽이 보인다.

응급실 침상에 누워 머릿속에서 상영되는 자신의 열연을 감상하던 운몽의 눈가에서는 가느다란 눈물방울이 흘러내렸다.

배우에게 무대에서 죽을 수 있었다는 건 축복이 아닐까. 감개무량하기까지 했다.

사고사였던 걸까? 무대 아래 희동이가 있었을 텐데 왜 나를 구하지 않은 거지? 화장실이라도 갔던 걸까? 아니, 희동이가 있었다. 의자를 끌어다 허공에서 바둥거리는 내 발아래에 안착지를 마련해주고는 밧줄을 풀어줬다. 그러고는 형 정신 차리라며 뺨을 때렸다. 다분히 감정이 섞인 매운 손길로.

"짜식, 빨리 안 움직이고 한가하게 박수나 치고 있어? 진짜 죽을 뻔했잖아."

운몽이 까슬한 밧줄 때문에 근질거리는 목을 문지르며 투덜거렸다.

"형 열연에 완전 감동해서."

희동이는 울먹거리기까지 했다.

그러니까 그때까지는 멀쩡했다는 거네? 운몽의 뇌가 부지런히 꿈틀거리기 시작했다. 그렇다면 나의 마지막 순간은 어디였던 거지? 나는 왜 죽은 거지? 여긴 어디지? 천국 맞아? 운몽의 머릿속에서 수많은 물음표들이 게임판의 두더지들처럼 들쭉날쭉 튀어 올랐다.

그때였다.

"어머? 웬 눈물이니? 어디 아픈가 봐, 의사 불러."

"아플 일이 뭐가 있어. 자는 거라잖아."

머리맡에서 소곤거리는 두 여자의 목소리. 하나는 매우 낯설었고 다른 하나는 매우 낯익었다. 낯익은 목소리는 운몽이 죽지 않았음을, 그러니 이곳은 천국이 아님을 분명하게 인지시켜 주었다. 낯익은 목소리의 여자와 눈이라도 마주치게 된다면 그땐 정말 죽음이라는 것을 직감했기에 운몽은 눈을 뜰 수가 없었다.

"가자, 얘기 좀 해."

낯선 목소리의 여자가 낯익은 목소리의 여자를 끌고 나갔다. 그제야 운몽은 실눈을 뜨고 조심스럽게 몸을 일으켰다. 침상의 커튼을 살짝 젖히고 사위를 살폈다. 응급실 앞에 마주 서 있는 두 여자가 보였다. 출입구를 떡하니 막고서 말이다. 한 여자가 돌아섰다. 검은 선글라스를 낀 재영이었다.

딸꾹. 운몽은 마른침을 삼키고는 도로 누워 눈을 감았다.

연극이 좋았다. 무대가 좋았다. 운몽의 첫 무대는 유치원 재롱잔치였다. 일곱 살 햇살반 친구들이 한 달간 연습한 작품은 〈팥죽 할멈과 호랑이〉였다. 할멈을 잡아먹으려고 온 호랑이에 맞서는 알밤, 송곳, 개똥, 맷돌, 자라, 멍석, 지게의 활약상을 담은 고전 명작이라 할 수 있겠다.

운몽이 맡은 역은 알밤이었다. 알밤 껍데기 탈을 쓴 운몽이 호랑이 탈을 쓴 친구에게 돌진했다. 호랑이 탈을 쓴 친구가 '아이쿠!' 하며 나자빠졌다. 매우 실감 나는 장면이어기에 유치원 강당에 모인 학부모들은 탄성을 자아내며 큰 박수를 쳐주었다.

어린 운몽은 어깨를 으쓱이며 관객석을 바라보았다. 모친 장금이 여사와 네 명의 누나가 운몽을 향해 아낌없는 박수를 보내고 있었다. 정확히 말하면 세 명의 누나였다. 넷째 누나인 재영은 팔짱을 낀 채 운몽을 노려보고 있었다. 크리스마스이브에 유치원 재롱잔치에 끌려온 팔자가 서럽고 억울했던 재영의 속사정은 알 바 아니었다. 운몽도 눈에 힘을 주고 한참이나 재영을 노려봤다.

연극이 끝나고 난 뒤 중국요릿집에서 가족 회동이 열렸다.

"엄마, 나 잘했지?"

"아무럼!"

"나 어른 되면 연극배우 할 거야!"

아들의 장래희망이 하필이면 배고픈 직업이라니! 흠칫한 장금이 여사는 탕수육을 오물거리는 운몽에게 말했다.

"운몽아, 그건 나중에. 아주 나아아중에 천천히 생각해보자."

"히잉. 엄마가 나중에라고 말하는 건 하지 말란 거잖아."

"우리 운몽이 똑똑하기도 하지. 엄마 머릿속에 들어갔다 나온 것처럼 말하는 것 봐."

큰누나 은영이 뾰로통해진 운몽의 머리를 쓰다듬으며 말했다.

"운몽아, 사짜 들어가는 어른이 되는 건 어때?"

둘째 누나 숙영이 운몽 입가에 묻은 탕수육 소스를 닦아주며 물었다.

"사짜가 뭔데?"

"의사, 검사, 판사, 변호사, 교사 그런 거."

셋째 누나 민영이 조곤조곤 설명해주었다.

그런 어른들은 하나도 안 멋있고, 그런 직업들은 하나도 재미없을 것 같아서 운몽은 고민스러웠다.

그때였다.

넷째 누나 재영의 비아냥거림이 귀에 꽂혔다.

"사짜는 아무나 해? 운몽이 이 꼴통이 할 수 있겠어?"

운몽은 쥐릿 눈을 치켜뜨며 외쳤다.

"할 거야, 사짜!"

일곱 살짜리가 오기와 독기로 내뱉은 이 말은 운몽에게는 평생 족쇄가 되었고 장금이 여사에게는 평생 염원이 되었다. 운몽이 서울대에 합격하던 날, 장금이 여사는 '드림스 컴 츄르!'를 목놓아 불렀다. 오늘 아침만 해도 강릉 본가의 장금이 여사는 동네 뒷산에 올라 돌탑을 쌓으며 빌었다. 운몽이 신림동을 탈출해서 서초동으로 출근할 날이 하루빨리 오게 해달라고.

그녀는 몰랐지만 운몽이 신림동을 탈출한 건 오래전 일이었다.

정치외교를 전공하면서 로스쿨을 준비하던 운몽의 책가방

엔 전공 교과서나 리트 기출 문제집 대신 연극 대본이 들어 있었다. 운몽의 교통카드는 서울대입구역이 아닌 혜화역에서 찍혔다. 어머님 몰래 대학로의 가난한 연극쟁이의 길을 선택한 운몽은 방황했고 고뇌했다. 운몽의 밤은 길었고 아침은 더뎠다. 긴 밤이기만 하던 어느 날 드디어 빛이 보였다. 희미하나마 푸르스름한 새벽 빛이 분명했다.

연극에 대한 애정만큼은 모자람이 없지만 연기력은 살짝 부족했던 운몽은 어떻게든 연극계 언저리에서 비비고 싶었다. 독학으로 희곡 작법을 깨우치고 저명한 연극계 인사들의 기획과 연출 강의를 섭렵했다. 군대에서도 불철주야 노력했다. 낮에는 생각하고 밤에는 써 내려간 끝에 탄생한 작품 〈청춘의 일〉은 신춘문예 희곡 부문 대상을 수상하게 되었고, 운몽은 청년 예술가 창작지원금까지 거머쥐었다.

운몽은 대학시절 연극 동아리에서 같이 활동하던 장 선배를 찾아갔다. 소극장을 운영하느라 빚더미에 허우적거리던 장 선배는 극장 폐업 신고를 하고 주점으로 업종 전환을 하려던 참이었다.

파도가 바다의 일이라면, 청춘의 일은 무엇인가 고민하얏다.
부지런히 먹고 싸고 배우고 익혀 반듯한 직장을 잡고 건강한 가정을 이루어
위로는 효도하고 아래로는 자애하며 나라에는 애국하는 것

이 마땅할 것이다.

이는 긔가 잇을 때에나 말이지, 일자리가 업는데 엇더케 일을 구하며

가정이 업는데 엇더케 효와 자애를 행하며

나라가 업는데 엇더케 애국을 하라 하는가.

어둡고 창백한 시대를 원망하고 시절을 탓하매

마냥 청춘을 뭉개고 있는 나에게 실망하고

뭉갯더니 썩어 문드러져버린 내 청춘에 절망하엿도다.

아, 나의 세상은 이렇게 폭망하고 마는 것인가…….

내 목노아 울부짖을 때에 불현듯 번뜩하고 알아차려지엇다.

청춘의 다른 말은 희망일지니, 청춘의 일은 희망을 가지는 것이리라.

단언컨대, 그것이 지푸라기든 보푸라기든

찾아내어 잡고 물고 늘어지는 것이 청춘의 일일 것이다.

일제강점기를 살아내야 했던 청춘들의 독백으로 시작하는 첫 페이지를 읽는 순간, 장 선배의 눈가에서 또르르 이슬 한 방울이 흘러내렸다. 지푸라기든 보푸라기든 잡고 물고 늘어지는 것이 청춘이 해야 할 일이라는 문장은 그에게 깊은 울림을 주었다. 운몽과 장 선배는 밤새 뺨 위로 흐르는 이슬을 훔쳐내고 술잔에 담긴 이슬을 나눠 마셨다.

장 선배는 주점을 차리려던 계획을 백지화하고 흩어진 연극 동지들을 모으기 시작했다. 생업은 따로 있었지만 연극에 목 말랐던 동지들은 한달음에 달려왔다. 대본을 읽고 연기 연습을 하고 무대와 소품을 손수 제작하며 열정을 불태웠다.

그러나 활화산처럼 타오르는 열정으로 대한민국 연극계에 한 획을 그으리라던 희망은 하루아침에 화톳불의 검부잿빛으로 변해버렸다. 준비했던 연극은 무대에 오르지도 못하고 잿더미에 처박혀 빚더미라는 현실을 마주하게 된 것이다.

우찬희 때문이었다.

운몽보다 두 학번 위인 그는 좋은 선배는 아니었다. 연극 동아리 방을 군대 내무반쯤으로 여기고 후배들을 갈구는 말년병장처럼 굴었다. 그런 우찬희를 장 선배는 늘 감쌌다. 상처가 많은 애라는 게 이유였다. 그 상처, 말 못 할 개인사 따윈 궁금하지도 않았다. 운몽은 그를 부지런히 피해 다녔고 그는 부지런히 쫓아다니며 밉살맞게 굴었다. 도서관 자리를 맡아 놓으면 그가 와서 가방을 풀었고, 학생 식당 식권을 발권하는 순간이면 기막히게 채갔다.

"이번 연극 찬희도 같이 하고 싶다더라."

장 선배가 말했을 때, 운몽과 비슷한 일을 수도 없이 당한 몇몇 동지들이 반대 의사를 분명히 밝혔다.

"아무래도 운몽이 생각이 가장 중요하겠지? 우리가 이렇게 다시 모이게 된 것도 다 운몽이 덕분이니까."

장 선배는 동의를 구하듯 운몽을 바라봤다.

"너희들이 찬희 불편해하는 거 아는데 나한테는 걔가 아픈 손가락이야."

사람 좋은 장 선배는 운몽에게는 연극의 아버지이자 인생 멘토였다. 그의 아픈 손가락이라니 반창고라도 붙여드려야 마땅하지만, 선뜻 입술이 열리지는 않았다. 주저하는 운몽의 낯빛에 장 선배는 한 마디 덧붙였다.

"찬희도 많이 변했어."

변했다는 말을 믿진 않았다. 그러나 장 선배의 애잔한 눈망울은 운몽의 판단력을 흐트렸다.

"뭐, 그래요. 그렇게 하죠."

그리하여 운몽과 연극 동지들은 돌이킬 수 없는 최악의 상황을 맞닥뜨리게 된 것이다.

공연이 얼마 남지 않은 어느 날, 운몽이 연습을 끝내고 희동과 함께 뒷풀이에 합류했을 때 연극 동지들은 만취한 상태로 서로를 끌어안고 있었다.

"뭐지? 시작도 안 했는데 다들 전사한 거야?"

운몽이 장 선배 옆 틈을 비집고 앉았다.

"다 내 탓이다. 미안하다, 운몽아."

"왜 그래, 형? 무슨 일인데?"

장 선배는 말없이 휴대폰을 건넸다.

우찬희가 보낸 단문의 메시지가 운몽의 눈동자에 찍혔다.

날 용서하지 마.

대형사고였다.

우찬희는 운몽의 창작지원금은 물론, 동지들이 생업을 발판으로 끌어온 푼돈까지 먹고 튀어버렸다. 무늬만 경영대생이더라도 숫자랑 가장 친한 놈은 우찬희라는 이유로 장 선배는 그에게 돈에 관한 모든 걸 위임해놓고 지난 몇 개월간 회계 장부 한 번을 들여다보지 않았었다. 그러니 주범은 찬희지만 공범은 자신이나 마찬가지라며 장 선배는 땅을 치며 울먹였다.

공연은커녕 빚잔치할 일만 남은 현실에 동지들은 패잔병처럼 쓰러졌고 운몽은 비현실적인 현실이 아득해 뜬금없이 오줌이 마려웠다. 운몽은 한 손으로 소주병을 들고, 다른 한 손의 주먹은 그러쥐었다. 그 표정이 사뭇 비장했기에 희동은 간담이 서늘해졌다. 소주병으로 뒷통수을 강타당하고 주먹으로 복부를 강타당한 후 무릎 꿇은 우찬희의 손바닥에 깨진 소주병 조각들이 박혀 피가 뚝뚝 흐르는, 선혈이 낭자한 그림이 희동의 머릿속에 번개처럼 다녀갔다.

"형, 어디 가?"

희동이 운몽의 바짓자락을 잡았다.

"화장실."

"화장실 가는데 소주병은 왜 들고 가!"

희동이 운몽이 들고 있는 소주병을 힘껏 잡았다.

"어, 그러네."

운몽은 맥없이 소주병을 놓아버렸고 희동은 그대로 나뒹굴었다. 모두가 운몽이 진짜로 화장실에 간 줄 알았지만 운몽은 돌아오지 않았다.

운몽은 우찬희를 찾아 헤맸다. 우찬희의 거주지를 중심으로 반경 10Km 내의 편의점과 PC방과 찜질방과 최근까지 아르바이트를 했다는 치킨집과 당구장 주변을 맴돌았다. 우찬희가 회계사 시험 공부를 했던 학원가 일대 뒷골목 술집까지 샅샅이 뒤졌다. 우찬희가 바보가 아닌 이상 거기 있을 리가 있나, 싶겠지만. 운몽은 그걸 노렸다. 위기에 몰린 짐승일수록 익숙한 곳에 숨어들기 마련이다.

운몽이 어렸을 때 모친 장금이 여사께서는 곗돈 들고 튄 미장원 아줌마를 미장원 건물 지하실에서 검거한 이력이 있었다. 슈퍼 아줌마, 목욕탕 아줌마가 미치지 않고서야 그년이 거기 있겠냐며 입을 모았지만 장금이 여사는 팔을 걷어붙이고 지하실 문을 부쉈고 안에서 삶은 계란 껍질을 까고 있던 미장원 아줌마를 끌어냈었다. 그 현장을 목도한 운몽이었다. 어리숙한 잡범은 어디 멀리 가지도 못한다는 걸 운몽은 일찌감치 깨우쳤던 것이다. 게다가 운몽이 알기로 우찬희는 그리 주도면밀한 인간도 아니었다.

우찬희의 등장을 기다리며 곳곳에 진을 치고 삼각김밥과 생수로 끼니를 때우며 눈알을 부라린 지 나흘째 되던 날, 운몽의 몸에서 이상 신호가 잡히기 시작했다. 하이에나같이 번쩍이던 동공은 빛을 잃었고 귀에서는 이명이 들려왔다. 허벅지 대퇴이두근에서 무릎 관절까지 땅기고 쑤셨다. 손발은 저림을 넘어서 마비가 올 지경에 이르렀다.

하나같이 우열을 가릴 수 없는 고통이었지만 이 또한 지나가리라 여기면 그만이었다. 그러나 지나갔다가도 수시로 재방문을 일삼는 염치 없는 고통이 있었으니 바로 요의였다. 운몽은 쉴 새 없이 오줌이 마려웠다.

방금 전에도 편의점에서 삼각김밥을 사고 화장실을 빌려 썼는데 또 가려니 아르바이트 학생의 눈치가 보였다. 한쪽 다리를 들고 전봇대에 시원하게 방뇨를 하고 있는 동네 강아지가 부러워 죽겠는 마당에.

'3844.'

맞은편 PC방 건물 2층의 남자 화장실 비밀번호가 떠올랐다. 운몽은 달렸다. 화장실 문 앞에서 운몽의 손가락은 잠시 방황했다. '*'이었나? '#'이었나? 그 사이, 운몽의 요도 괄약근은 제

할 일은 여기까지였다는 듯 늘어져버리고 말았다. 아슬아슬한 찰나에 화장실 안쪽에서 문이 열리며 빨간 모자가 나왔다. 운몽은 저도 모르게 '고맙습니다!'라고 외쳐버렸다.

출구를 찾은 오줌 줄기가 시원하게 쏟아져 내렸다. 배설의 희열은 0.1초도 가지 않았다. 운몽에게 문을 열어줬던 빨간 모자는 우찬희였다.

"아흐, 쓰발⋯⋯."

오줌 줄기는 끊어지질 않았다.

4박 5일간의 고초를 겨우 십여 초의 배설과 맞바꿀 순 없었다. 심지어 내가 그 자식한테 고맙다고까지 했던가? 운몽은 화장실 타일 벽에 머리를 박으며 몸부림을 쳤다. 마지막 한 방울을 떨군 운몽은 청바지 지퍼를 올리는 둥 마는 둥 하고 화장실에서 튀어나왔다. 참을 수 없는 자괴감을 안고서 달리고 또 달렸다.

비 오는 금요일 밤의 인파 속으로 빨간 모자는 묻혀버렸다. 거리에 빨간 우산은 왜 이다지도 많은 것인지. 빨간 코트, 빨간 가방, 빨간 간판들. 운몽의 동공은 빨간 것을 향해 확장됐고 팔다리는 빨간 것을 향해 맹렬히 달려갔다. 그러다 빨간 차에 부딪혔다.

그리고 지금 응급실에 누워 있는 것이다.

삶의 마지막 무대였다고 생각했던 소극장에서 끊어졌던 기억을 여기까지 이어붙인 운몽은 입을 꾹 다문 채 속으로 절규했다. 그 상황에서 자신을 들이받은 차에 왜 하필 재영이 탑승해 있었던 거냐고, 그럴 확률은 대체 얼마나 되는 거냐고.

두 여자가 돌아오는 바람에 운몽의 소리 없는 절규는 중단됐다. 두 여자는 밖에서 달고 온 대화의 꼬리를 계속 이어갔다.

"내가 이 새끼 낯짝 보려고 노안 수술을 한 게 아니라고!"

재영은 광명 찾으려다 운몽을 봐버린 눈알을 파내고 싶다며 이를 갈았고 강서는 다 듣겠다며 재영에게 목소리를 낮추라고 경고했다.

"들으라고 하는 소리야. 야, 구운몽! 눈 떠!"

"너 동생한테 너무하는 거 아니야?"

"동생? 호적상으로나 동생이지 개인적으로는 남보다도 못한 새끼야."

"구재영, 지금 피해자는 네 동생이고 가해자가 우리야. 큰소리 낼 상황 아니거든."

"이 멍청한 새끼가 달려들었잖아."

"운전은 내가 했어."

"검사 결과 다 멀쩡하다잖아."

"충분한 휴식과 안정이 필요하댔고."

객관적인 상황 판단에 의거해 조목조목 맞는 말씀만 내뱉는 저 여자는 누굴까? 친구일까? 회사 동료일까? 아무튼 재영과는 어울리지 않는 성품을 겸비한 인물이로다. 낯설지만 차분한 목소리는 운몽에게 희망을 주었다. 운몽 혼자서는 재영을 감당할 수 없기에 누군가 있다는 것만으로도 위안이 됐다. 저 여자는 한밤의 응급실에 곧 닥쳐올 골육상잔의 난투를 막기 위해 신이 보낸 구원자가 분명했다.

운몽의 눈꺼풀이 막 열리려던 참이었다.

"이 꼬라지 봐라. 이게 사람이냐? 연극한다고 할 때 다리몽둥이를 부러뜨려서라도 주저앉혔어야 했는데. 그걸 못 한 게 천추의 한이다."

오뉴월 서리를 씹어먹은 듯한 재영의 악에 받친 음성에 운몽의 눈꺼풀은 자동적으로 잠금 모드로 바뀌었다. 이대로 재영에게 뒷덜미 잡혀 강릉 본가로 강제 소환당하는 일만은 어떻게든 피하고 싶었다. 그러나 운몽의 예민한 방광은 이를 허락지 않았다. 절박한 신호가 뇌에 도달했다. 운몽의 아랫도리가 비틀리고 눈꺼풀은 잠금 해제됐다.

"나 화장실 좀 갔다 올게."

겨우 눈 뜬 운몽의 첫마디는 그거였다.

***

강서는 응급실을 나서자마자 첫 기차를 타고 운몽을 강릉으로 데리고 가겠다는 재영을 만류해 빨간 차 안에 남매를 구겨 넣었다. 빨간 차가 초록 대문집을 향해 달리는 동안 재영은 운몽을 잡아먹을 듯 다그쳤다.

"사정이 있었겠지. 그렇게 닦달하는데 나라도 입이 안 떨어지겠다."

강서는 재영에게 전후 사정은 집에 가서 천천히 들어보자며 운몽이 변명을 준비할 시간을 벌어주었다.

"운몽 씨라고 불러야 하나?"

운전 중인 강서가 백미러를 통해 뒷좌석의 운몽과 눈을 마주치며 물었다.

"씨는 무슨."

재영의 불퉁한 목소리가 끼어들었다. 운몽은 재영의 뒤통수를 쏘아보며 답했다.

"그냥 야, 너, 하셔도 돼요."

"난 도강서. 재영이 친구이자 동거인."

"네."

강서. 두 글자를 운몽은 입술로 곱씹었다. 흔한 이름은 아니다. 어디선가 들어본 듯도 했지만 가물거리기만 할 뿐 떠오르는 건 없었다.

"집이 좀 지저분한데 너무 놀라진 말고."

"아닙니다. 감사합니다."

운몽은 강서가 초록 대문집 현관 도어락에 지문을 찍을 때까지만 해도 손님을 집에 들이는 안주인이 흔히 하는 겸손한 인삿말인 줄만 알았다.

"아……."

운몽의 입에서 짧은 탄식이 흘러나왔다.

멀리서 봤을 때 그곳은 분명 푸른 봄이었다. 그러나 가까이서 보니 메뚜기떼 습격을 당한 가을 벌판이랄까.

발 디딜 틈 없이 완벽하게 어질러진 거실 풍경에 운몽은 잠시 현기증을 느꼈다. 과자 봉지와 맥주 캔과 생수병은 그렇다 쳐도 구루프와 헤어타올과 아로마 캔들 따위가 왜 거실 바닥에 널려 있는지 이해가 안 갔다. 그중에서도 가장 어이없는 건 거실 한가운데 모로 누운 구두 한 짝이었다. 제자리로 돌아가고 싶었는지 구두코가 현관 신발장을 향해 있었다.

강서와 재영은 발부리에 차이는 것들을 능숙하게 걸러내며 직진했다. 그녀들이 터준 길을 따라만 가면 될 것을, 운몽은 저도 모르게 정리정돈을 하고야 말았다. 연극판에서 생존하기 위해 선배님들의 눈치를 보며 부지런히 치우고 쓸고 닦고 '삼(三)고 수행' 하던 버릇이 남아 있어 몸이 먼저 반응한 것이다.

눈 깜짝할 새 벌어진 일이었다. 과자 봉지와 맥주 캔은 쓰레기통으로 들어가고 곱게 개켜진 헤어타올은 구루프와 함께 소파 테이블로 올라왔으며 아로마 캔들은 벽 선반에 자리 잡았다. 구두는 현관문 앞으로 이동해 짝을 찾았다.

운몽의 신속하면서도 참한 손길을 눈여겨보던 강서가 상냥한 목소리로 말했다.

"손님이 그런 걸 왜 해, 그냥 앉아."

"알아서 기는 거잖아. 이왕 하는 김에 설거지까지 하지 그래?"

죽이고 싶다. 운몽은 재영을 향해 입꼬리를 살짝 올리고 희미하게 웃어주었다. 소파에 널부러져 있는 쿠션들을 세워놓고 앉을 자리를 확보한 후 엉덩이를 살짝 걸치려던 순간.

"꿇어!"

얼음 송곳 같은 재영의 목소리가 운몽의 정수리에 꽂혔다. 방망이로 오금을 두드려맞은 것마냥 운몽의 무릎이 확 꺾였다. 이번에도 몸이 먼저 반응했다. 운몽은 그릇만 보면 침 흘리는 개가 된 기분이었다. 젠장, 죽였어야 했다.

"말해."

"어, 그게……."

"네 원룸에 살고 있는 김모 씨는 누군지, 너도 없는데 왜 김모 씨가 강릉에서 보내준 반찬들을 넙죽넙죽 받아 처먹고 있었는지, 어디서 뭘 하느라 내 문자는 다 씹었는지, 그게 그렇게 중요한 일이었는지, 그게 만약 연극이었다면!"

"연극이었다면?"

"강릉까지 갈 것도 없어, 내 손에 죽어."

"그냥 죽여."

운몽이 고개를 숙였다. 소파 쿠션이 운몽에게로 날아왔다. 운몽이 테이블 위에 정리해두었던 헤어타올과 구루프도 날아왔다. 운몽은 쿠션을 방패 삼아 구루프들을 막아내며 외쳤다.

"차라리 죽여줘! 그 전에 돈부터 받고."

"돈?"

재영의 구루프 공격이 잠시 멈췄다.

어디서부터 말해야 하나. 운몽이 차 안에서 준비했던 변명과 읍소의 단어들은 증발되고 문장들은 다 엉켜버렸다. 연극이 하고 싶어 그랬다고, 한 번만 눈 감아준다면 그 은혜 결코 잊지 않겠다고, 혼신의 힘을 다해 눈물을 쏟아내며 선처를 구하려던 의지도 무릎이 꺾일 때 같이 꺾여버렸다.

운몽은 나지막이 읊조렸다.

"아는 선배한테 받을 돈이 좀 있어."

"원룸 보증금?"

"그건 아니고."

"얼마나?"

"얼마 안 돼. 한 삼……천?"

"이런 등신! 돈도 떼먹히고 다니냐?"

재영의 폭격이 다시 시작됐다. 소파 쿠션이 터져 솜뭉치가 나풀거릴 때까지 운몽은 재영에게 등짝을 내주었다. 때리는 시어머니가 있으면 말리는 시누이도 있어야 하지 않은가, 삼냥한 구원자라고 믿었던 강서는 무표정한 방관자로 변해 있었다. 너희 집안일이라서. 팔짱 낀 채 지켜보는 강서의 눈빛은 그렇게 말해주는 것 같았다.

띠리로리— 방정맞은 휴대폰 벨소리에 겨우 재영의 폭격이 멈췄다. 재영은 씩씩 거친 숨을 내뱉으며 휴대폰을 들고 방으로 들어갔다.

그제서야 강서가 입을 열었다.

"알잖아, 재영이 성격. 누가 말리면 더 하는 거. 괜히 개입했다가는 판만 키울 거 같아서."

아무렴요. 운몽이 고개를 끄덕였다.

"도살장 끌려가는 소처럼 강릉 가는 건 아니라고 봐."

물론이지요. 운몽이 세차게 고개를 끄덕였다.

"여기서 지낼래?"

네에? 운몽의 두 눈이 휘둥그레졌다.

호의일까, 저의가 따로 있는 것일까. 운몽은 헷갈렸다. 구원자였다가 방관자였다가 이제 동거인이 되자고 손을 내민다. 왜냐고 묻지도 못하고 얼떨떨해 있는 운몽에게 강서가 말했다.

"조건은 없어. 그냥 있어만 주면 돼."

그러니까, 왜요? 입이 떨어지지 않아 운몽은 눈으로 대신 물었다.

강서가 현관문 쪽으로 시선을 돌렸다. 운몽의 시선이 따라 갔다. 조금 전, 운몽이 가지런히 놓아둔 구두 옆에 검은색 남자 구두 한 켤레가 놓여 있었다. 강서는 설명은 이걸로 충분하지 않냐는 듯 심심한 미소를 지어 보였다.

"재영인 걱정 안 해도 돼. 집주인은 나니까."

"아무래도 그건 어려울 거 같은데요……."

운몽에게 구재영과 한 지붕 아래 산다는 건 상상도 할 수 없는 일이었다.

"그럼 제안이 아니라, 부탁을 할게."

얼마 전, 동네에서 안 좋은 일이 연이어 일어났다. 여자들만 사는 집이 표적이 됐다. 외출했다가 돌아와 보니 문이 열려 있다거나 텔레비전이 켜져 있다거나 수돗물이 흐르고 있거나 했다. 피해자들은 처음엔 자신이 깜빡하고 나간 걸로 생각했다. 도둑맞은 물건이 없었던 탓이다. 그런데 그런 일이 계속 반복됐다. 옆집도 뒷집도 앞집도, 여자들만 사는 집은 다 당했다. 차라리 귀중품을 훔쳐 가든가. 없어진 물건이 없다는 것이 더 섬뜩한 일이었다. 범인이 노리는 게 물건이 아니라는 거니까. 파출소에서는 야간 순찰을 강화하고 CCTV를 늘렸다. 범인을 잡지는 못했지만 범죄 행각은 멈췄다.

객관적 사실은 여기까지.

강서는 잠시 멈춘 거라고, 언제고 재개할 거라고 주관적 판단을 덧붙였다.

"제가 있다고 무슨 도움이 될지…….."

운몽의 말에 강서의 시선이 다시금 현관문 쪽을 향했다.

"저 구두보다는 든든할 거 같아."

그저 저 자리에 놓여 있는 것만으로 역할을 다하고 있는 주인 없는 구두처럼 운몽도 존재만 하면 된다는 것이다. 이 집에서.

운몽의 머릿속이 분주해졌다. 돈도 없고 갈 곳도 없는 주제에 찬밥 더운밥 가릴 처지는 아니었지만, 돌을 씹을 수는 없지 않은가. 재영은 돌이다. 그것도 아주 단단한 차돌이다.

방 안에서는 재영의 목소리가 들려왔다. 큰누나 은영과 통화 중인 모양이었다. 완전 거지꼴이야, 밥은 처먹고 다녔는지 하나도 안 궁금해. 그걸 내가 물어봤어야 해? 돈까지 떼먹혔다는데 내가 안 빡치게 생겼어? 살려는 뒀어. 내일 강릉으로 데리고 갈게. 뭐? 엄마 제주도 갔다고?

카랑카랑한 재영의 목소리가 운몽의 고막을 찢어놓았고 '엄마'라는 단어는 운몽의 가슴에 묵직하게 얹혔다. 중압감이 몰려왔다. 이 꼬라지로 모친을 뵐 수는 없다. 차돌이라도 삼켜야 했다.

"도움 드릴 수 있도록 노력하겠습니다."

그리고 덧붙였다. 잘 부탁드린다고. 강서의 부탁에 운몽도 부탁으로 응답했다.

계획에 없던 인생 무대가 추가됐다.

괜찮다, 소나기를 피해 잠시 초록 대문집 지붕을 빌린 거라 치자. 지푸라기라도 좋고 보푸라기라도 좋다. 초록 대문집을 기사회생의 발판으로 삼자. 구두만 한 존재감이라도 있다지 않은가. 돌을 삼키면 또 어떤가, 똥 싸면 그만이지.

긍정은 희망을 데려왔다. 희망은 무시로 몰려드는 불안과 걱정을 차단하는 방패가 되어주었다. 그 밤, 희망의 방패로 무장한 운몽은 재영의 어떤 폭력과 욕설에도 보살 같은 미소를 잃지 않을 수 있었다.

2
92년생 구운몽

삼십 년 전, 장금이 여사는 작은 암자를 찾았다.

"부처님, 보살님, 삼신할미님. 제발 제 간곡한 소원 좀 들어주십시요. 약이란 약은 다 먹어봤고, 옆집 경호 엄마 빤스까지 훔쳐 입어봤습니다. 복권 당첨되게 해달란 것도 아니잖습니까아? 남들 다 있는 아들, 딱 하나만 점지해주시면 잘 키워 이 은혜에 꼭 보답하겠습니다. 부디 자비를 베푸소서, 자비를……."

빌고 또 빌었다. 구씨 가문 대 끊은 며느리로 조상님을 뵐 순 없다며 애원하다 보니 어느새 콧등이 시큰해졌다. 장금이 여사는 콧물을 훔치며 사찰 산책로를 걸어 내려갔다. 길가에 놓인 작은 돌부처들과 드문드문 서 있는 돌탑들에 한 번 더 자비를 구하고자 납작한 돌멩이 하나를 골라 들었다. 돌탑 위에 조심스레 올리려는 순간, 꼬마 아이의 목소리가 들려왔다.

"아줌마, 저기 작은 부처님은 왜 코가 없어요?"

"응, 누가 갈아먹은 모양이구나."

"부처님 코를 먹어요? 왜요?"

"아들 낳으려고."

"에?"

꼬마 아이의 동그란 눈이 반짝거렸다.

"부처님 코를 갈아서 돌가루를 마시면 아들 낳는다는 말이 있거든."

"에에…… 진짜요?"

장금이 여사는 코 없는 돌부처를 보며 한숨을 내쉬었다.

"말도 안 되는 일이지. 근데, 말이 되든 안 되든 할 수 있는 건 다 해보고 싶은 게 사람 맘이란다. 간절히 원하면 기적이 일어난대잖아."

꼬마 아이가 고개를 갸웃거렸다.

장금이 여사는 간절함을 담은 돌멩이를 돌탑에 올렸다. 순간, 기우뚱하는 돌탑.

"에그머니!"

"안 무너졌어요!"

꼬마 아이는 고사리 같은 손으로 냉큼 돌탑을 감싸고는 외쳤다.

"고맙다, 얘야."

장금이 여사가 조심스럽게 돌을 올렸다. 꼬마 아이는 잠시 눈을 감았다가 떴다. 그러고는 말했다.

"방금 아줌마 소원 같이 빌었어요."

아이고, 깜찍하기도! 장금이 여사가 꼬마 아이의 머리를 쓰다듬는데 아이를 부르는 목소리가 들려왔다. 아이는 장금이 여사를 향해 환하게 웃어주고는 토끼처럼 뛰어갔다.

"네 덕분에 아들 낳으면 내 평생 널 업고 다닌다."

장금이 여사는 언제 다시 만날 수 있을지 모를 꼬마 아이의 뒷모습을 보며 혼잣말을 중얼거리고는 헛헛한 웃음을 지었다.

꼬마 아이의 이름은 도강서였다.

파란 하늘에 아홉 개의 구름이 둥실 떠 있었다. 애기 뭉실구름들이 길을 터주듯 비켜서자, 커다란 대왕 뭉실구름이 너울너울 다가왔다. 대왕 뭉실구름 테두리가 금빛으로 번쩍거려 장금이 여사는 눈을 뜰 수가 없었다. 그 와중에 애써 눈을 떠보았다가 빨간 고추 매달린 금줄 두른 토실토실한 동자가 그녀를 향해 손을 흔드는 것을 목도했다.

태몽이었다. 열 달 후, 우렁찬 울음소리와 함께 사내아이가 태어났다.

아홉 개의 구름과 함께 온 구씨네 장손이라 하여 구운몽이라 이름 지었다. 얼굴은 옥을 깎아놓은 듯하고 눈은 새벽별 같았으며 도량이 크고 지혜가 남달랐다고 장금이 여사는 회상한다. 92년 겨울이었다.

운몽은 이 이야기를 골백번도 더 들으며 자랐다. 그때 그 아인 왜 일면식도 없는 아줌마의 소원을 같이 빌어줬을까. 운몽은 삶의 막다른 골목에 부딪힐 때마다 모친의 소원을 같이 빌어줬다는 이름 모를 꼬마 아이를 원망하곤 했다. 아이의 목소리가 부처님 귀를 번쩍 뜨이게 한 건 아닌지, 아이의 눈빛이 차마 소원을 들어주지 않고는 못 배기게 했던 건 아닌지. 운몽은 그 아이가 오지랖을 발휘하지만 않았다면 자신이 이 세상에 태어날 일도 없었을 거라는 데 생각이 닿곤 했다.

운몽은 어쩌다가 연이 닿아 자신의 탄생에 일조한 그 아이를 만나게 된다면 이마에 딱밤을 먹여줄 거라고 생각하며 지난 밤 강서와 재영이 배출한 쓰레기를 치우고 있었다.

"오늘 뭐 먹지?"

"콩나물국밥 어때?"

헤드헌터 십 년 차인 강서와 드라마 제작사 기획 피디 십 년 차인 재영. 누구의 삶이 더 척박한가에 대해 토론하느라 동틀 무렵이 다 돼서 각자의 방으로 들어갔던 두 여자는 해가 중천을 지나고 나서야 방문을 열고 나왔다. 쓰레기를 치우고 있는 운몽은 안중에도 없는 듯 둘은 해장 메뉴를 고르느라 골똘했다.

"재작년인가? 강릉 갔을 때 너희 엄마가 끓여주신 김칫국 정말 맛있었는데. 갑자기 왜 그 생각이 나지?"

강서가 배달앱에서 콩나물국밥집을 검색하며 말했다.

"김냉에 강릉 김치 있어!"

재영은 강릉에서 운몽의 원룸으로 보냈던 김치와 반찬들을 김씨에게서 빼앗아 왔던 걸 기억해내고는 큰소리로 외쳤다. 그러고는 맥주 캔을 우그러뜨려 분리수거 상자에 넣고 있는 운몽을 바라보았다.

말하지 않아도 알아요. 운몽은 조신하게 일어나 주방으로 가서 앞치마를 둘렀다. 다시마와 멸치를 우리고 김치를 썰면서 한숨을 삼켰다. 누구를 탓하랴. 아무도 시키지 않았는데도 운몽은 스스로 안주인 역할을 자처했다.

강서는 구두처럼 존재만 해달라고 했지만 운몽이 숨만 쉬고 있기에는 쓸데없이 바지런한 캐릭터였던 탓이다. 기왕 존재할 거, 존재감이 빛나야 하지 않겠나. 운몽은 자신이 머물고 있는 동안만이라도 초록 대문집이 사람 사는 꼴을 갖추길 바랐다.

첫째 날, 운몽은 집 안의 먼지를 쓸어내고 묵은 때를 벗겼다. 고장 난 청소기 대신 수작업으로 하느라 열두 시간이 넘게 걸렸다. 둘째 날, 운몽은 냉장고 정리를 했다. 유통기한 지난 식음료들이 빠져나간 자리에 비로소 냉기가 돌면서 냉장고는 본연의 기능을 되찾았다. 셋째 날, 운몽은 빨래를 했다. 세탁기는 잘 돌아갔으나 건조기가 삐삐 울며 에러를 외쳐대는 바람에 옥상에 넣어야 했다. 날씨가 좋아서 다행이었다. 넷째 날, 운몽은 버려야 할 것들을 버렸다. 거의 다 버렸다고 볼 수 있겠다. '이 거 버려도 되는 거죠?'라고 묻는 문자와 첨부된 사진이 업무가 마비될 정도로 날아오는 바람에 두 여자는 '알아서 해!'라고 해 버렸다. 운몽은 쓰레기로 몸살 앓는 지구에 미안함을 느끼며 가차 없이 버렸다. 다섯째 날, 운몽은 물건들을 있어야 할 곳에 두었다. 책은 책장에, 그릇은 그릇장에, 신발은 신발장에 넣어 두는 것만으로도 집 안은 환골탈태를 거듭했다. 여섯째 날, 운 몽은 보수 작업에 매달렸다. 구멍 뚫린 방충망에 테이프를 붙 이고 꽉 막힌 배수구를 뚫었다. 그리고 전문가의 케어를 받고 돌아온 청소기와 건조기가 있으니 이제 신세계가 열릴 것이라 는 기대에 부풀었다.

그리하여 일곱째 날, 운몽은 제게 안식이 도래할 줄 알았다. 두 여자의 과음과 숙취의 뒷감당까지 자신의 손발이 하게 될 줄은 몰랐던 거다.

"김칫국 진짜 시원하다."

강서의 말에 운몽은 고단했던 손발의 피로가 한순간에 달아 나는 신묘한 경험을 했다.

운몽이 일곱 날 동안 무리한 노동을 감행한 이유가 이거였 다. 네가 없었다면 어쩔 뻔했냐는 고마움이 물씬 전해져오는 강서의 말과 표정은 운몽에게 하나만 해도 될 걸 열을 하게 만드는 힘이 있었다.

"근데, 두부는 왜 안 넣었어?"

재영의 말에 운몽은 숟가락을 뺏고 싶은 충동을 억누르며 그저 웃어주었다.

"없어서."

두 여자는 알기나 할까. 지난 일곱 날 동안 운몽이 알뜰살뜰하게 냉장고 파먹기를 한 덕분에 그녀들의 식탁이 풍성했었다는 걸.

"냉동실에 만두는 있던데."

그나마 먹거리라고 이름 붙여줄 수 있을 만한 건 이제 냉동만두 하나 남았다.

"저녁엔 만둣국 드실래요?"

"얘는, 점심 먹으면서 저녁 걱정이야."

"꼭 우리 엄마 같다."

운몽의 질문에 재영과 강서는 각자의 방식으로 의사 표현을 했다. 끓여주면 잘 먹겠다는 소리였다.

김칫국에 밥 말아 먹은 지 두 시간도 채 지나지 않았다. 설거지와 주방 정리를 마친 운몽이 막 커피 한 잔의 여유를 즐기려던 시점이었다.

"운몽아, 만둣국은 언제 먹을 수 있어?"

밥 먹자마자 등은 소파에, 손가락은 휴대폰에 고정한 채 요지부동이던 재영의 질문에 운몽은 기함했다. 재영은 술 마신 다음 날이면 식욕이 폭발한다, 그게 성욕이었으면 어쩔 뻔했냐, 운동과 명상으로 몸과 마음을 정화시켜야겠다, 그래야 내일 또 마실 수 있다, 같은 장성한 남동생 앞에서 할 소리 못 할 소리 다 늘어놓더니 이렇게 덧붙였다.

"계란 지단하고 김가루 고명 예쁘게 뿌려줘."

"없는데."

"아, 없구나?"

강서는 재빨리 총알 배송을 자랑하는 쇼핑앱을 클릭해서 장바구니에 이것저것 담기 시작했다.

"지금 주문하면 언제 오니? 운몽이 네가 마트 갔다 와. 누나 카드 가지고."

냄비에 레트로트 사골 국물 붓고, 계란 껍질을 깨서 흰자와 노른자를 분리한다. 끓어오르는 국에 냉동만두를 넣고 후라이팬에 얇게 지단을 부친다. 지단을 곱게 썰어두고 조미김을 잘게 가위질한다. 잠깐, 이렇게까지 정성스러울 필요는 없잖아? 적당히 하자. 운몽은 문득 큰누나 은영의 만두 에피소드가 떠올랐다.

때는 바야흐로 큰누나 은영이 결혼하기 전, 시댁에 첫 인사를 드리러 갔던 날.

온 식구가 모여 앉아 만두를 빚고 있었다. 우리 새아가 만두 빚는 솜씨 좀 볼까, 온화하게 웃으시는 예비 시부모님 앞에서 은영은 혼신의 힘을 다해 만두를 빚었다. 시고모님은 은영이 빚은 만두 모양새를 품평하며 금두꺼비 같은 아들을 낳을 거라고 호언장담했다. 3년 후, 시고모님의 만두 예언과는 무관하게 은영은 예쁜 딸 쌍둥이를 낳았다. 아무튼 합격점을 받고 돌아온 은영은 자랑을 늘어놓았다.

"아이고, 네가 네 발등 찍었다! 넌 이제 평생 만두 백만 개는 빚어야 할걸?"

장금이 여사는 탄식했고, 그때까지만 해도 은영은 그 말의 뜻을 알지 못했다. 어린 운몽도 당연히 몰랐다. 이후, 명절이건 생신날이건 집안 식구들이 모이는 날이면 은영은 만두를 빚어야 했다. 결혼 5년 차에 접어들 무렵 은영은 만두 머신이 되어 있었다. 만두가게를 차리고도 남을 솜씨였다. 그러나 은영은 만두를 먹지 않았다. 만두의 '만' 자만 들어도 치가 떨린다고 했다. 재작년에 시어머니가 돌아가시기 전까지 은영은 만두를 빚었다.

시댁 부엌에서는 절대로 재주를 뽐내지 말라. 항상 겸손할 것. 되도록 사양할 것.

큰언니의 사례를 통해 깨달은 바가 컸던 숙영과 민영은 '할 줄 아는 게 없어서 죄송하다'는 겸양의 자세를 견지한 덕분에

44

시어머님이 차려준 밥상에 숟가락만 얹는 호사를 누릴 수 있었다. 물론 며느리 된 도리로 설거지와 주방 정리를 완벽하게 한다고 강조했다.

그 옛날 만두의 교훈을 떠올린 운몽은 작금의 개탄할 상황은 스스로 자초한 것임을 뼈저리게 느끼며 대접에 만둣국을 퍼담고 아무렇게나 지단과 김가루를 흩뿌렸다. 그럼에도 반응은 놀라웠다. 재영의 입에서 아낌없는 찬사가 터져 나왔다.

"어머! 만둣국 자태 보소. 집밥 클라스가 이래도 되는 거야?"

재영이 호들갑을 떨며 인증샷을 찍어 SNS에 올렸다.

"맛은 보장 못 해."

운몽은 떨떠름하게 중얼거렸다.

"간이 딱 맞네! 정말 맛있다, 완벽해!"

한 숟갈 뜬 강서의 과장된 반응에 운몽은 당혹스러웠다. 여지껏 경험해보지 못한 맛이라는 듯한 표정은 정말이지 부담스러웠다.

"와인 어때?"

"좋지!"

만둣국에 와인이라니. 대체 무슨 조합이지? 운몽이 재영과 강서를 바라봤다.

"아, 집에 있던 와인 다 마셨다."

"요즘 편의점 와인 잘 나오더라."

재영과 강서가 동시에 운몽을 바라보았다.

***

생각할 시간이 필요했다. 편의점까지는 십 분이면 충분했지만 운몽은 최대한 느린 속도로 걸었다. 운몽은 투트랙 전략을 구사하려고 했다. 몸은 초록 대문집에 두어 소나기를 피하고, 마음과 머리의 촉수는 우찬희를 찾는 데에 뻗기로 한 것이다.

우찬희 그 인간이 먹은 돈을 토해낼 리 없고, 운몽의 무너진 연극 인생이 오뚝이처럼 다시 서는 것도 아니겠지만, 친일파 청산 같은 거랄까? 안 닦아내면 두고두고 탈 나는 역사의 똥덩어리들처럼 운몽의 인생에 찝찝함으로 남을 우찬희를 찾아서 어떤 식으로든 응징해야만 했다.

그런데 지금은 원트랙이다. 운몽은 초록 대문집 트랙 위에서만 달리고 있다. 밖으로 뻗어나가야 할 촉수들은 담장을 넘지 못하고 집 안 곳곳으로만 뻗었다. 천지창조에 버금갈 거사를 마무리하고 두 여자가 퇴근 후 안락하게 집밥을 즐기고 편히 쉴 수 있는 기반을 다졌기에 뿌듯하긴 했지만, 운몽은 수시로 콩나물 대가리 같은 고개를 쳐드는 물음표에 답할 수 없었다. 내가, 지금, 왜, 여기서, 이러고 있나……?

강서는 있으라 했지만, 재영은 여전히 강릉행을 벼르고 있다. 장금이 여사께서 제주도에서 돌아왔다고 하니 내일이라도 '운몽아, 집에 가자!'를 외칠 것이다.

'집에 가자'의 역사는 길었다. 그것은 재영이 아홉 살 되던 해, 네 살 운몽이 놀이터 외출을 할 무렵부터 시작된 역사였다.

운몽이 또래 꼬마들과 놀고 있을 때면 재영은 신발주머니를 풍차처럼 돌리면서 등장했다. 친구들은 재영의 눈치를 보며 엉덩이를 들썩거렸다. 재영이 풍선껌 쫙쫙 씹으며 '엄마가 너 빨리 오래'라고 말하면, 친구들은 자기 엄마가 부른 것도 아닌데 발딱 기립해서 집으로 달려갔다. 재영이 발로 모래를 휘적거리며 '얼른 안 일어나? 친구들 다 집에 갔잖아!'라고 말하면, 운몽의 눈가에 비로소 이슬이 맺히기 시작했다.

매번 그런 식이었다. 재영의 등장으로 친구들을 잃은 운몽은 재영의 얼굴을 손톱으로 할퀴거나 모래를 던지는 방식으로 복수를 감행했고, 이에 질세라 재영은 주먹을 날렸다. 그 무렵 놀이터에서 종종 벌어지곤 했던 어린 남매의 혈투는 동네 사람들에게 두고두고 회자될 정도였다.

그럴 수 있다. 유년기에는 충분히 일어날 법한 일이다. 문제는 그것이 성년이 되어서도 지속되었다는 것이다. 청소년기에 잠시 소강상태일 수 있었던 이유는 운몽이 입시명문 자사고에서 기숙사 생활을 했기 때문이었다.

대학에 입학한 후 서울살이를 시작한 운몽에게 재영은 다시 등장했다. 장금이 여사가 재영에게 반찬통을 들려 보내곤 했기 때문이었다. 각박하고 외로운 타향살이에 가족만큼 든든한 버팀목이 어딨겠냐는 장금이 여사의 생각은 실로 대단한 착각이었다. 당시 드라마 제작사의 막내 피디로 입사해 사회생활의 쓴맛만 보고 있던 재영은 스트레스 풀 데가 없었던 까닭인지는 몰라도 반찬통 배달로 끝내지 않았다. 오만 잔소리를 퍼부으며 운몽을 들들 볶아댔고 그걸 즐겼다.

어느 밤, 승객이 거의 없는 버스 안에서 운몽이 여자 친구와 나란히 이어폰을 끼고 앉아 있을 때였다. 야구모자를 푹 눌러쓴 뒷자리의 여인이 신경 쓰이긴 했지만 운몽은 설마 했었다. 운몽이 귓가에 스며드는 감미로운 발라드에 빠져 여자 친구에게 게슴츠레한 눈빛을 발사하고는 천천히 그녀 입술에 다가갔다.

그때였다.

"운몽아, 집에 가자!"

운몽의 고개가 천천히 돌아갔다. 맨 뒷자리의 야구모자는 재영이었다. 운몽은 믿을 수 없었다.

재영은 씹던 껌을 잔뜩 부풀려 커다란 풍선을 만들었다. 풍선이 팡 터지자 운몽의 그녀 곁으로 다가와 소곤거렸다.

"제가 운몽이 넷째 누나예요. 집에 잘 가요."

그러고는 다시 입으로 풍선을 만들며 버스 문 앞으로 걸어가 하차 버튼을 눌렀다.

"맞나, 오빠야. 진짜 누나가?"

부산이 고향인 첫사랑 그녀가 운몽에게 낮은 목소리로 물었다.

"아이다, 미친년이다."

며칠 후, 운몽의 그녀는 아래와 같은 문자를 보내왔다.

홀어머니에 누나가 넷이란 건 알았지만, 미친년은 감당 못 하지. 결혼까지 생각했지만 미안해. 오빠야, 헤어지자.

운몽은 바들바들 떨리는 손가락으로 한 글자 한 글자 정성스럽게 입력했다.

내가 잘할게, 우리 만나자. 만나서 얘기하자.

첫사랑 그녀의 반응은 매몰찼다.

만나고 싶지 않아⋯⋯. 오빠 보면 흔들릴 거 같아.

그러니까 만나자고 몇 날 며칠을 붙잡아봤지만 그녀는 마음을 돌리지 않았다. 마지막 통화에서 그녀는 이렇게 말했다.

"버스에서 내리면서 오빠야 누나가 나한테 뭐랬는지 아나? 잘 가요, 잘 자요, 내 꿈 꿔. 그날 나 진짜 악몽 꿨대이. 시누이 등쌀에 말라 죽어가는 꿈. 진심이다, 다신 연락하지 마라."

첫사랑이라고 속삭이던 그녀, 첫사랑과 결혼하는 게 꿈이라던 그녀였다. 운몽은 그녀의 꿈을 이뤄주겠다고 약속했었다. 그랬던 그녀가 떠났다. 구재영 때문에.

이별 후유증으로 몸살을 앓던 운몽에게 유일한 위로는 연극이었다. 연극을 보러 갔다가 소극장 게시판에 붙어 있는 단원 모집 공고를 본 운몽은 더 큰 몸살을 앓아야 했다.

꿈은 꿈일 뿐, 꿈은 그대로 둬야 꿈이지라고 세뇌도 시켜봤지만 소용없었다. 꿈으로 두려고 했던 꿈이 용트림을 꺽꺽 쏟아놓으며 운몽을 일으켜 세운 것이다. 관객석에 앉아 박수만 보내고 있지 말고 무대에 올라 박수를 받아보라고.

운몽은 용기를 내서 오디션 무대에 섰다. 심사위원들은 운몽의 불안한 시선과 감정 과잉을 지적했다. 그리고 물었다.

"녹두거리 지겨워서 대학로 관광 왔어? 취미로 연기 좀 해보려고?"

"그런 거 아닙니다. 뭐든 시켜만 주십시오!"

"연극하면 평생 배고파, 알어?"

"알고 있습니다!"

"가서 공부해. 부모님이 너 이러고 다니는 거 아시니?"

"모르십니다! 그래도 하고 싶습니다, 연극!"

운몽은 절박했다. 심사위원들은 운몽의 절박함에 후한 점수를 주었다.

몇 달 후, 운몽은 산길을 헤매는 파르티잔이 되어 무대에 올랐다. 운몽의 대사는 딱 세 줄이었다.

"오오, 나는 이 길의 역사를 알고 있다. 이 길 어디쯤 산이 있다. 이 길 어디쯤 가면 가시로 사나운 총칼이 있다, 이 길 어디쯤……."

운몽이 독백을 하며 객석을 향해 손을 뻗었다. 그 손끝에 낯익은 얼굴이 보였다. 운몽은 믿을 수 없었다.

또 구재영!

팔짱을 끼고 앉아 있는 재영과 눈이 마주친 순간, 운몽의 머릿속은 하얗게 탈색되고 말았다. 운몽의 손끝은 수전증에 걸린 것마냥 바들바들 떨리고 이마에선 진땀이 삐질삐질 흘렀다. 때마침 뒤에서 우르르 쏟아져나온 죽창 떼가 운몽을 에워쌌기에 망정이지 대형사고를 칠 뻔했다.

연극이 끝나고 분장실에서 운몽은 선배들에게 고개 숙여 사죄해야 했다.

"어제 마신 술이 덜 깼냐?"

"아닙니다."

"잘 하다가 왜 그랬어? 죽창들이 쉴드 안 쳐줬음 어쩔 뻔했어?"

"죄송합니다."

"왜? 객석에 전여친이라도 앉아 있더냐?"

"그건 아니지만…… 미친년이 있었습니다!"

그때 분장실 문이 열리며 재영이 고개를 빼꼼 내밀었다. 그리고 말했다.

"운몽아, 집에 가자!"

그게 마지막이었기를. 더는 듣고 싶지 않은 그 말. 집에 가잔 말을 어쩌면 오늘 밤 또 듣게 될지도 모르겠어서 운몽은 편의점을 코앞에 두고도 제자리걸음만 걷고 있었다.

부르르르르.

뒷주머니에 꽂아둔 휴대폰이 진동을 했다. 희동의 문자였다.

형, 살아있어?

응.

운몽은 간단하게 생존 신고를 했다. 나흘 전에 희동에게 생사 여부를 묻는 전화가 걸려왔고, 운몽은 재영을 만나게 된 드라마틱한 사연을 짧게 전했다. 운몽의 지인들 중에서는 재영이 누나가 아닌 미친년이란 걸 모르는 이가 없었다. 희동은 한술 더 떠 재영을 저승사자로 여기고 있었기에 꼭 살아 남으라, 서울 하늘 아래에서 다시 만나자 신신당부했던 터였다. 운몽은 통화 버튼을 눌러 우찬희 소식을 물으려다가 관뒀다. 너는 괜찮냐는 안부가 먼저여야 했고, 그랬다가는 부친의 치킨 가게에서 닭 튀기는 기름밥 청춘 희동이의 네버엔딩 스토리에 발목 잡힐 것 같았다.

편의점 진열대의 와인은 네 병이 전부였다.

"이게 다예요?"

편의점 아르바이트 김 군은 잠깐만 기다려달라고 하더니 안으로 들어가 와인 열 병을 들고 나왔다.

***

"웰컴 파티 해야지."

갑자기? 운몽은 어안이 벙벙했다.

재영은 거실 테이블에 식은 만둣국과 김치를 셋팅하며 쉴 새 없이 입을 놀렸다. 집주인 강서의 따뜻한 배려라고 했다. 일주일이나 지났지만 새 식구가 들어왔으니 그냥 지나갈 순 없는 거라고 했다.

새 식구라고 했다? 서랍에서 와인 따개를 꺼내던 운몽은 놀랐다. '집에 가자'가 아니었다. '집에 가라'도 아니었다. 일주일 동안의 섬세하고 촘촘한 노동 끝에 초록 대문집의 새 식구라는 영예로운 타이틀을 얻은 건가, 운몽은 얼떨떨했다.

만둣국 옆에 와인 잔 옆에 아로마 캔들. 그걸 찍어 SNS에 올리는 재영의 손가락은 분주했다.

"초 켜고 다시 찍어야겠다. 불 있냐?"

운몽이 어디선가 캔들 라이터를 본 것도 같아 기억을 짜내고 있는데 언제 왔는지 강서가 재영에게 다가가 라이터를 건넸다. 그제야 담배 냄새가 운몽의 코를 스쳐갔다.

"가뿐하게 각 일 병씩!"

강서가 외쳤다. 파티가 시작됐다.

"언제부터 이렇게 잘했어?"

그렇게 묻는 강서의 동공이 별처럼 반짝거려서 운몽은 하마터면 설렐 뻔했다.

"신사임당이 환생한 줄 알았잖아."

"아, 그게 뭐 별거라고."

"별거지! 세상 어려운 게 집안일인데."

강서가 웃으며 와인 잔을 들었다. 운몽이 조심스레 와인 잔을 갖다 댔다. 투명한 글라스 안에서 자줏빛 와인이 출렁거렸다.

"비유를 해도, 참. 신사임당이 집안일 했겠냐? 여종들이 다했지."

말꼬리 잡고 시비 거는 건 재영의 특기다. 묘하게 불편함을 느끼게 하는 시비조에 운몽은 늘 발끈했고 싸움으로 이어졌는데 강서는 달랐다. 그렇겠네, 하며 동조한다. 아마도 둘이 사이 좋게 동거를 할 수 있는 결정적인 이유는 강서의 성품 때문이리라. 그녀는 은근히 사람을 조련하는 능력이 있었다.

강서는 신사임당이 그림을 그리고 아들을 키우는 데 전념할 수 있었던 건 집안일에 신경을 쓰지 않아도 되는 환경 덕분이었을 거라며 맞장구를 친다. 이어 두 여자는 신사임당이 현모양처의 이미지에서 탈피해 일과 육아를 다 잡은 성공한 커리어우먼의 이미지로 확장되어야 한다고, 누군가의 어머니로 정체성을 고정화시켜버린 조선 남성 지식인들의 시각에서 벗어나야 한다고 열변을 토해낸다. 두 여자의 대화 내내 운몽은 청취자 입장을 견지하며 와인 잔을 채우고 비우는 데에만 열중했다.

"근데 왜 오만 원짜리에 들어계신 거야?"

"그러게."

신사임당의 재조명이라는 거대 담론은 어쩌다 오만 원권 지폐 모델이 되었을까, 하는 물음표로 마무리됐다. 그 사이 강서가 정한 할당량 와인 일 병을 깔끔하게 비운 운몽은 자리를 뜨려고 엉덩이를 들었다.

"그래서 말인데, 어떤 계기가 있었을까?"

강서의 동공이 다시 반짝거렸다.

"뭐가요?"

"집안일을 잘하게 될 수밖에 없었던 서사랄까?"

"글쎄…… 태어날 때부터요?"

운몽이 도로 엉덩이를 붙이며 대답했다.

그걸 또 진지하게 받은 재영은.

"운몽이 탄생 설화가 남다르잖냐."

삼십 년 전 그날의 일을 풀기 시작했다. 재영의 입을 통해 재구성된 이야기 속에서 장금이 여사의 소원을 같이 빌어준 다섯 살 꼬마 아이는 삼신할매가 되었다. 까마득한 시절의 기억이 있을 리 없는 강서는 꼬마의 모습으로 강림한 삼신이라는 대목에서 깔깔거리며 큰 웃음을 터트렸다.

그러다가 삼신의 은혜로 딸부잣집 막내아들로 태어났으니 주부 9단일 수밖에 없다는 재영의 논리에는 고개를 갸웃했다.

"대대손손 아들 귀한 구가네 종손이면 손에 물 한 방울 안 묻히고 곱게 자랐어야 맞는 거잖아?"

맞다. 운몽은 아들 지상주의 장금이 여사와 재영을 제외한 착한 세 누님 덕분에 곱게 자랐다. 표면적으로는. '바지 입은 자, 부엌을 멀리 하라!'던 조부님 말씀이 있었기에 집안일에는 얼씬도 안 해도 되는 삶이었다.

그러나 피치 못할 사정은 늘 있는 법, 운몽의 집은 유별나게 사정이 많았다. 운몽이 지금 와서 생각해보건대, 그 사정들이란 게 다분히 의도적이었다. 특히 재영의 고의성이 짙었다. 운몽은 슬그머니 재영을 쩨려보았다. 재영은 사방에 포진한 네 누나들 덕분에 운몽에게 주부 9단의 자질이 공기처럼 스며들었다는 점을 누차 강조하고 있었다.

"보고 자란 게 더 무서운 거 몰라? 굳이 가르치지 않아도 잘하게 돼 있었던 거지."

"그럼, 넌?"

강서가 반론을 제기했다. 재영은 한집에서 자랐는데도 넌 왜 할 줄 아는 집안일이 없냐는 강서의 질문에는 답하지 않았다. 대신, 육아와 살림 지옥에서 허덕이는 모친과 누나들을 곁눈질한 데이터가 축적될 수밖에 없었던 92년생 구운몽의 삶을 설파하느라 바빴다.

잘하는 건 공부밖에 없었던, 다소 어리바리하고 유약한 운몽의 성장 과정 내내 모친과 누나들은 절대적인 영향력을 발휘했다고. 누나들의 신체 생리현상과 뇌 구조 및 감수성 등등을 터득해야만 했고, 누나들의 입맛과 비위를 맞추며 자연스레 연마된 생존 비방이 바로 집안일이었다고. 누나들이 탄생시킨 조카들과 뒹굴며 알게 모르게 육아의 달인이 된 바, 참으로 쓸모 많은 녀석이라는 말도 덧붙였다.

재영에게 칭찬 비슷한 거라곤 일평생 들어본 적이 없었던 운몽의 눈이 휘둥그레졌다. 이때다! 운몽은 재영의 빈 잔에 와인을 채웠다.

"어머님은 말씀하셨죠. 십 년이면 강산이 변하지만 열흘이면 집구석이 변한다고."

"뭔 수작이지?"

재영이 재빨리 경계 태세로 전환했다. 운몽은 눈으로 천천히 집 안을 훑었다. 재영의 시선도 운몽을 따라갔다.

"누나 말대로 본 투 비 주부인 나 덕분에 일주일 사이 집안이 얼마나 달라졌는지 체험했잖아. 집밥 먹고 출근하고 퇴근하고 집밥 먹게 해줄게. 내가 여기 있는 한 저녁이 있는 삶, 그게 가능해지는 거야. 누나, 나 절실해. 강릉에는 비밀로 해줘."

"벌써 큰언니랑 통화했는데? 큰언니가 엄마한테 말 안 했을 리도 없고."

"놓쳤다고 해. 사라졌다고, 그러니까……."

"싫은데?"

"나, 내 인생, 제발 모른 척 좀 해줘."

"아는데?"

"이럴 거면 웰컴 파티는 왜 한 거야?"

재영은 대답 대신 강서를 바라봤다. 강서는 남매에게 대화의 시간이 필요할 거 같았다며 모쪼록 긍정적인 결론을 도출하길 바란다고 말했다.

"구두처럼 있어만 달라면서요? 집주인이니까 걱정 말라면서요!"

발 빼는 듯한 강서의 태도에 발끈한 운몽이 외쳤다.

그리고 뒤통수 맞은 듯한 표정으로 재영도 외쳤다.

"뭐야! 난 운몽이랑 한 지붕 아래선 못 산다고 했지? 근데, 얘보고 여기 쭉 있으라 그랬어?"

"여자 둘만 사는 집에 안전장치가 필요했던 것뿐이야. 그런데 운몽이가 구두 이상의 역할을 해주고 있잖아. 이쯤 되면 재영이 네 생각도 바뀔 줄 알았어. 한 지붕 아래서 살 만도 하고. 대화가 필요한 시점이라서 자리를 마련한 거고, 둘이 화해하길 바랐지. 하루 이틀 쌓인 앙금은 아닐 테니 쉽게 풀릴 리는 없겠지만. 내가 오버한 거니?"

강서는 조곤조곤 제 입장을 설명하고는 밖으로 나갔다. 남겨진 남매는 말없이 와인을 병째로 들이켰다.

운몽이 와인을 들고 옥상으로 올라갔을 때, 고고한 달빛 아래 담배 연기가 피어오르고 있었다.

"마실래요?"

운몽이 네모난 원목 평상에 엉덩이를 걸치며 말했다.

강서는 선뜻 와인 병을 받아 꿀떡꿀떡 마셨다. 그러고는 달빛을 흡수하려는 듯 고개를 뒤로 꺾어 밤하늘을 올려다보았다. 하루의 근심을 털어내기 위한 그녀만의 의식이었다. 땅에 쏟은 한숨은 뿌리를 내리고 자라니까. 어느새 팔뚝만 한 줄기를 뻗쳐 온몸을 휘감고 꽁꽁 감싸니까. 버리려고 했으나 버려지지 않고 더 단단해져 옭아매니까. 그러니 한숨일랑은 창공에 뱉어 흔적도 없이 사라지도록 해야 한다는 것이 강서의 지론이었다.

목이 뻐근했지만 강서는 미동도 하지 않고 낮게 한숨만 뿜어냈다.

언제까지 저러고 있을 텐가. 강서를 물끄러미 보던 운몽이 말했다.

"제 이름이 왜 구운몽인지 아세요?"

운몽이 먼저 이런 식으로 운을 떼는 경우는 거의 없었다.

고등학교 국어 시간에 딴짓을 하지 않았다면 구운몽이 소설 제목이라는 것 정도는 상식으로 구비하고 있게 마련이다. 국어 시간에 집중을 하는 편이었다면 조선시대 대문호 서포 김만중이 유배지에서 집필한 한글 소설로, 아들 걱정에 노심초사하시는 노모를 위로하려고 지었다는 것까지도 알 수 있겠다.《구운몽(九雲夢)》에서 구(九)는 주인공 성진과 팔선녀를 가리키고, 운(雲)은 나타났다 사라지는 구름 같은 인간의 삶을 뜻한다. 즉 구운몽은 아홉 구름의 꿈, 아홉 사람이 꾼 꿈이라는 의미를 담고 있다는 것까지 알고 있다면 그는 국어 일등급이다.

종종 어쭙잖은 지식을 겸비한 이들은 운몽에게 멍청한 질문을 하곤 했는데, 대한민국 수재들만 모아놓았다는 서울대라고 해서 다르진 않았다. 운몽이 너 조선에서 타임슬립한 소설 주인공이냐, 팔선녀 중 누가 젤 예쁘냐, 부모님이 김만중 팬이셨냐 등등. 헤르만 헤세의 소설 《데미안》의 주인공 이름이 데미안이 아니라 싱클레어라는 걸 모르는 이들이 있는 것처럼 《구운몽》의 주인공 이름은 구운몽이 아니라 성진이라는 걸 모를 수도 있지. 운몽은 시덥지 않은 소리를 하는 이들에겐 제 이름 구운몽은 소설 제목 구운몽과는 다르다고 '具云夢' 세 글자의 뜻을 정확하게 짚어주었다. 성씨 구에 이를 운 자, 꿈 몽 자를 쓴다고.

"춘몽아, 구운몽이 일장춘몽 소설 아니냐? 춘몽아, 인생 일장춘몽이다. 너도 나도."

언젠가 술자리에서 우찬희가 혀 꼬부라진 소리로 이렇게 읊어댔던 적이 있었다. 그때 운몽은 주입식 국어 교육의 폐단을 한 시간 넘게 설토하며 소설 《구운몽》의 주제는 일장춘몽이 아니라, 대승 불교의 중심인 금강경이 소설화된 작품이라고 목에 핏대를 세워가며 말해줬었다. 그걸 기억하는 사람이 누가 있겠나. 다들 춘몽이라고 낄낄거렸던 것만 기억했다. 그 후로 오랫동안 사람들은 운몽을 춘몽이라고 부르기도 했다.

아무튼 구운몽 석 자는 누군가에게 각인시키기 좋은 이름이었다. 한 번 들으면 잊지 못할 이름, 단 세 글자로 존재감을 높여주는 이름. 그래서 이름이 인상적이라며 타인과 대화의 물꼬를 트기에도 유용했다. 대부분 어떻게 그 이름을 갖게 됐는지 궁금해하며 이것저것 물어왔기 때문이다.

제 이름에 대한 것이라면 남이 먼저 물어봤을 때야 답해주는 것에 익숙해진 운몽인지라 굳이 먼저 이름 얘기를 꺼낼 일이 없었는데 강서 앞에서는 자신이 먼저 운을 뗀 것이다.

운몽이 정작 하고 싶었던 얘기는 재영과의 사이에 좀 더 본격적으로 개입해달라는 거였다. 주거 안정권 확보를 위해 동거인을 잘 다독여줄 집주인으로서의 역할, 그걸 말하고 싶었는데 막상 운을 떼놓고 보니 전혀 상관없는 얘기를 꺼낸 것이 스스로도 어이가 없을 지경이었다.

"태몽에 구름이 아홉 개였다며?"

물음표를 달았지만 그 이상은 궁금하지 않다는 말투였다. 강서는 와인을 한 모금 삼키더니 담뱃갑에서 담배를 하나 꺼내 하얗고 긴 손가락 사이에 끼웠다. 불을 붙이지는 않고 또 밤하늘을 올려다보았다.

귀찮으니 그만 내려가라는 신호인가? 안 된다, 대화를 이어가야 한다.

'구재영이 나냐, 운몽이냐 선택하라고 발광을 하면 저를 선택하셔야 합니다, 강서 누님!'

'그러마, 운몽아! 누나 믿지!'

이것이 달밤 옥상 토크의 엔딩이 되어야 한다.

부지런히 머리를 굴리던 운몽이 입을 열었다.

"담배 왜 피워요?"

"연극이 왜 좋아?"

왜 하냐는 질문에는 좋아서 한다고 대답하면 간단하다. 왜 좋냐는 질문에는 글쎄, 뭐라고 대답해야 하는 걸까.

"담배 언제 끊을 거예요?"

"연극 관둘 거야?"

좋아하는 것과 이별하라는 주문에는 어떤 대답을 내놓아야 하는 걸까.

"담배 몸에 안 좋잖아요."

"연극은 전망이 좋은가?"

"어떻게 담배랑 연극을 비교해요?"

"우문에 현답을 기대하지 마. 어리석은 질문은 어리석은 답을 도출하는 법이거든."

이번에도 본 궤도에는 오르지도 못하고 헛바퀴만 돌렸다. 자신의 어리석은 질문에 운몽은 뒤늦게 후회가 밀려왔다.

다음 날 아침, 운몽은 우리에겐 아직 열두 병의 와인이 남아 있다고 외치는 제 모습에 화들짝 놀라서 몸을 일으켰다. 꿈이었나, 속이 울렁거렸다. 92년생 구운몽입니다, 돈도 없고 집도 없고 일자리도 없고 명함도 없고 아무것도 없는 구운몽입니다라고 외치던 제 모습이 번개처럼 떠올라 또 놀랐다. 꿈이 아닌가, 머리가 지끈거렸다. 마지막으로 이게 다 구재영 때문이라고 외치는 제 모습에 식겁하며 운몽은 꿈이 아니란 걸 확실히 깨달았다.

구운몽이라는 이름 석 자, 담배와 연극이라는 단어가 머릿속을 유영했다. 그러다 듬성듬성 떠오른 기억의 파편들 속에서 지난밤 강서와 나눴던 대화가 들려왔다.

92년생 구운몽의 지금은 불행한가? 네. 그것이 구재영이나 연극 때문인가? 네. 구운몽의 삶에서 구재영과 연극을 떼어낼 수 있는가? 아니요. 그렇다면 계속 불행하겠네? 그렇게 되나요……?

반복되는 질의응답 끝에 강서는 이렇게 말했다.

"질문을 바꿔봐."

"네?"

"과거에서, 미래에서 답을 찾아야 하는 질문 말고 지금 답이 나오는 질문으로."

누구에게나 우문오답(愚問誤答)의 시절이 있다. 어리석은 질문 끝에 나오는 오답. 내 인생은 어디서부터 잘못된 걸까, 스스로에게 질문했다가 자기 비하의 늪에 빠지는 경우가 얼마나 많은가. 그러니 질문을 바꾸라는 거였다. 당장 무엇을 할 것인가, 질문하라고. 할 수 있는 게 뭐라도 있을 거라고, 그걸 하면 된다고.

운몽은 지난밤 달빛 고고하던 옥상에서 지혜의 노인이라도 만나고 온 기분이 들었다. 강서가 존경스러워졌다. 그때 휴대 폰이 요란하게 울렸다. 장 선배였다. 선배된 도리로 희동이네 치킨 가게에서 닭이라도 팔아줘야 되지 않겠냐고 했다. 어제 마신 와인이 훅 올라왔다. 코끝에 알코올 향만 스쳐도 속이 뒤 집어질 것 같았다. 운몽은 장 선배와의 만남을 일주일 뒤로 미 루고 당장 할 수 있는 일을 떠올렸다.

설거지였다.

3
포지션

고객이 전화를 받을 수 없단다. 벌써 아홉 번째. 계속되는 양 대리의 침묵으로 강서는 신경이 곤두섰다. 상냥한 기계음으로 전달된 단순한 팩트에서 불안한 상상들이 파생됐다. 그런 일은 일어나지 않을 거야. 강서는 아메리카노 한 모금과 함께 불안을 삼키고 이메일을 열었다.

'채용 의뢰드립니다_K코스메틱 인사팀'이란 제목의 메일을 클릭했다. 경력 7년 이상의 이커머스 사업부 팀장급 인재를 찾는 오더*였다. 강서는 포지션**에 대한 질문을 보내고 데이터베이스에서 이력서를 필터링하기 시작했다. 눈은 모니터에 꽂아두었지만 생각은 양 대리한테 꽂혀 있었던 까닭일까. 이십여

---

*   오더 (Order, 기업의 채용 의뢰)
** 포지션 (Position, 기업이 채용할 직위 및 핵심 집무 요약)

명 남짓한 후보자들의 서류를 검토했지만 머릿속에는 누구의 이름도 남아 있지 않았다.

강서가 다시 전화기를 들려는 찰나, 벨이 울렸다. 양 대리를 채용하기로 한 제원그룹의 인사 담당자였다. 그는 양 대리의 이메일 계정을 만들어야 한다며 영어 이름을 물었고, 입사 준비 서류를 전달해 달라고 했다. 담당자와의 전화를 끊고는 양 대리한테 전화를 걸었다. 열 번째, 또 상냥한 기계음이 강서의 고막을 파고든다. 강서는 양 대리에게 메일을 보냈으니 확인하라는 문자를 보내며 생각한다. 그런 일은 이미 일어났을지도 몰라, 강서는 아메리카노를 벌컥벌컥 마시고 얼음까지 씹었지만 불안은 부서지지도 녹지도 않았다.

양 대리가 제원그룹에서 오퍼레터*를 받은 후, 갑자기 입사일을 일주일만 미뤄달라고 했을 때 강서는 의심이 들었다. 그래도 믿었다.

"업무 인수인계가 늦어지고 있어서요. 지금 회사에서 백업을 제대로 해놓고 가라는데요, 죄송해서 어쩌죠? 입사 예정일을 맞출 수 없게 됐는데, 일주일 정도 미룰 수 있을까요?"

그렇게 말하는 양 대리의 목소리에서 송구함이 잔뜩 묻어 나왔기에.

---

* 오퍼레터 (Offer Letter, 구직자가 회사에 합격 후 받는 연봉 및 근무 조건이 기재된 일종의 합격증)

"제가 잘 얘기해볼게요, 마무리 잘하고 오세요."

라고, 대답했던 게 지난주 금요일이었다.

일주일이 흘렀다. 다음 주 월요일부터는 제원그룹에 출근을 해야 할 사람이 지금 전화도 받지 않고 문자도 확인하지 않는다는 건……. 그런 일은 이미 일어났다는 신호가 분명했지만 강서는 미련을 놓지 않았다. 부디 양 대리에게 모두가 양해해줄 수밖에 없는 피치 못할, 절박한 사정이 있는 것이기를.

강서는 눈알이 빠지도록 검색해서 건진 이력서와 자기소개서에서 양 대리가 성실한 사람이란 걸 확인했고, 직접 만나 인터뷰를 하면서는 그가 선량한 사람이란 걸 확신했다. 어쩌면 양 대리를 믿었다기보다 양 대리를 선택한 자신의 안목을 믿었던 건지도 모른다.

강서는 이름만 대면 알 만한 대형 서치펌*에 스물넷에 입사했다. 리서처 3년, 주니어 컨설턴트 3년을 거쳐 지금은 5년 차 시니어 컨설턴트이다 보니 사람 보는 눈은 거의 정확하다고 자부하고 있었다. 그런데 내가 뭘 놓친 거지? 도무지 알 수 없었다.

한동안 강서의 리테일 팀은 썩쎄스**가 많지 않았다. 안 그래도 오전 업무 보고 때 저조한 실적으로 본부장한테 경고를 들

---

* 서치펌 (Search Firm, 인재 추천 전문 컨설팅 회사)
** 썩쎄스 (Success, 채용 성사)

은 터였는데 양 대리까지 속을 썩인다. 조금만 더 기다려보자. 강서는 양 대리 생각을 털어내며 옆자리에 앉은 오원희 대리에게 업무 지시를 했다.

"한림인터내셔널에서 포지션 리스트랑 잡디* 보내온 거 내가 이메일 포워딩했어. 확인해봐."

"점심시간인데 밥 먹고 해요, 차장님. 오므라이스 어떠세요?"

"인터뷰 있어."

"케이온 마케팅 후보자 김용만 씨요? 내일 오후로 미뤄졌다고 오전 업무 보고 때 말씀하셨잖아요."

아, 그랬구나. 정신이 없었다며 중얼거리는 강서에게 오 대리가 무슨 일 있냐며 걱정스러운 표정을 지어 보였다. 양 대리건 진행 상황은 같은 팀인 오 대리와 공유하는 것이 마땅하지만 지금은 구구절절 얘기할 생각만으로도 피곤이 몰려왔다.

"없어, 입맛도 없고."

"입맛 확 살려드릴게요. 저랑 같이 드셔요오."

오 대리는 앙증맞은 표정으로 징징댔다. 며칠 전 빌딩 지하 아케이드에 새로 오픈한 식당인데 맛, 서비스, 분위기 모든 면에서 두루두루 별 다섯 개라며 손바닥을 쫙 펼쳐 보였다. 별이 오백 개라 해도 밥 생각은 없었는데 5분 후, 강서는 메뉴판의 김치돈까스 오므라이스와 명란새우 오므라이스를 놓고 선택

---

* 잡디 (Job Description. 직무와 지원 자격 등의 상세한 채용 요건)

의 기로에 서 있었다.

"명새로 해, 그거 괜찮더라."

언제 왔는지 IT팀 장석명 차장이 강서 옆자리에 의자를 빼고 앉으며 말했다.

"김돈으로 할게."

마음의 저울추가 팽팽한 상황에서 끼어든 장석명 덕분에 강서는 주저 없이 선택할 수 있었다. 주문한 음식이 나오길 기다리는 동안 장 차장은 물어보지도 않았는데 이달에 썩쎄스한 포지션들을 줄줄이 늘어놓았다. 수수료율이 높은 임원급을 비롯해 본인이 독점적으로 따낸 포지션들이라 리테일팀과는 비교가 안 되는 경지였다.

"와, 이번 달 아이티팀 대박이네요."

오 대리가 부러워하자 장 차장은 우쭐해하며 궁금하지도 않은 자신의 성과들을 또 늘어놓기 시작했다. 강서는 듣는 둥 마는 둥 하며 시선을 휴대폰에 꽂고 양 대리의 메시지를 기다렸다. 식사를 마쳤을 때쯤 새로운 문자 알람이 떴다.

죄송한데요, 입사 포기하겠습니다.

"뭐야, 이거? 후보자가 엎었어?"

흘낏 강서의 휴대폰을 엿본 장 차장이 염장을 질렀다.

"설마, 양 대리예요?"

오 대리도 어느 정도 짐작은 하고 있었는지 잔뜩 속상한 얼굴로 물었다. 강서는 고개를 끄덕이고는 휴대폰의 통화 버튼을 누르며 식당 밖으로 나갔다. 이번에는 상냥한 기계음이 아닌 양 대리의 목소리가 들려왔다. 입사 포기 이유를 묻는 강서에게 양 대리는 더 나은 오퍼를 받은 회사로 이직하겠다는 말을 너무도 당당하게 했다.

"양철종 씨, 그런 중요한 사항을 문자로 보내는 건 예의가 아닙니다. 게다가 제가 분명히 최종 인터뷰 가실 때 다른 데서 진행하는 건 없냐고 체크했었고, 없다고 하셨잖아요. 이건 경우가 아니지 않나요?"

"그럼, 제가 뭘 더 어떻게 해야 하나요?"

양 대리는 천연덕스럽게 물었다. 일말의 송구함도 없었다.

"직접 제원그룹 인사팀에 전화하셔서 상황을 설명하시든가 메일 보내세요."

강서는 동종 업계인지라 나중에 얼마든지 다시 만날 수도 있는데 이런 식으로 마무리하면 안 된다고 단호하게 말하고는 전화를 끊었다. 그 사이 식당 옆 카페에서 아이스아메리카노를 들고 나온 장 차장이 또 염장을 질렀다.

"도 차장 전혀 눈치 못 챘어? 후보자 관리를 어떻게 한 거야? 계속 체크를 했었어야지."

얄밉다. 강서 대신 오 대리가 눈으로 장 차장을 흘기고는 씁쓸한 표정으로 중얼거렸다. 순한 양인 줄 알았던 양 대리가 엉큼한 양다리일 줄 상상이나 했겠냐고.

***

닭다리는 왜 두 개뿐일까? 두 명이라면 그런 질문은 품지 않았을 것이다. 희동의 부친께서 운영하시는 치킨 가게에 모인 세 남자는 하얀 접시 위에 양쪽 다리를 조신하게 모으고 누워 있는 통닭을 물끄러미 바라보며 동시에 같은 질문을 떠올리고 있었다.

"내가 조류의 생물학적 특성을 부정하는 건 아니야. 이렇게 생겨먹었고 이렇게 진화된 걸 어쩌겠어. 신은 무슨 생각으로 새 다리를 두 개만 만드셨을까?"

장 선배가 먼저 입을 열었다.

"대신 날개를 주셨잖아."

희동이 진지하게 답했다. 그러고는 포크와 나이프로 닭다리와 날개를 분리해 다리 두 개는 선배들의 앞접시에 각각 올려놓고 날개는 제 앞으로 끌어왔다. 무심한 듯 섬세하게 손을 움직이는 희동에게서는 전문가의 손길이 느껴졌다.

"새 다리가 세 개였어봐. 무거워서 날기 힘들었을지도 몰라."

"닭은 안 날잖아."

"안 날다 보니 못 날게 된 거지."

장 선배와 희동은 주거니 받거니 하면서 닭을 뜯었다.

닭목 꿩과의 조류. 하늘로 비상하는 대신 땅에 안주한 후로는 사냥 능력과 비행 능력이 퇴화된 가축. 인간을 위해 알을 낳고, 인간의 식탁에 오르는 걸로 생을 마감해야 하는 먹거리.

운몽은 문득 닭에게서 연민이 느껴진다. 날 수 있었는데 못 날게 되어버린 닭의 퇴화가 남 일 같지 않다는 동질감이 솟구친다. 인간의 보호막이 처음에는 안락했으리라. 모이가 풍성한 닭장 안에서 연간 이백여 개의 알을 낳을 수 있는 왕성한 출산력을 자랑하는 걸로 충분했으리라. 그것이 초록 대문집에서 타고난 살림력을 선보이며 안주하고 있는 자신과 닮았다는 데에 생각이 머문 것이다. 퇴화된 닭처럼, 나도 할 수 있는 걸 못하게 되는 날이 온다면? 오버다. 운몽은 닭다리를 들고 고개를 저었다. 그런 운몽을 희동이 빤히 바라보았다.

운몽의 생각은 무럭무럭 자라난다. 인간과 동거를 시작한 최초의 닭은 먼 미래를 예측할 수 없었을 것이다. 조류로서 마땅히 해야 할 날기를 주저한 까닭에 후손들에게 인간의 식탁에서 최후를 맞이하는 숙명을 짊어지게 했다는 걸. 물론, 최초의 닭은 스스로의 선택이 아니라 인간의 힘에 굴복한 것일 터였다. 무자비한 인간들은 여린 닭이 날고 싶다는 꿈조차 꾸지 못

하도록 깃털을 뽑고 날개를 꺾고 모가지를 비틀었을 테니까.

운몽은 자신이 등 따숩고 배부른 초록 대문집의 안락함에 젖어 있다는 점에 주목했다. 비록 가사노동이 고되기는 하나, 안락한 건 사실이었다.

운몽은 생각한다. 이 안락함에 젖어 깃털이 뽑히는데도 눈치채지 못하는 순간이 온다면? 역시 오버다. 운몽은 닭다리를 들고 또 고개를 저었다. 한입 크게 베어 물려다 그냥 내려놓았다. 그러고는 비장한 표정으로 생각들을 갈무리했다. 닥쳐, 나는 닭하고는 달라! 초록 대문집에서 안주할지 말지를 나는 선택할 수 있으며, 나는 아직 꿈꿀 수도 있어. 그리고 꿈을 향해 날아갈 두 날개가 있어. 날개…….

"날개 줘?"

"응?"

"방금 날개라고 했잖아. 진작 말하지."

희동이 날개가 담긴 앞접시를 운몽 앞으로 밀었다. 그러고는 운몽의 닭다리를 냉큼 집어서 와그작, 크게 한입 베어 물었다.

"그나저나 어때? 초록집은 지낼 만해?"

장 선배가 동화책 첫 페이지를 펼치는 어린아이 같은 눈동자를 하고선 물었다. 그러고는 운몽의 답을 기다리지 않고 상상의 나래를 펼치기 시작했다.

"옛날 옛날 그린 하우스에 두 마녀와 신데렐라 총각이 살고

74

있었어요."

"두 마녀 아니고 집주인과 미친년 아니 누님, 신데렐라 아니고 우렁 총각."

희동이 장 선배의 말을 정정해주었다.

"그래, 아무튼. 그린 하우스의 여자 둘, 남자 하나. 멜로, 스릴러, 호러 다 된다 이거."

장 선배와 희동은 순식간에 장르를 넘나들며 로그라인을 만들어냈다.

두 여자가 한 남자를 동시에 사랑하게 됐고, 한 남자는 떠날 수밖에 없었던 절절한 러브 스토리는 두 여자가 공모해 한 남자를 죽여놓고, 서로를 못 미더워하다가 자멸하는 공범들의 심리 스릴러로 발전했다가 죽은 한 남자의 혼령이 살인마 두 여자에게 차례로 빙의되어 복수하는 예측 불허 스토리로 뻗어나갔다. 장 선배와 희동은 연극 동아리 방에서 밤새 브레인스토밍을 하며 깔깔거리던 그때처럼 즐거워했다.

운몽은 쉰 소리들 하지 말라며 삐죽거렸지만 사실 설레고 있었다. 그때의 열정, 그때의 꿈들은 먼지처럼 사라진 줄 알았는데 아니었다. 방 한구석에 숨어 몸을 낮추고 때를 기다렸던 거였나. 지금 나풀거리던 먼지들이 서로 뭉치고 덩어리가 되어 존재감을 드러내려 한다. 먼지처럼 되살아난 열정이, 꿈들이 움찔거린다. 마음 한구석에서 일어나고 있는 은밀한 파동을 감지한 운몽은 흥분하기 시작했다.

"이런 건 어때? 두 마녀는 밥 없이는 살아도 닭 없이는 못 사는 닭 킬러야. 일일일닭 신봉자. 그런데 세상 닭들이 다 멸종된 거야. 어느 날 그린 하우스에 오갈 데 없는 총각 하나가 들어왔지. 두 마녀는 총각에게 음식과 잠자리를 제공했어. 총각은 감사히 여기며 며칠을 보내다가 문득 깨달아. 어? 내 겨드랑이가 왜 가렵지? 보니까 날개가 막 자라고 있는 거야. 정수리는 왜 따끔거리지? 보니까 벼슬이 자라고 있는 거야. 닭이 된 거지! 총각은 닭이 되어 마녀한테 잡아먹히고 말았다는 잔혹 동화!"

운몽은 잔뜩 상기된 표정으로 장 선배와 희동을 바라보았다.

장 선배는 희동에게 무 없냐고 물었고, 희동은 무를 가져오겠다며 일어났다. 장 선배도 빈 맥주잔을 들고 일어났다.

"닭 킬러 마녀 캐릭터 신선하지 않아? 세상에 공짜는 없다는 주제도 선명하잖아! 아니다. 자신이 날 수 있단 걸 뒤늦게 깨닫고 탈출하는 성장 서사로 갈까? 마당을 나온 암탉처럼."

운몽이 무를 접시에 담고 맥주를 따르는 희동과 장 선배의 등에 대고 열심히 쫑알댔지만 그들은 돌아보지도 않았다.

잠시 후, 무와 맥주가 도착했다.

운몽은 오목한 접시에 담긴 네모반듯한 무 조각을 보며 초록 대문집 냉장고 안의 깍두기를 떠올렸다. 포장도 안 뜯은 명절 선물용 스팸 상자도 단짝처럼 따라왔다. 오늘 저녁 메뉴는 깍두기 볶음밥이라는 생각을 하는 중에 들려온 목소리는 장 선배의 것이었다.

"함께 섞여 있으면 외롭지 않을 줄 알았어……. 그러더라."

"누가?"

"이 무처럼 말야. 식초에 설탕에 절여져도 함께 있으니까 외롭지 않은 무 조각들처럼, 그러고 싶었던 걸까?"

"뭐래, 이 형?"

희동이 알 수 없는 말을 내뱉는 장 선배를 향해 투덜거렸다.

"외로우면 안 되잖아. 우리 중 누구 하나라도 외로운 꼴, 난 보기 싫었다고."

목이 메는지 장 선배의 목소리가 떨렸다.

순간, 운몽은 알아버렸다. 화가 치밀었다.

"외로웠으니까 용서하자고?"

"그런 뜻이 아니다, 운몽아."

"형은 벌써 우찬희 개새낄 용서했구나? 너도 용서하라고 그 말 하려고 만나자고 한 거였어? 형은 있는 집 자식이라서 삼 천만 원이 우스운지 몰라도 난 아니야, 형은 부잣집 막내 도련 님이라서 사기당하고 배신당해도 착한 척할 여유가 있나 본데, 난 아니라고!"

"이 새끼가 진짜, 그런 뜻 아니라니까!"

"형 아픈 손가락 때문에 난 인생 망했다고!"

탕!

운몽이 손바닥으로 테이블을 내려치며 일어섰다. 동시에 무접시가 엎어지면서 하얗고 네모난 조각들이 바닥으로 떨어졌다.

"그냥 그 새끼 좆나 외로웠단 팩트를 말한 거야!"

장 선배도 일어났다. 이번에는 파사삭, 날카로운 소리를 내며 맥주잔이 바닥으로 떨어졌다. 갈색 액체가 하얗고 네모난 무 조각들을 적셨다. 부친께서 오시기 전에 말끔히 청소를 해놓아야 하는 희동으로선 여간 곤란한 상황이 아니었다. 여기서 이러시면 안 된다고 말하려고 했는데 늦었다. 더 곤란한 상황을 맞닥뜨리고 말았다.

"좆나 외로워서 죽기라도 했대, 그 새끼? 어디선가 낄낄깔깔대며 잘먹고 잘살고 있을걸? 근데 난! 난, 닭 됐다고오!"

운몽의 절규에 웃음이 먼저 터져버린 희동이었다.

"웃어? 이 새끼가……."

운몽이 희동의 멱살을 잡았다. 장 선배 대신 만만한 희동에게 불똥이 튄 거였다. 희동은 멱살을 잡히고서도 웃음을 멈출수가 없었다.

"크크큭, 운몽이 형 아까부터 닭타령을……. 닭한테 무슨 억하심정 있어? 닭……."

"닥쳐, 새꺄!"

운몽이 던지듯 멱살 잡은 손을 내려놓자 희동은 웃음을 멈췄

78

다. 그러자 이번에는 장 선배가 웃음을 터뜨렸다. 웬 뒷북인가? 운몽이 장 선배를 흘겼다. 장 선배는 웃음이 멈추지 않아 본인도 괴로운 모양인지 거의 울다시피 했다. 장 선배의 괴이한 모습을 보다가 운몽도 웃음이 툭 터져 나와버렸다. 그런 운몽에 희동도 따라 웃었다. 결국 세 남자는 같이 웃었다.

이미 우찬희에게 두 번에 걸쳐 삼천만 원을 떼먹힌 전력이 있는 장 선배였다. 있는 집 자식이어서 삼천이 우스웠냐는 운몽의 격양에 사실을 털어놓고도 싶었다. 결코 우습지 않다고, 주식 팔아 바로 갚겠다는 말에 빌려줬는데 코인에 투자해 다 날리더라고, 나야말로 등신 호구라고. 그 말을 속으로 삼키면서 터져버린 웃음이었다.

무 조각을 보며 깍두기 볶음밥을 떠올려야 했던 운몽이나 선배들의 싸움에 청소 걱정부터 해야 했던 희동도 각자의 씁쓸함을 웃음으로 승화시켰다. 인생은 멀리서 보면 희극, 가까이서 보면 비극이라지 않나. 백주대낮에 동네 치킨집에 모여 이러고 있는 세 남자의 웃픈 속사정을 누가 알랴.

정류장을 세 개나 지나쳤다. 횡단보도를 건너 반대 방향으로 가는 버스를 탔는데 집과는 더 멀어지는 중이다. 잘못 탔다는 것도 알아채지 못할 정도로 운몽은 골똘해 있었다. '주부'라는 단어에 붙잡혀 있던 것이다.

운몽이 치킨집을 나설 때 장 선배는 간만에 모였는데 맥주 한잔 더 하자고 했다. 희동은 집에 꿀단지라도 있냐며 팔뚝을 잡았다. 바쁘다고 했더니 대체 바쁠 일이 뭐냐고 물었다. 그때 하필 튀어나온 말이 '깍두기 볶음밥 하려고'였다. 희동은 '형, 이참에 아예 주부해라'라고 했고. 장 선배는 '운몽인 잘할 거 같다'라고 했다.

주부, 집안의 살림살이를 도맡아 하는, 꽤나 숙련된 기술과 전문적인 지식을 수반하는 직종. 자격증을 따거나 시험을 치르거나 하는 일종의 관문을 거치지 않고도 종사할 수 있으며 대부분 급여를 받지 않는다. 아줌마, 엄마 또는 아내와 동의어로 쓰이기도 하며 수시로 과도한 책임과 희생을 요구하는 직업이라고 정의 내릴 수 있겠다.

피치 못할 사정이 있는 게 아니라면, 특히 대한민국 남자라면 될 일도 거의 없고 되기도 힘든 게 주부다. 그런데 나보고 주부를 하라고? 잘할 거 같다고? 실없는 웃음이 흘러내렸다. 웃음에 젖은 기분은 무거워진 솜뭉치처럼 자꾸만 자꾸만 가라앉았다. 왜일까, 주부가 뭐라고…….

***

"연우야! 엄마 왔어."

강서는 현관문 앞에 서서 구두도 벗지 않은 채로 두 팔을 크게 벌리고 소리쳤다.

"연우 놀이터에 있어. 근데 넌 연락도 없이 이 시간에 웬일이야?"

부엌에서 정심 씨의 목소리가 들려왔다.

"일이 일찍 끝났어. 연우 등하원은 엄마가 챙기라니까, 또 김 선생님한테 맡긴 거야?"

강서는 부엌으로 걸어가며 투덜거렸다.

"연우가 할아버지더러 마중 나오라잖니."

정심 씨는 망고 껍질을 벗기고 있었다. 김 선생님 제자가 보내준 건데 달고 맛있다며 깍둑썰기 한 망고 조각 하나를 강서에게 내밀었다. 졸업한 지 이십 년이나 지난 제자가 오월이 되면 과일이나 굴비 세트를 보내곤 한단다. 요즘 누가 스승의 날을 챙기냐며 정심 씨는 뿌듯해했다. 제자의 인성을 칭찬하면서 김 선생님이 존경받을 만한 스승이었다는 걸 말하고 싶은 그녀의 속내를 강서가 모르는 건 아니었다.

김 선생님은 정심 씨의 새 남편, 강서의 새 아버지다. 정심 씨가 재혼한 지 6년이 넘었지만 강서에게는 아버지란 말도, 새 아버지란 말도 어색하다. 그래서 '김 선생님'이라고 칭한다. 정심 씨도 마찬가지다. 연우나 김 선생님이 같이 있을 때에는 간간이 '여보', '당신'이라는 호칭과 섞어 쓰기도 하지만 주로 '김 선생님'이라고 부른다. 재혼한 엄마가 딸에게 해줄 수 있는 아주 작은 배려였다. 김 선생님도 흔쾌히 동의한 일이다.

정심 씨와 김 선생님은 구청 문화센터에서 캘리그래피 강좌를 들으며 친분을 쌓았다. 김 선생님은 수강생 아줌마들 사이에서 꽤 인기가 많은 신사였다. 훤칠한 외모에 친절하고 공손했으며 자상하기까지 했다. 집에 있는 꼬장꼬장한 삼식이와 티격대느니 김 선생님 보면서 눈 호강이라도 하겠다는 아줌마들로 캘리그래피 교실은 빈자리가 없었다.

아줌마들의 과도한 시선과 관심이 부담스러웠던 김 선생님은 묵묵하고 수더분한 정심 씨의 옆자리에 앉곤 했다. 까닭에, 불필요한 오해를 사며 정심 씨는 아줌마들의 입방아에 오르내리게 됐다. 이에 김 선생님은 정심 씨에게 미안한 마음을 여러 차례 전했다. 미안해하고 괜찮아하다가 고마워하게 됐다. 그렇게 서로에게 스며들어 서로에게 의지하고 싶어졌고 의지할 수 있는 존재가 돼주고 싶어졌을 때, 김 선생님이 먼저 고백을 했다. 정심 씨는 고맙다고 말했고 둘의 결혼은 순탄하게 진행됐다.

정심 씨가 재혼하고 두 달 후에 연우가 태어났다. 아빠가 없는 손녀 연우를 정심 씨는 본인 호적에 올리려고 했다. 강서에게 미혼모라는 수식어가 붙는 것만은 막고 싶었고, 그것이 강서의 앞날을 위한 길이라 여겼다. 정심 씨는 어렵게 운을 뗐다.

김 선생님은 또 흔쾌히 동의했고 정심 씨는 또 고마워할 수밖에 없었다.

김 선생님은 슬하에 2남 1녀를 두고 있었다. 그의 자녀들은 김 선생님의 생각과 다를 수도 있기에 정심 씨는 조심스러웠던 건데, 김 선생님은 다 커서 제 앞가림들 하고 사는데 아버지 호적에 늦둥이 동생 이름 석 자 추가되는 게 무슨 문제가 되겠냐고 했다.

"문제 삼겠다고 나서면 얼마든지 문제 삼을 일이죠. 그러니 충분히 상의한 후에 결정해도 늦지 않아요."

"당신 마음이 그렇다면 그리합시다."

김 선생님은 호주와 싱가폴에 있는 두 아들과 캐나다에 있는 딸에게 장문의 메일을 보냈다. 2남 1녀는 쿨했다. 그렇게 하세요.

아버지의 뜻을 존중하기 때문이었는지, 정심과 재혼할 무렵 유산 분배를 깔끔하게 끝낸 참이라 늦둥이가 있고 없고는 상관없기 때문이었는지는 몰라도 2남 1녀가 보여준 깔끔한 반응에 정심 씨의 마음도 한결 가벼워졌다.

당신 마음 편하면 그리합시다, 김 선생님은 그 후로도 매사에 크든 작든 선택의 순간이면 늘 그렇게 말했다. 김 선생님의 판단 기준은 오로지 정심 씨의 편한 마음이었다.

"연우 내 딸 한다고. 내가 엄마 하겠다는데 엄마가 왜 나서!"

강서가 제동을 걸었다.

"널 위해서! 넌 너대로 살라고, 연우한테 네 인생 발목 잡히지 말고!"

아주 오랜 시간 강서와 정심 씨는 싸웠고, 아주 오랜 시간 김 선생님은 모녀 사이를 오가며 중재했다.

팽팽한 싸움은 강서의 판정승으로 끝났다. 김 선생님이 강서의 손을 들어줌으로써 그녀의 호적에 연우의 이름이 올라갔다. 대신 일정 기간 동안 정심 씨와 김 선생님이 연우의 양육을 맡기로 했다. 처음에 강서는 연우를 자신이 키우겠다고 고집을 부렸다. 김 선생님은 강서가 홀로 일과 육아를 병행하기는 힘든 현실을 조목조목 짚어가며 강서를 설득했지만 말이 통하지 않았다.

"눈에 넣어도 안 아프단 말이 있지? 이 나이가 되면 말이다, 살아있는 모든 작은 것들이 애틋하고 사랑스럽단다. 이래도 예쁘고 저래도 예뻐. 연우가 그래. 울어도 똥을 싸도 뭘 해도 다 기특하고 좋더라. 정심 씨랑 나한테 연우와 지낼 시간을 좀 줘."

정중한 부탁이었다.

널 위해서라던 정심 씨와는 다른 말에 강서의 마음이 흔들렸다. 연우가 너무 예뻐서, 연우와 함께하고 싶다는 김 선생님의 말에는 육아 능력 없는 미혼모가 친정 엄마에게 갓난애를 맡기면서 필연적으로 짊어져야 할 수천수만 톤의 무게를 일 그램도 안 되는 솜털로 만들어버리는 마법이 들어 있었다.

"망고 맛있다."

"그건 연우 거야."

정심 씨는 연우가 먹기 알맞게 한입 크기로 조각낸 망고에 포크를 꽂는 강서의 손을 가볍게 쳐냈다.

"뭐지? 딸보다 손녀야?"

"말이라고?"

모녀는 서로를 가볍게 흘기며 웃었다.

강서의 휴대폰에서 기프트 카드가 도착했다는 알람이 울렸다. 보낸 이는 중견 외식 프랜차이즈 업체인 L사의 콘텐츠 마케터로 이직에 성공한 서지우였다. 대부분의 이직자가 그러하듯 그녀도 더 좋은 환경으로 이동해서 본인의 가치를 업그레이드 시키고 싶어 했다. 강서는 적당한 포지션이 나올 때마다 그녀를 추천했으나 탈락, 또 탈락. 계속되는 탈락 통보에 점차 지쳐 갔다. 기본 스펙과 경력이 좋은 편이었기에 그녀로서도 당황 스러웠을 테다. 강서는 그때마다 드롭 메일 대신 직접 통화를 하며 도움이 되는 상담을 해주었다. 눈높이를 조금만 낮춰보면 좋을 거라는 말은 아껴두었다. 대신 최종 인터뷰에서 탈락하고 잔뜩 주눅이 든 그녀에게 인터뷰 코칭을 해주고 함께 자기소개서를 다듬어가면서 신뢰를 쌓았다. 구직 기간이 예상보다 길어지자 그녀가 초조해하기 시작했다. 틈이 보였다. 강서는 중견기업 L사로의 이직을 제안했다.

"연봉은 지금이랑 크게 다르진 않지만 여긴 팀장 포텐셜리티가 있는 사람을 찾는 거고, 대기업은 아니어도 무엇보다 워크 컬처가 합리적인 회사예요."

강서는 권위적이지 않은 회사 분위기를 강조하며 그녀를 설득하려고 했으나, 대기업을 선호하던 서지우는 마뜩잖게 생각했다. 게다가 연봉도 제자리걸음이라면 군이.

"몸값을 높이려고 이직을 고려하죠. 그런데 거기서 거기라면 군이 옮길 이유가 없다고 생각할 수도 있어요. 하지만 지우 씨가 처음 저한테 했던 말은 환경을 바꿔보고 싶다는 거였어요. 새로운 공간에서 새로운 사람들과 일하고 싶다고."

"그랬죠."

서지우는 고개를 끄덕였다. 야근은 기본이다, 워라밸은 철없는 어린애들 투정이다, 같은 말을 입에 달고 사는 꼰대들의 태도도 싫고 자기가 해야 할 일까지 웃는 얼굴로 넌지시 떠넘기는 분위기도 싫었다. 불합리한 상황에 토 달지 말고 묵묵히 받아들이거나 꼬우면 떠나라는 그들의 코를 납작하게 해주고 싶었다. 도심 빌딩 숲에서 그들과 마주친다면 그들 눈앞에서 대기업 사원증을 펄럭이고 명함을 건네며 과시하고 싶었다.

강서라고 그런 서지우의 마음을 모를까. 그렇다고 속절없이 흐르는 시간을 두고만 볼 순 없었다. 이직을 결심했던 처음 그 마음을 일깨워줄 필요가 있었다. 새로운 사람들과 새로운 환경.

"여긴 무조건 칼퇴. 오너 마인드가 그래서 팀마다, 프로젝트마다 그때그때 달라지는 게 아니라 무조건이랍니다."

"그래요?"

관심을 보이는 그녀의 어조에 강서는 밀어붙였다. 사옥에 헬스장이 있고 통근 버스와 삼시 세끼가 제공되는 최강 복지와 자기계발 시간이 보장된다는 장점을 열거하고 나자 그녀의 호감도는 급상승해 있었다.

한 달 후, 이직한 서지우는 잘 적응하고 있다는 안부를 전해 왔다. 구내 식당 점심 메뉴라며 퀄리티가 호텔급인 사진을 첨부했다. 두 달이 지나서는 팀 분위기도 좋고 맡은 프로젝트는 더욱 좋다면서 일상을 전해주기도 했다. 엄지를 척 들고 있는 이모티콘에서 그녀의 만족도가 매우 높음을 알 수 있었다. 그리고 석 달이 지난 오늘 강서는 그녀에게서 립스틱을 선물 받았다.

내 인생의 구원자! 요거 바르시고 날마다 예쁨 뿜뿜 하소서^^!

메시지 카드에 적힌 문구에 강서는 저절로 미소가 지어졌다. 뿌듯했다. 하루 종일 양 대리 때문에 받았던 스트레스 구름이 확 걷히는 기분이 들었다. 지우 씨가 잘 지내고 있다니 오히려 감사하다는 메시지를 입력하면서 강서는 생각했다. 구원자라니, 과한 찬사다. 찾는 사람과 구하는 사람을 연결해주고 그 대가로 수수료를 받는 직업인일 뿐인걸.

현관문이 열리고 연우가 김 선생님의 손을 잡고 들어섰다. 연우가 강서를 향해 웃으며 손을 흔들었다. 김 선생님은 연우의 운동화를 벗기면서 강서에게는 지긋이 눈인사를 했다. 해맑은 어린아이와 다정한 노신사. 그들의 모습에서 강서는 작은 신(神)을 보았다. 진정한 구원자의 모습이었다.

저녁 식사를 하고 과일을 먹고 설거지를 하고 동화책을 읽어주며 일상을 나누고 고단했을 하루를 정리하는 4인 가족의 모습 어디에도 결핍은 없었다. 아빠가 없는 아이도 남편이 없는 아내도 사위가 없는 장인 장모도 그들 중에는 없었다.

정심 씨와 김 선생님은 밤 산책을 하겠다며 가벼운 옷차림으로 집을 나섰다. 강서는 피곤한지 하품을 하는 연우를 씻기기 위해 화장실로 데려갔다. 고사리 같은 손을 비벼 거품을 내며 연우가 물었다.

"엄마는 할아버지한테 왜 아빠라고 안 해? 왜 김 선생님이라고 해?"

"할아버지가 학교 선생님이셨거든."

아버지란 말이 차마 나오지 않는다는 걸 어린 연우가 이해할 수 있을까.

'할머니의 남편이지만 엄마의 아빠는 아니시거든. 엄마를 낳아준 아빠는 교통사고로 돌아가셨어. 그래서 김 선생님이 엄마의 새 아버지가 된 건데 엄마는…… 그러니까 엄마한테는 앞으로도 계속 김 선생님이실 것만 같은 분이야'라고 부연 설명을 한들 연우는 이해하지 못할 것이다. 연우가 열 살이 넘으면 그때 하자.

"근데, 엄마……."

연우가 손을 조물락거리면서 뜸을 들였다.

"왜요, 딸?"

"아니야."

"뭔데? 엄마 궁금하단 말이야, 빨리 말해줘."

"한 밤 자고 가."

"겨우 한 밤? 엄만 열 밤 자고 가려고 했는데?"

"피이, 거짓말……."

강서는 샤워를 마친 연우의 몸을 닦고 젖은 머리를 말려주는 내내 잔소리를 들어야 했다. 강서는 아기 상어가 그려진 물컵을 사주겠다는 약속도, 펭수 인형을 사주겠다는 약속도, 말랑

말랑 슬라임 놀이 세트를 사주겠다는 약속도 지키지 않는 거짓말쟁이였다. '엄마가 그랬어? 다음엔 약속 꼭 지킬게, 미안' 하면 될 것을 '아, 엄마 하기 힘들다……'라고 해버렸다. 아뿔싸!

연우는 가만히 강서의 눈을 바라보더니 강서의 등 뒤로 가서 작은 두 손으로 어깨를 조물락거리기 시작했다.

"내가 도와줄게, 엄마."

눈물이 핑 돌았다. 연우가 강서의 등 뒤에 있어 다행이었다. 거짓말쟁이에 울보까지 되면 너무 형편없는 엄마니까. '와, 엄마 이제부터 하나도 안 힘들 거 같아'라고 말하고 싶었는데 말에 눈물이 배어나올까 봐 그러질 못했다.

별과 달이 빛났다. 연우 방 천장에 붙은 야광 스티커들이 온 힘을 다해 반짝거렸다. 재영이 오다가다 주웠다며 연우 주라고 건넨 스티커였다. 연우는 잠이 오지 않는지 강서의 품으로 파고들었다.

"엄마가 자장가 불러줄까?"

"아니. 아기 상어 보고 싶어."

"안 돼, 밤에 그런 거 보면 더 잠 안 와."

"아기 상어 컵 안 사줬잖아."

"딱 5분!"

강서는 휴대폰 폴더를 열었다. 5분, 또 5분. 몇 번의 5분이 지났는지 깜빡 잠이 들었던 강서가 눈을 떴을 때 연우는 쌔근쌔근 잠들어 있었다. 강서는 연우의 볼에 입을 맞추고 연우의 가슴을 토닥여준 후 조용히 방문을 열고 나왔다.

연우의 옷과 샤워 수건을 세탁기에 넣던 강서는 연우가 열 살이 넘으면 그때 하자고 미뤄뒀던 답이 하나 더 있다는 것을 떠올렸다. 연우가 다섯 살 때였을까. 곰 세 마리 가족이 나오는 그림책을 읽어주는데 연우가 물었다.

"엄마, 연우 아빠는 언제 와?"

심장이 쿵, 내려앉았다. '연우 아빠는 누구야?'도 아니고 '연우는 왜 아빠가 없어?'도 아니었다.

"아빠 바쁜 일이 안 끝났어?"

"응, 연우가 좀 더 크면 올 거야."

'미안하지만 연우한테는 아빠가 없어. 아니 있는데……. 어딘가엔 있을지도 모르는데 엄마가 몰라'라는 대답을 할 순 없어서 '좀 더 크면'이라는 실체가 불분명한 말로 대신했다.

강서는 연우에게 아빠의 부재를 설명할 수 있는 최적의 답을 찾으려고 애썼다. 가능한 모든 경우의 수를 상정해 쓴 답안지들이 수북이 쌓여가는 동안 강서가 깨달은 건, 어떤 말을 해준들 연우는 상처를 받을 수밖에 없다는 사실이었다. 그러니 마음 근육이 튼튼한 아이로 키우는 일이 강서가 할 수 있는 최선이었다. 언젠가 '좀 더 큰' 연우가 강서의 대답을 듣고 많이 울지는 않기를 바라며.

산책을 나갔던 정심 씨와 김 선생님이 돌아왔다. 늦기 전에 어서 가라며 정심 씨는 미리 싸둔 반찬통을 냉장고에서 꺼냈다.

"연우랑 자고 갈 거야."

"내일 출근 안 해?"

"해."

"그 옷 입고? 사람들이 너 외박한 줄 알겠다."

그게 뭐. 강서가 정심 씨를 바라보았다.

외박이 남편 없이 혼자 아이 키우는 여자와 연결될 때 발생하는 여러 부작용. 건전치 못한 타인의 상상들과 언어들을 미리 예단한 정심 씨는 염려하는 눈빛으로 강서를 바라보았다.

"요즘 누가 그런 거 신경 써? 다들 남 일엔 관심 없어."

"그래도 옷 갈아입고 제대로 출근해."

정심 씨는 강서 손에 반찬통을 들려주며 등을 떠밀었고 강서는 조금만 더 있다가 가겠다며 소파 깊숙이 몸을 묻어버렸다.

***

잘 익은 깍두기를 한 움큼 쥐고 국물을 꽉꽉 짜낸다. 적당한 크기로 썰어서 들기름에 살짝 볶아둔다. 스팸은 끓는 물에 살짝 데쳐 식품 첨가물을 제거한다. 귀찮기는 하지만 이렇게라도 해야 몸한테 덜 미안하니까. 네모난 스팸 조각들과 깍두기를 나란히 놓고 보니 뭔가 아쉬운 느낌에 냉장고 야채 칸을 열어본다. 꽈리고추 반 봉지가 보인다. 송송 썰어 스팸과 깍두기 옆에 둔다. 초록이 곁들여지니 이제 아쉬울 것이 없다. 후라이팬에 찬밥과 함께 투하된 식재료들은 이내 고슬고슬 맛난 볶음밥으로 부활한다. 운몽은 마지막 순간에 간이 조금 약한 것 같아 굴소스 한 스푼을 넣을까도 했지만 몸의 안녕을 위해서는 MSG를 지양하는 것이 맞다고 판단한다. 굳이 스팸을 데쳐서 넣은 수고를, 굴소스 한 스푼으로 헛수고가 되게 할 순 없으니까.

그렇게 정성스럽게 볶음밥을 완성했는데 아무도 오지 않았다. 오면 온다, 가면 간다 문자 한 통 보내는 게 뭐 어려운 일이라고. 집에서 밥 해놓고 기다리는 사람에 대한 배려가 없어. 운몽은 바깥양반 기다리는 안주인처럼 투덜거리며 볶음밥을 안주 삼아 맥주 캔 하나를 비웠다.

밤 열 시가 넘어서야 재영이 왔다.

온몸에 피곤을 덕지덕지 달고 들어온 재영에게 운몽은 '깍두기 볶음밥 먹을래?' 하고 물었다. 재영은 '생각 없어'라고 했다가 '한 숟가락만 할까?' 하더니 후라이팬을 통째로 끌어안고 먹었다. 다 먹고 나서는 '왜 이렇게 많이 했어?'라며 짜증을 부렸다. 누가 다 먹으랬나, 운몽은 밥알 한 톨 남지 않은 후라이팬을 보며 물었다.

"강서 누님은 야근하신대?"

"누님 소리가 자연스럽다?"

"그럼 뭐라고 불러?"

밥 잘 먹고 삐딱선이다. 그럼 미친년 친구라고 부를까? 운몽
이 눈으로만 말했는데 재영은 귀신처럼 알아챘다.

"하긴, 미친년 친구라고 할 순 없을 테니. 강서 친정 갔어, 오
늘 안 들어올 거야."

"알았어, 쌀은 내일 아침에 안쳐야겠다."

"이건 뭐 거의 전업주부 수준인데?"

재영은 운몽이 '밥 한다'도 아니고 쌀을 '안친다'라고 한 것
에 놀라워했다. '안치다'라는 말은 주부 경력 이십 년은 훌쩍
넘긴 베테랑들에게서나 나올 만한 단어라며 재영이 경이로운
표정을 지어 보이고는 방으로 들어간 후로 운몽은 또 '주부'라
는 단어에 붙잡히고 말았다.

수입이 아예 없거나 수입이 불규칙한 학생, 프리랜서, 무직
과 한 카테고리에 묶이는 직업군 중의 하나. 안정적인 수입을
기대하기 힘들고, 일한 만큼 보상이 주어지지 않기에 많은 경
우 겸직을 하기도 하는 일. 그런 까닭에 전업으로 삼기엔 장래
성이 상당히 불투명한 일. 대부분의 종사자가 여성이며, 최근
에야 남성들도 휴직을 하거나 직장을 관두고 가사나 육아를
돌보는 경우가 늘어나고는 있지만 대부분 기간제일 뿐 전업으

로 삼지는 않는 일.

결론적으로 본인과는 상당히 거리가 먼 일이란 건데도 하루에 두 번이나 같은 말을 듣고 나니, 운몽은 본격적으로 자신과 주부의 접점이 무엇인가를 고민하기에 이르렀다.

자타공인 살림력일까?

접점을 찾은 순간, 운몽은 선천적으로 타고난 꼼꼼한 기질과 후천적인 환경의 영향으로 획득할 수밖에 없었던 본인의 능력을 부정하고 싶어졌다. 신을 향한 원망이 용솟음쳤다.

신이시여, 어찌하여 제가 원치 않는 능력만 주셨나이까! 연극이 하고 싶은 아이에게 쓸데없는 암기력을 주시어 서울대에 진학하고 로스쿨을 가게 하시더니 쓸데없는 살림력까지 주시어 주부라는 소리를 듣게 하시나이까…….

설거지를 하던 운몽은 수세미를 던졌다. 평소 같으면 기름때가 말끔히 제거될 때까지 후라이팬을 두 번이고 세 번이고 닦아냈을 텐데 대충 물로만 헹궈버렸다.

잠이 오지 않았다. 운몽은 옥상에 강서의 담배가 있을 거라고 생각했다. 군대에서 담배를 처음 배웠다. 강원도 을지부대 전방초소에서 눈 내리는 겨울밤의 고독에 몸부림치던 일병 운몽에게 선임병은 담배를 건네며 이렇게 말했다. 꿀맛이야. 선임만 아니라면 비웃음을 날리거나 쌍욕이라도 뿜어줬을 텐데 일병 운몽이 할 수 있는 건 정중하게 두 손으로 하야 담배를 받잡는 것이었다. 그리고 몇 초 후, 놀랍게도 담배에서 꿀맛이 나는 기적이 일어났다.

제대 후에는 그 꿀맛을 경험할 수 없었기에 끊었다. 그런데 이 밤, 뜬금없이 담배가 생각나다니 이유를 모르겠다.

옥상에 담배는 없었다. 옥상에서 내려온 운몽은 편의점에 가려고 대문을 열었다가 검은 개의 검은 눈동자와 마주쳤다. 개는 도베르만이었는데 짖지 않았다. 낮은 그르렁거림조차 없었다. 순한 눈망울로 운몽을 빤히 보기만 했다.

"순자예요."

"예?"

"저 옆집 살아요, 순자 아빠요."

오십 대 중반쯤 되어 보이는 순자 아빠는 인사도 못 하고 지냈다면서 한 걸음 다가오더니 두 아가씨 중 누구의 짝이냐고 물었고, 운몽은 화들짝 놀라며 그냥 아는 동생이라고만 답했다. 순자 아빠는 아는 동생이 알고 보면 다 그렇고 그런 사이더라며 희미한 미소를 지었고, 운몽은 더 화들짝 놀라며 한 발 물러섰다. 뒤통수가 쭈뼛 서는 느낌이 들었다. 옆집 일에 관심 꺼요. 운몽은 경계의 눈빛을 발사했다.

"요즘 동네가 어수선하잖아요. 수상한 사람 없나 하면서 우리 순자 데리고 동네 한 바퀴 돌아요."

그러는 당신이 더 수상한데? 야밤에 개 산책을 핑계로 뭘 하고 돌아다니는 거지? 운몽은 눈썹을 씰룩거렸다.

"앞으로는 인사하고 지냅시다."

순자 아빠가 허연 이를 드러내며 웃고는 옆집 대문을 열고 들어간 후로도 운몽은 한동안 초록 대문 앞에 그대로 서 있었다. 초록 대문집에 첫발을 디딘 날, 현관에 놓인 구두처럼 있어 달라고 했던 강서의 말이 떠올랐다. 본연의 임무는 구두인데 난 그간 무엇을 했더란 말인가. 괜히 존재감을 뽐내려다 '주부'라는 말에 허우적거리기나 하고. 그냥 구두로 있자. 운몽은 새삼 재정립된 정체성에 담배 생각이 쏙 들어갔다.

새벽 일찍 눈이 떠진 운몽은 밖에서 부스럭거리는 소리에 방문을 열었다. 강서가 냉장고에 반찬통을 정리해 넣고 있었다. 안 본 거다, 방문을 닫으려고 했는데 커다란 김치통을 들고 낑낑거리는 모습에 도저히 모른 척할 수가 없었다.

"일찍 일어났네? 엄마가 물김치 주셨어."

운몽은 강서 곁으로 다가가 김치통 뚜껑을 열고 한 국자 퍼서 맛을 보았다.

"하루 정도 밖에 놔뒀다가 냉장고에 넣어요, 그래야 맛이 들지."

이런! 주부9단스러운 이 발언은 또 뭔가. 운몽은 흠칫했다.

"맞다, 엄마도 그렇게 말했었는데 깜빡했네."

강서는 땅콩볶음이며 진미 오징어채볶음, 호박나물 등이 담긴 작은 반찬통들을 냉장고에 넣으며 말했다.

"오징어채에는 미역국이 진리야."

이건 미역국을 끓이라는 소리다.

간편 미역을 물에 담가 불린다. 냉장실에 있을 줄 알았던 국거리용 소고기가 없다. 조갯살로 대신 할 생각으로 냉동실 문을 열었는데 그마저도 없다. 운몽은 들깨가루로 대신하기로 한다. 기름에 불린 미역과 마늘을 달달 볶고 물을 넣어 끓인다. 들깨가루와 참치액젓 한 숟갈로 마무리를 한다. 담백한 미역국이 완성됐다. 운몽이 자취할 때, 은영 누나가 쌍둥이들 입맛을 사로잡았다며 알려준 초간단 레시피는 강서의 입맛도 사로잡아버렸다.

식사를 마친 강서가 식탁 위에 하얀 봉투를 내밀었다.

"벌써 한 달이 훨씬 지났더라고. 얼마를 넣어야 할지 몰라서 이모님들 드리는 시급 기준으로 해서 약간 더 넣었어."

운몽은 당황스러웠다. 친구 동생이라고 용돈 받을 나이는 지났고, 집안일 좀 했다고 수고비를 받기에는 주거 안정을 가져다 준 강서에게 되레 보은을 해도 모자란다.

"이걸 어떻게 받아요?"

운몽은 손사래를 치고는 봉투를 강서 앞으로 밀었다.

강서는 돈을 주고받을 사이는 아니라고 생각했지만, 그렇다고 돈을 주고받지 않으려니 더 이상하더라며 이렇게 덧붙였다.

"노동에 대한 정당한 보상이야."

강서가 출근한 후, 운몽은 노동과 보상이란 말을 계속 곱씹었다. 부수고 삼켰다가 되새김질하며 숙고를 거듭했다. 지금까지의 수고에 대한 보답은 물론 앞으로도 계속 기대하겠다는 뜻이다. 중요한 건 '앞으로도'였다.

운몽은 마음이 뒤숭숭해졌다. 어쩌면 이것이 닭 모이일지 모른다는 의구심과, 구두로 있으려고 했는데 주부로 향해 가고 있다는 불안이 함께 급습했다. 봉투는 꽤 두툼했다. 초록일까, 노랑일까. 운몽은 봉투 안을 슬쩍 열어보았다. 황금빛 물결 사이에서 신사임당이 웃고 계셨다.

4
옥탑방 빌런

"운몽이가 뭘 한다고? 밥하고 설거지하고 빨래를 해?"

민영이 믿기지 않는다는 눈빛으로 재영을 바라보았다.

"밥은 밥솥이 하고, 빨래는 세탁기가 할걸?"

"구재영! 너 제정신이야?"

민영이 버럭 소리를 질렀다.

"오징어 물회 먹을래?"

재영은 저만치 보이는 파도횟집 간판을 턱으로 가리켰다. 말 끝에 물음표를 달긴 했지만 의중을 묻거나 동의를 구하려는 의도는 아니었다. 철썩! 파도가 밀려와 바위를 때리고는 하얀 포말로 부서져내렸다.

은영과 숙영도 십 분 후면 도착한다기에 재영은 오징어 물회 네 개를 주문했다. 민영은 소주 한 병을 추가하고는 물회가 나오기도 전에 소주 반병을 비웠다.

"엄마 뒷목 잡으시면 어쩔 거야?"

"내가 뭘 어째야 해? 운몽이 일인데."

"운몽이 일이 네 일이잖아."

"그래서 말인데, 그 새끼 진짜 남이었음 좋겠어."

어쩌면 다섯 살까지는 행복했을 것이다. 운몽이 태어나기 전까지는 딸부잣집 막내딸로 온갖 귀염을 떨며 가족 친지들의 사랑을 독차지했을 테니. 그런데 불행하게도 그때를 기억하진 못한다. 그러니 재영에겐 행복한 기억이 거의 없다고 해도 과언은 아니다.

"난 말이야, 내가 나를 위해 존재하는지 운몽을 위해 존재하는지 헷갈릴 때가 많아. 엄마는 나한테 전화해서 운몽인? 하고 물어. 내 안부는 묻지도 않고 운몽이 얘기만 하다 끊어. 언니라고 다른 줄 알아? 강릉역에 나 픽업하러 와서 건넨 첫마디가 운몽인? 그거였어."

찔끔한 민영은 입술을 오므리고 눈을 깔았다. 무슨 말로 위로를 해야 할지 모르겠단 제스처였으나 그걸 재영이 어떻게 해석했는지 가늠이 안 됐다.

"네가 피해의식 큰 거 알아."

"피해의식이 아니라 실제로 개피 봤어."

개피. 자매는 누가 먼저랄 것도 없이 봄날의 자두를 떠올렸다.

재영이 열다섯이었으니까 민영은 열일곱이던 아버지의 제삿날이었다. 운몽이 태어나던 해 여름, 막 엄마 젖을 뗀 강아지 자두가 재영의 품으로 들어왔다. 네 명의 소녀들은 아침 저녁으로 자두한테 달라붙어 애정을 담뿍 퍼주었다.

특히 재영은 자두를 물고 빠느라 지각과 조퇴를 밥 먹듯이 했다. 수박이나 사과라고 부르면 돌아보지도 않지만 자두라고 부르면 귀를 쫑긋 세우고 달려오던 천재 강아지 자두는 재영의 모든 것이었다.

그해 겨울, 운몽이 태어나고 재영이 찬밥 신세가 되자 자두는 거의 냉동밥 수준으로 전락했다. 운몽의 공갈 젖꼭지가 자두의 최애 장난감이었던 까닭에 장금이 여사의 분노를 유발했고 빗자루로 두들겨 맞는 일이 비일비재했다. 그럴수록 재영은 자두와 하나가 되었으며 운몽을 더 미워할 수밖에 없었다.

"잘 걸렸다, 오늘이 네 제삿날이다!"

"오늘이 왜 내 제삿날이냐, 아부지 제삿날이지."

열 살 운몽이 눈을 치켜뜨고 재영에게 대들었다.

"어디서 또박또박 말대답이야? 내 영어책이 왜 자두 집에 있는데? 네가 숨겨논 거 모를 줄 알아?"

"증거 있어?"

"있다, 증거! 내 촉이 증거다!"

재영이 운몽의 머리끄덩이를 휘어잡았다. 놔! 못 놔! 남매의 육탄전은 재영의 승리로 마감하는 듯했다.

"네가, 먼저 내 얼굴 긁었잖아……."

운몽이 닭똥 같은 눈물을 떨구며 징징댔다.

"오호라. 그래서 복수했단 거지? 이제야 술술 부는구만. 내가 괜히 긁었냐? 네가 싸가지 없이 구니까 긁었지. 근데 좀 전에 뭐라 그랬냐? 나보고 너라 그랬냐?"

"그건, 누나 너가, 아니, 누나가……."

말이 멋대로 꼬이는 바람에 신경질이 난 운몽은 발악을 하며 소리를 질렀다.

"내가 뭘 그렇게 잘못했는데!"

"넌 태어난 거 그 자체가 잘못이야!"

재영이 다시 운몽의 머리끄덩이를 휘어잡았다. 그때 방문이 열리고 장금이 여사께서 등장하셨다. 그녀의 손에는 제사상에 올라가기로 예정된 북어채가 들려 있었고, 북어채는 재영의 등짝에 사정없이 내리꽂혔다.

"구재영! 넌 어쩌자고 허구한 날 운몽일 잡아? 기집애가 어디서 못된 것만 배워가지고……."

장금이 여사는 재영을 흘기고는 운몽의 등을 부드럽게 쓸어주면서 데리고 나갔다. 운몽은 뒤를 돌아 메롱, 혓바닥을 낼름

거리며 악마의 미소를 지어 보였다. 복병의 등장으로 패자가 된 재영은 생각했다. 오늘 밤 아버지가 오시면 운몽이 저 자식을 데려가달라고 졸해야겠다고.

그리고 그날 밤, 민영은 보았다. 제사가 끝나고 모두 잠든 틈을 타 운몽이가 뭔가를 가슴에 품고 자두네 집으로 향하는 것을.

다음 날 아침, 민영이 마당에서 훌라후프를 돌리고 있을 때였다. 아랫배를 움켜잡고 기다시피 나온 재영이 물었다.

"저번에 마트에서 왕창 사다놨는데 왜 없지? 언니들이 내거 다 썼어?"

"난 아닌데. 언니들도 아닐 거야. 다이어트 땜에 생리불순이래."

그때 문득 떠오르는 것이 있어 민영은 자두네 집을 바라봤다. 재영의 시선도 그리로 향했다. 재영은 성큼성큼 자두 집으로 가서 고개를 쑥 들이밀었다. 그리고 외쳤다.

"야이 개애—자식아!"

민영이 달려갔다. 개집 안엔 자두가 찢어발긴 생리대 파편들이 낭자했다.

운몽이 고개를 숙였다. 이번에는 확실한 목격자의 증언이 있었기에 장금이 여사도 운몽의 편이 되어줄 수 없었다. 서슬 퍼런 재영의 눈치를 보느라 다들 쩝쩝, 씁쓰름한 표정으로 입맛만 다셨다.

　설익은 복수는 감당 못 할 재난을 불러왔고 운몽은 명문 사립고에 입학해서 기숙사 생활을 하기 전까지 누나들의 생리대 심부름을 해야 했다. 거기서 끝났다면 재영이 애통할 일은 없었을 거다.

　'개애—자식아!'라고 했던 건 자두가 아니라 운몽을 향한 거였는데 자두가 집을 나가버렸다. 마당에서 한바탕 푸닥거리를 하느라 그 누구도 자두가 나가는 걸 보지 못했다. 밤 늦게 개밥을 주러 갔던 재영은 자두의 부재를 식구들에게 알렸고, 모두가 밤새 온 동네를 헤매며 애타게 자두를 불렀다. 큰 대로를 건너 옆 동네까지 진출한 재영에게 슈퍼 할머니는 무릎을 만지작거리며 말씀하셨다.

　"요만한 흰둥이 말하는 거야? 아까 참에 슈퍼 앞에서 얼쩡거리길래 소시지를 하나 줬어. 그거 물고 냅다 갔는데 쩌—어기서 쿵, 소리가 나는 거야. 그러고는 이 앞으로 검은 차 한 대가 쌩 가더라고. 아무래도 치인 거 같은데 내가 무릎이 이래서 가 볼 수가 있어야지. 하필, 지나가는 사람도 하나 없었지 뭐야."

　재영은 할머니가 가리키는 골목으로 달려갔다. 거기, 차에 치여 죽은 자두가 있었다.

　재영이 자두를 안고 마당에 들어섰다. 자두도 재영의 가슴도 피범벅이었다. 새벽 한 시였다. 그 후로 재영은 아버지 제삿날이 되면 절을 하고 마당으로 나와 자두의 집이 있던 그 자리에 소시지를 놓고 명복을 빌어줬다. 처음엔 운몽일 데려가달라 했는데 왜 자두를 데려갔냐고 아버질 원망하기도 했는데, 곧 자책으로 바뀌었다. 빌면 안 되는 소원을 빌어서 나의 가장 소중한 걸 잃은 거라고.

파도횟집의 재영과 민영은 자두를 애도하며 잔을 비웠다.

"우리 어디까지 얘기했더라? 아, 그래 피해의식. 아무튼, 우린 엄마 딸이잖아. 운몽인 엄마 인생 전부고."

민영이 잔을 채워 재영 앞으로 내밀었다.

"그래서 우리 모두 피해자란 얘기야. 엄마, 언니들, 나, 운몽이까지. 가해자는 없고 모두 다 피해자야."

재영은 단숨에 소주를 털어 넣었다.

"맞아. 대 끊길까 봐 전전긍긍했던 엄마 인생도 슬프고, 딸 부잣집 막내아들로 태어난 운몽이 인생도 아프다. 엄마 닦달에 운몽이 뒤치다꺼리해야 했던 너도 힘들었고. 그런데, 우린 가족이니까."

"가족이란 자격으로 언제까지 애한테 족쇄를 채울 건데?"

"어머, 얘 말하는 것 좀 봐. 무섭게 족쇄가 뭐니?"

"다들 운몽이 판검사 만들고 싶어 안달인 거잖아. 어쩔 땐 언니가 엄마보다 더해."

민영의 남편이자 재영의 형부인 조 서방의 이종사촌 동생인 신모 씨는 운몽과 동갑내기다. 운몽이 서울대에 합격했을 때 신모 씨는 지방국립대에 합격했다. 운몽이 방황할 때 신모 씨는 공부했다. 운몽이 서울대 로스쿨에 입학만 해놓고 과외 아르바이트와 연극 활동을 병행할 때 신모 씨는 지방국립대 로스쿨에서 또 공부만 했다. 그리고 그는 낼모레 검사 임관을 눈앞에 두고 있다. 자기 아들도 아니면서 민영의 시어머니는 어깨에 잔뜩 힘이 들어갔다. 민영에게 사돈 총각은 좋은 소식 없냐고 물었다. 안사돈이 얼마나 걱정이 많으시겠냐며 안타까워도 했다. 웃는 얼굴로 그러시며 자꾸 민영의 속을 긁어댔다.

"그래, 운몽이 앞세워서 면 세우고 싶다. 시댁 식구들한테 내 남동생 판검사 됐어요, 하고 우쭐하려고 그런다. 왜, 그게 잘못된 거야?"

'응, 잘못된 거야. 구민영 넌 진짜 속물이야'라고 재영은 속으로만 생각했다.

"그러니까 운몽이 녀석 대학로 드나드는 거 알았을 때 말렸어야지. 판검사 될 애가 연극 하겠다면 엄마 어떻게 나올지 뻔히 알면서 네가 쉬쉬하는 바람에."

"봐, 또 내 탓이네?"

익숙한 허탈감. 재영의 목소리가 커졌다.

"군대 갔다 오라 그랬어. 지 인생에 대해 충분히 생각할 시간 벌어보라고. 제대하고 공부하는 줄 알았지, 그 지랄 떨고 다니는 줄 알았겠어? 내가 도시락 싸들고 개 꽁무니만 쫓아다니면서 말렸어야 해? 대체 내가 뭘 어떻게 했어야 하는 건데? 아, 씨."

재영은 입 밖으로 튀어나오려는 'ㅂ'을 가까스로 삼켰지만 민영은 충분히 알 수 있었다. 그녀는 스무 살이나 어린 제자들에게 '씨발 좆 같은 담탱'이라 불리는 여고 사회 교사니까.

"씨 뭐?"

민영이 눈알을 부라렸다.

때마침 은영과 숙영이 들어왔기에 망정이지, 쌍시옷이 귓가를 스치기만 해도 제자들의 영혼을 1분 안에 안드로메다로 날려 보내곤 하는 훈계가 재영의 정수리에 쏟아질 뻔했다.

네비가 엉뚱한 곳을 알려주는 바람에 한참을 헤맸다며 소란스럽게 등장한 쌍둥이 언니들은 얼음이 다 녹아버린 미적지근한 물회를 뚝딱 해치우고는 화두를 던졌다. 나이를 삼십 개나 처먹고 사람 구실 못 하고 있는 운몽의 변화와 성장을 위해 누나들은 무엇을 해야 하는가. 모든 논의가 그러하듯, 발전적인 대안을 제시하기 앞서 씹고 까는 작업이 선행되었다.

"엄마랑 우리가 금이야 옥이야 운몽이 떠받들어 키워서 이렇게 된 거야."

숙영이 말했다. 마치 자기반성을 하는 것 같지만 장금이 여사를 돌려 까는 거였다.

"키워? 그게 키운 거야? 모신 거지."

재영이 응수했다.

"그 말도 맞지만 사실, 운몽이가 철들고부턴 누나들 수발 다 들었잖아. 조카들도 지가 다 업어 키웠고. 엄마 아파서 드러누 울 때마다 집안 살림은 운몽이가 다 했다. 눈치는 또 얼마나 빠르니? 하날 가르치면 열을 알아듣고, 입만 벙긋거려도 누나들한테 필요한 거 착착 대령하고."

사람 좋은 은영이 스리슬쩍 운몽에 대한 가장 객관적인 발언을 했다.

"그 호사 누린 건 언니들이야. 난 운몽이한테 빚진 거 없거든!"

재영이 발끈했다.

"빚진 게 없긴…… 구박은 네가 젤 많이 했잖아?"

민영의 핀잔에 재영은 응수도, 발끈도 하지 못했다.

재영은 입안에 소주 한잔을 털어 넣으며 구씨네 자매 회동의 목적을 상기한다. 운몽이 초록 대문집에 기거하게 된 사연을 큰언니 은영은 아직 모친께 전달하지 않았다. 모친께서는 제주도 둘레길 걷기를 마치고 돌아오자마자 템플스테이를 하겠다고 영월의 한 암자로 들어가 두문불출하더니 어제는 산악회 아주머니의 꾐에 빠져 계룡산에 올라갔다. 도사님께 운몽이 언제쯤 판검사가 될지를 여쭙겠다나.

그 사이 언니들은 놀고먹는 운몽이를 열공하는 운몽이로 조작하고, 주머니 사정이 허락하는 선에서 각출해 운몽의 보금자리와 생활비를 마련해 줄 생각이었던 거였다. 언니들은 현금을 쏘는 대신, 재영에게는 노동과 마음을 바치라고 요구할 것이다. 마침 한 지붕 아래 동거 중이니, 독려하고 응원한다는 명목하에 자행될 감시는 재영의 몫이 될 것이다. 그 피곤한 임무를 단호히 거절하려고 강릉행 KTX를 탔으니 이제는 말해야 한다.

"언니들, 봐봐."

재영의 시선이 횟집 큰 창 너머의 푸른 바다에 닿았다. 세 자매의 시선도 따라갔다. 파도가 밀려왔다. 우다다다 달려와 솟구치며 올랐다가 하얗게 부서져 흩날렸다.

"바다는 파도가 춤추는 무대야. 바다는 안달하지 않아. 바다는 욕망하지도 않아. 파도가 뭘 하든 그냥 가만히 기다려준다고. 우리가 가족이라면 바다가 돼야 해."

뭔 소리? 세 자매가 눈을 동그랗게 떴다. 허구한 날 드라마 작가들하고 어울려 날밤 샌다더니 제대로 망가졌구나 하는 눈빛들로 재영을 바라보았다. 재영은 그녀들의 시선에 개의치 않고 말했다.

"운몽이 멀쩡한 성인이야, 애 아니라구! 그냥 냅두자. 우리 걔한테 신경 끄자고, 그래야 운몽이도 살아. 오늘 내가 할 얘기는 이거였어."

재영은 언니들의 입을 성공적으로 봉인했다. 당분간 장금이 여사의 귀에 운몽에 관한 정보가 흘러들어갈 일은 없을 거다. 본인은 신경 끄겠다는 선언도 했으니 한 지붕 아래 있으되, 남처럼 살면 그만이다. 그러려고 했는데…….

쪼그려 앉아 문틈의 먼지를 닦아내고 있는 운몽의 뒤태를 보고 있자니 아련함이 밀려왔다. 굳이 들여다보지 않아도 될 것을 왜 들여다봐서 굳이 하지 않아도 되는 수고를 하고 있는 것인지. 그것은 마치 유년 시절 봐왔던 모친의 뒤태와도 닮아 있었다. 다른 점이 있다면 모친께선 문지방에서 긴 머리카락을 집어내고는 풀어헤치지 말고 꽉 묶고 다니라며 언니들에게 잔소리를 해댔지만, 운몽은 묵언수행이라도 하는 듯 조용히 손만 움직이고 있다는 거였다.

"강릉 갔다 왔어."

재영의 말에 운몽이 고개를 돌렸다. 회색 먼지를 품은 청소포를 든 손이 부들부들 떨리고 있었다.

"왜? 엄마 만났어? 나 여기 있다 그랬어? 다 말했어?"

"했겠냐?"

"그럼, 가서 뭐 하고 온 건데?"

재영은 언니들과의 대화를 요약정리 해주었다. 가족이기에 너의 모든 선택을 존중하고 응원하며 기다려보자고 했다는 결론을 바로, 자신이 도출해냈다고 넌지시 뻐기기도 했다. 운몽은 재영이 말한 '기다림'이 '귀찮음'의 다른 표현이란 걸 안다. 포기, 방관, 무관심 등등의 유의어. 무엇이면 어떠하랴. 운몽에게는 고마운 일이었다.

"너도 알겠지만 우리의 기다림에는 유효기간이 있어. 당분간이야."

"어."

"누나들은 한발 물러섰지만 엄마가 판검사 아들을 포기한 것은 아니란 거, 명심해."

"어."

"이건 사족인데……."

재영이 뜸을 들이는 바람에 남매 사이에 잠깐 긴장이 감돌았다.

"네 인생 무대를 연극 무대로 한정 짓진 마. 미래에 대한 선택지는 여러 개여야 하지 않겠니?"

운몽이 눈을 동그랗게 떴다. 그것은 강릉 횟집에서 세 자매가 보였던 반응과 같았지만, 재영의 해석은 달랐다. 짜식, 감동하긴.

***

시커먼 짜장 소스와 면이 볼썽사납게 눌러붙었다. 설거지까진 바라지도 않는다. 냄비를 태웠으면 물이라도 부어 놓든가. 철 수세미로 탄 냄비를 박박 긁어도 소용이 없자 운몽은 냄비에 물을 붓고 끓이기로 한다. 어젯밤 짜장 라면과 맥주의 환상 궁합을 논하며 눈빛을 반짝거리던 재영의 얼굴이 보글보글 끓는 물에 아른거린다. 운몽은 주걱으로 냄비 바닥을 긁으며 재영의 얼굴을 분해시켜버린다.

이만하면 되었다. 끓인 물과 찌꺼기들을 부어내고 세제로 한 번 더 닦아냈는데도 탄 얼룩은 말끔히 가시질 않는다.

운몽은 포털에서 '탄 냄비 닦는 법'을 검색한다. 식초와 베이킹소다를 활용하라는 살림 팁을 따라 해보기로 한다. 탄 자국 위에 베이킹소다를 뿌리고 브러시로 솔솔 문지른다. 그런 다음 식초를 붓고 또 문지른다. 여러 번 반복한 후에 식초를 부으니 보글보글 기포가 생긴다. 여기에 뜨거운 물을 붓는다. 이걸 반나절 정도 방치해두면 깨끗한 냄비를 만날 수 있다니 기대가 커진다.

운몽은 커피 포트에 물을 끓이고 믹스 커피 한 봉을 뜯는다. 달달한 커피가 생각나는 아침이다. 커피를 마시며 검색을 계속한다. 탄 자국 제거에는 과탄산소다나 레몬, 각설탕, 케첩 등도 효과가 좋다는 팁도 알차게 챙긴다.

내친김에 쇼핑 카테고리로 넘어간다. 운몽은 블로거들이 강력 추천해준 스텐 클리너를 장바구니에 넣어둔다. 장바구니에는 결제를 기다리고 있는 물품들이 여럿 있었다. 당장 필요한 건 아니지만 쟁여두면 쓸모 있을 생활용품들인데 경제 사정을 참작해 선뜻 구매하지 않고 장바구니에 담아둔 것들이 운몽의 구매욕을 자극한다. 그러나 운몽은 참기로 한다. 결제 유예.

운몽의 눈이 스르르 감겼다. 한 손에 커피 잔을 들고, 다른 한 손에는 휴대폰을 든 채로.

불면과는 최고의 궁합이라는 커피와 휴대폰을 들고 운몽은 놀라운 속도로 숙면에 빠져들었다. 꿈이 없는 아주 깊은 곳, 몸과 마음을 온전하게 이완시켜준다는 0.5Hz. 델타파. 거기서 운몽은 재영을 보았다.

"피고인은 가족의 기대를 한몸에 받으며 온갖 특혜를 입었음에도 제멋대로 인생을 허비한 죄질이 매우 불량하다. 이를 고려하면 엄히 처벌할 필요가 있지만, 반성과 자숙의 시간을 보내고 있다는 것과 피고의 모친께서 받을 충격을 특별 양형 인자로 참작해 형의 집행을 유예한다."

판사복을 입은 재영이 운몽에게 '집행유예'를 선고하고 있는 게 아닌가! 그 와중에 운몽은 의외로 재영에게 법복이 잘 어울린다는 느낌을 받는다. 로스쿨은 내가 아니라 구재영이 갔어야 했어…….

그런데 지금 여긴 어디야? 달빛이 참으로 아름답구나! 운몽은 곧 레몬 조각이 둥둥 떠다니는 호수에 철 수세미로 만들어진 작은 배를 타고 밤하늘을 감상하고 있는 자신을 발견한다. 느닷없이 '네 인생 무대를 연극 무대로 한정 짓진 마. 미래에 대한 선택지는 여러 개여야 하지 않겠니?'라던 재영의 목소리가 들려온다. 운몽은 철 수세미 배에 누운 채로 재영이 자신의 미래에 대한 염려를 늘어놓는 바람에 고마워하기까지 했던 것을 잠시 개탄스러워 한다. 지금 한가하게 달 타령할 때가 아니지 않아?

운몽은 발딱 일어나 앉아 생각한다. 집행유예는 일정 기간의 보호 관찰과 일정 시간의 사회봉사를 담보로 하는 바, 응원하며 기다려주겠다던 재영의 말 이면에는 보호 관찰을 빌미로 감시하고 사회봉사를 빌미로 거리낌 없이 가사노동을 시키겠다는 뜻이 담겨 있는 게 아닐까. 의혹은 일파만파 번져 간다.

그때 철 수세미 배가 뒤집히고 운몽은 물에 빠진다. 잔잔한 바람과 물결, 배가 뒤집힐 까닭이 전혀 없는데 기이하구나! 운몽은 강 건너 불구경하듯 뒤집힌 배를 보며 옹알거린다. 이런 게 유체이탈인가? 운몽은 운몽과 분리되어 있다는 느낌에 잠시 들뜬다.

그러다 훅 끼쳐오는 물보라에 눈을 감는다. 이어 물이 턱 밑까지 차오르더니 순식간에 입과 코와 귀, 온몸의 구멍으로 폭포처럼 쏟아져 들어온다.

끄억! 운몽은 숨을 헉헉거리면서 눈을 떴다. 남아 있는 커피를 단숨에 들이켜고는 정신을 차렸다. 꿈도 참 지랄맞구나. 간만에 단잠을 잤는데, 거기서도 구재영이라니. 운몽은 일찍이 재영의 호의에 공짜는 없었다는 걸 상기한다. 액면 그대로 받아들였다가는 어떤 후환에 시달릴지 모른다. 수틀리면 언제든 장금이 여사께 달려갈 거고, 잔뜩 부풀려진 고자질에 경악한 장금이 여사께서 상경하시면 답이 없다. 그러니 미리 석고대죄하는 것이 옳지 않을까. 내일이라도 당장 강릉 본가로 가서 모친께 작금의 상황을 고하고 달게 벌을 받자. '어머님께서 절 낳으시고 길러주셨으니 제 삶에 지분을 주장하실 수도 있다고 생각합니다. 그러나 제 꿈이고 제 삶입니다'라고, 당당하게 말하자.

불현듯 들이닥친 용기는 오래가지 않았다. 불현듯 뒷걸음치며 사라졌고 운몽은 개수대의 탄 냄비 앞으로 돌아왔다. 마지막 단계가 남아 있었다.

수세미를 든다. 냄비 바닥을 부드럽게 문지르고 물로 헹궈낸다. 탄 냄비는 새 냄비로 환골탈태해 은빛 영롱한 자태를 뽐낸다. 운몽은 자신이 환골탈태라도 한 듯이 기쁨에 벅차오른다. 조금 전까지 무슨 생각을 하고 있었는지 까맣게 잊을 정도의 희열이었다.

***

은빛 영롱한 냄비에서 보글보글 라면이 끓는다. 운몽은 송송송 파를 써는 중이었다.

"기러기 아빠야."

젓가락 들고 라면을 기다리던 강서가 옆집 순자 아빠에 대해 말했다. 삼 년 전, 아내와 딸을 미국으로 보내고 홀로 살고 있다고. 이웃사촌으로 지낸 지 십 년이 넘었다며 밤마다 동네 순찰을 돌고 있는 줄은 몰랐다고 했다.

"아는 사람이 더 무서운 거 알죠?"

"그분 전직 경찰이셨대. 순자는 경찰견이었고."

작년에 퇴임하고 아내와 딸이 있는 미국으로 건너가려다 노견으로 은퇴한 순자를 맡게 되면서 미국 행을 보류한 순자 아빠. 순자가 무지개다리를 건널 때까지는 함께 있어주고 싶어 한다는 강서의 말에 운몽은 머쓱해졌다.

"무슨 생각을 한 거야?"

"아무 생각도 안 했는데요, 라면 뿔어요."

괜한 오해를 했던 것을 감추려고 운몽은 화제를 돌렸다.

"옥탑방 문이 잠겨 있던데 거긴 창고예요? 청소 싹 하고 옥상에 널려 있는 빈 화분 같은 것들 들여놓으면 좋을 거 같은데. 베란다에 오래된 탈수기 있잖아요, 그것도 거기 올려다 놓으면 좋겠고."

"그냥 뭐."

아주 잠깐 찬물 끼얹어진 듯한 냉랭함이 감돌았다. 강서도 냉기류를 의식했는지 안 그래도 일 많은데 더 보탤 필요가 있겠냐며 웃어 보였다. 미안해서 그래, 하며.

강서의 미소에 운몽은 설명할 수 없는 어떤 것을 느꼈다. 얼마 지나지 않아 그것이 기시감이란 걸 알아차렸다.

운몽이 한참 누나들의 생리대 심부름을 하던 그때 그 시절의 일이다. 중학생 운몽은 부끄러움이 많은 소년이었다. 지금은 생리대를 박스째 들고 아무 거리낌 없이 버스도 탈 수 있지만 그땐 그렇지 못했다. 그게 뭐라고.

소년 운몽은 동네 편의점에 진열된 생리대를 집어들 엄두가 나지 않아 괜스레 치약 칫솔만 들었다놨다 하고 있었다. 운몽의 뒤에선 강서가 빵을 고르고 있었다. 운몽이 큰 용기를 내어 생리대를 집어든 순간, 강서가 돌아섰다. 강서의 어깨가 운몽의 팔뚝을 살짝 스쳤을 뿐인데, 놀란 운몽은 생리대를 내려놓고 아무거나 닥치는 대로 집어들었다. 그것은 콘돔이었다.

으헉! 더 놀라 던지다시피 내려놓았는데 그게 강서의 발등에 떨어졌다. 에라, 모르겠다. 운몽은 생리대를 들고 계산대로 줄행랑을 쳤다.

생리대를 허겁지겁 검은 비닐봉지에 구겨 넣는데 강서가 빵과 바나나 우유를 들고 와 계산대에 내려놓았다. 운몽은 강서와 눈이 마주칠까 봐 고개를 숙인 채 비닐봉지를 가슴에 품고 후닥닥 나왔다. 편의점 아저씨가 뭐라고 하는 소리가 들려왔다. 아뿔싸, 가슴에 품은 건 빈 비닐봉지였다. 게다가 거스름돈도 받지 않았다. 쪽팔림은 순간이다, 돌아서야 한다고 생각했지만 몸이 반응하지 않았다. 운몽은 앞만 보고 있었다.

"이거."

강서가 불쑥 왼손을 내밀었다. 생리대였다.

"이것도."

강서는 불쑥 오른손도 내밀었다. 거스름돈이었다.

"감사합니다."

운몽은 기어들어가는 목소리로 고마움을 전달했다.

"그리고 이것도."

강서가 마지막으로 건넨 것은 바나나 우유였다.

강서는 환하게 웃어주고는 손을 흔들며 갔다. 강서의 미소에 사로잡힌 소년 운몽은 쪽팔림을 잊고 그녀의 교복 명찰에 적혀 있던 이름을 가슴에 고이 새겼다. 그래놓고 초록 대문집에 첫발을 디딘 밤, 강서와 통성명을 하고 입술로는 그 이름을 곱씹으면서도 가슴에 새겨둔 걸 끄집어내진 못했다.

운몽은 새삼 강서가 달리 보였다.

"그때 왜 바나나 우유 줬어요?"

강서가 기억할 리 없다고 생각했다. 그래서 앞뒤 자르고 질문을 던졌는데.

"이제야 기억나? 난 첫눈에 너였단 걸 알아봤는데."

기억을 한다고? 소년 운몽이 청년 운몽으로 변했는데 알아봤다고? 운몽의 가슴에 찌릿한 전율이 약 0.5초간 다녀갔다.

"귀여워서. 그땐 네가 재영이 동생인 줄 몰랐고."

귀여웠다고? 운몽의 가슴에서 미처 빠져나가지 못한 전율의 꼬리가 원을 그리며 빙빙 돌았다. 그 파동으로 감전된 것마냥 가슴 구석구석에 찌릿찌릿함이 퍼졌다.

"원래 그렇게 아무한테나 친절해요?"

"아무? 글쎄……. 너 그때 되게 귀여웠다니까."

강서가 씽긋 웃었다.

운몽의 온몸에 강력한 전율이 흘렀다. 머리부터 발끝까지 찌릿찌릿해서 덜덜 떨릴 지경이었다. 때마침 드르륵, 식탁 위에 놓인 강서 휴대폰이 진동을 울리며 몸을 떨었다. 휴대폰 액정에 뜬 발신자는 김 선생님이었다.

강서가 휴대폰 폴더를 열며 일어섰다. 휴대폰 너머로 중저음의 남자 목소리가 들려왔다. 운몽의 날이 곤두섰다. 강서는 바로 갈게요, 하고 그대로 나가버렸다. 그날 밤 강서는 집에 오지 않았다. 다음 날도, 그다음 날도.

***

　대놓고 막장도 아닌데 개연성도 제로다. 매력 하나 없는 캐릭터들의 향연이다. 한국어를 잘 모르는 외국인이 썼나 싶을 정도로 주어와 서술어가 따로 놀고, 한 줄 건너 한 줄마다 오타와 맞춤법 틀린 문장이 빼곡한 대본을 읽어내느라 재영의 눈에 핏발이 서기 시작했다.

　어제 대표께서 직접 재영을 불러 유명 감독이 썼다며 건넨 대본이었다. 유명하다고는 했지만 신인 시절 반짝했을 뿐, 십수 년 넘도록 이렇다 할 차기작을 내지 못한 그는 대표의 친구의 친구였다.

　웹툰 원작이 있는 대본이었는데, 웹툰에서는 이러지 않았는데, 드라마로 옮겨 놓으니 신기할 정도로 망가진 캐릭터들이 재영을 빡치게 만들었다. 이걸 리뷰하라고?

　재영은 허리를 곧추세웠다. 파티션 너머로 남아 있는 자들을 눈으로 헤아렸다. 재영의 팀원들은 모두 외부 미팅 중이었고 기획2팀의 막내 한 명이 재영과 눈을 마주치자마자 황급히 고개를 숙였다. 거북아, 거북아 머리를 내놓아라. 내어놓지 않으면 구워 먹을 듯이 이글이글 눈빛을 태우며 재영이 일어섰다. 하기 싫은 일 떠넘기려는 거 절대 아니야, 나의 편협한 시선이 읽어내지 못한 이 작품의 매력을 그대는 발견할 수 있을 듯도 하여 이러는 거야. 재영이 평소 똑 부러지기로 소문난 기획2팀의 인재인 막내를 향해 다가가는데 누군가가 그녀 앞을 막아섰다. 기획2팀 팀장 공 피디였다.

"그거 어제 대표님이 준 페이퍼, 노 감독 거 맞죠?"

자기 프로젝트를 같은 팀원한테도 잘 공유하지 않는 걸로 유명한 공 피디는 남의 일에는 참 관심이 많은 편이었다.

"네, 보실래요?"

재영은 공 피디한테 아예 통째로 떠넘기고 싶은 충동이 일었다.

"노 감독 아니, 이젠 노 작가라고 해야 하나? 들리는 말이 많던데요."

공 피디는 여기저기서 주워들은 것들을 재영에게 옮기기 시작했다. 입맛 까탈스럽기로 유명한 그가 이전 제작사에서 감독으로 있을 때 했던 갑질이 펼쳐졌다. 막걸리는 생효소 막걸리만 마시고 와인도 미리 디캔딩된 것만 찾는 통에 여러 손발을 움직이게 만든다는 건 그의 취향이니 고생스럽지만 맞춰드릴 수도 있겠다 싶었다. 그런데 그가 굴 알러지가 있는 스태프를 굴밥집으로 데려가서는 극복해보라고 강요했다는 일화는 재영의 입을 떡 벌어지게 만들었다. 타워 주차장에 대한 불신이 강한 그가 제작사에서 작업실로 쓰라고 구해준 오피스텔이 타워 주차를 하는 곳이어서 불같이 화를 내는 바람에 작업실을 계약했던 담당 직원이 퇴사를 했다고도 했다.

요즘에도 그런 일이? 싶을 정도의 일이 일상다반사라고 했다.

"아, 그래요?"

"인성이 그따위면 능력이라도 월등하든가. 자기 말은 무조건 다 맞아, 설득 안 통해, 돌려 말하면 못 알아들어, 같이 작업하기 힘든 스타일이래요. 대표님 와이프 대학 동기라던데."

말 많고 탈 많은 이 바닥은 카더라 통신에 주의해야 한다. 반은 맞고 반은 틀리기 때문에 어떤 정보가 입력됐을 때엔 필터를 총 가동해야 한다. 필터에서 아무리 걸러냈어도 본인이 직접 경험한 게 아니라면 정보의 진위 여부에 대한 판단은 미뤄 둬야 한다는 걸 재영은 잘 알고 있었다.

누구에게는 호인이지만 누구에게는 갈아 마셔도 시원찮을 악인일 수도 있고, 평생 안 뜰 것 같다가 갑자기 대박을 터뜨리기도 하니까. 이 바닥이 그렇다. 부침이 심한 만큼 평정심 유지가 필수인 곳, 어느 한 편으로 치우치지 말고 중간을 유지해야 하는 곳. 그러다 보니 종종 스스로에게 비굴함이 느껴질 때도 있지만 끝까지 보살 미소를 유지해야 하는 곳.

"아, 뭐. 제가 겪은 건 아니니까."

재영은 반박도 동조도 하지 않고 어중간한 태도를 취하며 공 피디를 살폈다.

"보고 의견 주실래요? 여러 사람 의견 취합해서 리뷰 드리면

대표님이 더 좋아하시겠죠?"

재영의 바람대로 공 피디는 덥석 물어줬다.

재영이 맡고 있는 프로젝트는 네 개다. 첫 번째 휴먼을 표방하는 중견 박 작가의 가족 드라마는 내년 방영을 목표로 알아서 잘 달리고 있다. 뭔가 한마디 얹었다가는 괜히 폐만 끼칠 것 같은 송구한 마음이 들 정도로 안정적인 상황이다. 재영으로서는 박 작가와 팀을 이루고, 박 작가의 작품 크레딧에 이름이 올라갈 기회를 얻었다는 것만으로도 영광스러울 따름이다.

두 번째 신예은 작가의 사극도 탑 배우가 캐스팅되면서 편성의 고비를 넘겼으니 마의 구간은 통과한 셈이다.

세 번째 고 작가의 범죄 스릴러 드라마는 뭐랄까, 경고등이 켜진 상태라고나 할까. 고 작가는 대본은 '그럭저럭' 뽑아내지만, '그럭저럭'을 꽤 괜찮은 수준으로 끌어올리기 위한 과정에서 필연적으로 발생하는 충돌에 심적 타격을 크게 입는 편이다. 재영으로서는 그 가녀린 영혼이 상처받고 침잠할까 봐 여간 조심스러운 게 아닌데, 돌직구 날리는 걸 미덕으로 생각하는 장 감독 때문에 가운데 낀 재영이 곤란해지는 경우가 빈번하다는 게 문제였다.

작품의 방향성을 논의하고 피드백하고 디벨롭하는 기획 피디 고유의 업무보다는 두 사람 사이에서 눈치 보고 입맛 맞추

는 일에 신경을 쏟느라 그들과의 미팅이 끝나고 나면 탈진이
되곤 했다. 보이지 않는 손이 재영의 정수리에서 영혼을 쭉 뽑
아서 탈수기에 넣고 돌리는 것 같은 기분이 들었다. 재영은 비
록 지금 내 영혼이 탈수기에서 막 건져진 잔뜩 구겨진 빨래라
고 해도 아직은 견딜 만하다고 생각했다.

탈탈 털어 빨랫줄에 널든 건조기에 돌리든 빨래는 마르니까.
뽀송뽀송한 새 옷으로 부활할 열정과 체력은 남아 있으니까.

네 번째 소 작가의 작품이 문제다. 폐차해야 할 상황이라 해
도 과언이 아니다. 열정만으로는 감당할 수가 없는 지경에 이
르렀다.

작가를 발굴하고 IP를 찾는 일은 기획 피디의 업무 영역이
다. 기획 피디에게는 잘 키운 신인 작가 하나가 열 스타 작가
안 부러울 때가 있다.

한 공모전의 예심 심사위원으로 참가해 소 작가의 대본을 본
순간, 재영은 내 작가로 만들고 싶다는 생각이 들었다. 〈월하
의 맹세〉라는 제목을 보자마자 공동묘지가 떠올랐다. 호러 스
릴러 장르일 거라는 생각으로 첫 페이지를 열었는데 말랑말랑
한 판타지 로맨틱 코미디였다. 달빛 아래 붉은 실 꼬아가며 부
부의 연을 맺어주심으로 인간들의 행복 추구권에 혁혁한 공을
세운 설화의 주인공 '월하'의 러브스토리.

대본은 가독성이 높았고 통통 튀는 대사들로 경쾌하게 흘러

갔다. 하지만 구멍이 너무 많았다. 세계관이 제대로 구축되지 않아 곳곳에서 삐걱거렸다. 작위적인 설정과 클리셰가 남발했다. 그럼에도 재영은 소 작가의 가능성을 보았다. 선남선녀를 엮어줘야 할 월하가 본분을 망각하고 사랑에 빠져버린 세기의 러브스토리는 현실에 발붙이지 못한 판타지로 전락해 머나먼 우주 공간에서 둥둥 표류하고 있지만, 재영은 그걸 우주정거장으로 끌어줄 견인차가 될 자신이 있었다.

작가님, 정신 똑바로 차리고 운전대 잡으세요. 제가 끌어드릴게요!

드라마 〈대장금〉이 한류 견인차 역할을 톡톡히 할 무렵 장금이 여사와 안방에 나란히 앉아 본방사수하며 좋은 콘텐츠를 기획하겠다는 꿈을 품었던 재영이었다.

미디어 콘텐츠를 전공하고 기획사에 취직해 세 번 자리를 옮기면서 그녀의 필모그래피에는 안방을 울린 굵직한 드라마도 생겼다. 좋은 사람들과 일하면서 거저먹은 거나 다름없지만. 재영은 이제 자신의 실력으로 필모를 단단히 하겠다는 생각으로 불타올랐다.

한류 견인차를 넘어서 우주 견인차로 도약할 시점에서 운명처럼 만난 소 작가를 대표님에게 소개시키고 계약서에 도장 쾅쾅 찍던 날, 소 작가는 울었다. 마흔을 넘긴 소 작가가 어린애처럼 울었다. 재영은 그녀의 두 손을 꼭 잡고 말했다.

"작가님, 눈물 뚝! 이제 시작인데 왜 울어요, 우리 함께 월하를 우주대스타로 만들어봐요!"

그리고 2년이 지난 지금, 재영은 울고 싶은 심정으로 소 작가의 오피스텔로 가는 중이다.

야행성인 소 작가는 주로 밤에 집필을 한다. 소주를 마시며 글을 쓰다가 수면제를 먹고 한참 잠들었을 시각, 오후 3시다. 재영은 전복죽을 사들고 오피스텔 현관의 비밀번호를 눌렀다. 살며시 문을 열고 들어갔다. 통창을 가리고 있는 암막 커튼으로 사위가 어두웠지만 전등을 켜지는 않았다. 소 작가가 깰 때까지 기다릴 참이었다.

재영은 작업 테이블 위에 엉덩이를 걸치고 앉아 천장을 올려다보았다. 소 작가와 함께 붙인 별 모양 달 모양 야광 스티커가 반짝거리고 있었다. 재영은 그 아래 벽면으로 시선을 옮겼다. 어두워서 보이진 않지만 월하로 캐스팅하고 싶었던 남자 배우들의 사진이 걸려 있을 터였다. 역시 소 작가와 함께 붙였다. 저 중 하나의 몸에 월하를 담아 저 위 별보다 달보다 더 반짝거리게 만들어주고 싶었는데……. 글렀다. 월하는 어쩌면 소 작가의 컴퓨터 안에서, 하얀 모니터 위에서, 글자로만 머물게 될지도 모른다.

재영은 소 작가의 컴퓨터로 시선을 옮겼다. 오지 않는 영감을 끌어모아 한 줄 쓰고, 달아나는 영감을 부여잡아 또 한 줄 쓰면서 소처럼 일만 하는 소 작가의 환영이 등장했다가 사라졌다. 왜 안 풀리니, 하며 소주 한잔 털어 넣고 머리를 쥐어뜯는 소 작가도 등장했다가 사라졌다. 소 작가는 밤인지 낮인지 모를 시간 속에서 컵라면을 먹고 수면제 한 알 삼키고는 어그적어그적 소파로 걸어갔다. 그렇게 퇴장했다.

이상하다? 재영은 휴대폰의 손전등을 켜고 소파로 다가갔다. 소 작가가 보이지 않았다.

"작가님, 어디세요?"

긴 통화음 끝에 여보세요, 하는 소리가 건너오자마자 재영은 다급히 물었다.

"구 피디, 나 양평 본가야. 딸기 따러 왔어."

"언니 제정신이야? 지금 딸기 딸 때냐고?"

둘은 첫 만남 때 이미 언니동생이 된 사이였다. 하지만 일하는 사이로 만났으니 작가 피디 호칭은 견지하기로 했는데 종종 불쑥 이렇게 튀어나오곤 했다.

"글 안 써?"

재영의 윽박에 소 작가는 길게 침묵했다.

"계약 해지하러 온 거면 서류 두고 가. 도장 찍어서 우편으로 보낼게."

"아니, 언니. 그런 거 아니야."

대표는 계약 해지 서류에 도장을 받아오라고 했다. 하지만 재영은 서류를 들고 오지 않았다. 어제 예술인 복지재단을 찾아가 법률 상담을 받았고, 그에 대한 이야기를 나누려고 했다. 머리 맞대고 컴퓨터 안에 갇혀 질식한 월하를 심폐소생시킬 방안도 찾아보려고 했다.

"나 괜찮아, 구 피디. 계약금 토해내라는 대로 다 토하고 나갈게."

"언니, 돈 토해내지 않고 작품도 가지고 나갈 방법을 찾자. 작가 귀책사유 없고, 상호 합의한다고 해놓고 회사가 일방적으로 통보한 거니까, 우리한텐."

"구 피디."

재영이 '우리'라고 한 데에 이의를 제기하듯 소 작가는 '구 피디'란 말로 재영의 말을 끊었다.

"구 피디, 회사 사람이잖아. 작가 편 들면 안 되잖아. 정의로운 내부고발자도 아니고 왜 쓸데없는 짓을 해?"

"편성 안 된 게 왜 다 언니 탓이야? 그 책임을 왜 다 언니가 지냐고! 언니 계약금 받은 거 이십사 개월로 나누면 최저시급도 안 돼, 억울하지도 않아?"

"난 월하만 지키면 돼."

하! 이 언니를 어쩌면 좋아……. 회사는 지금 언니한테 손해배상 청구까지 하겠다고 벼르고 있단 말이야. 2년 동안의 진행비까지 몽땅!

회사 법무팀에서 소 작가한테 준 계약금보다 더 많은 액수가 적힌 종이 쪼가리를 들이밀었을 때 재영은 자기 눈을 의심했다. 회사가 이렇게까지 양아치 짓을 할 줄은 몰랐다. 드라마 제작사로는 열 손가락 안에 꼽히기도 하는 제법 이름 있는 회사인데, 다른 어떤 신인한테도 이런 무리한 요구는 하지 않았는데 소 작가는 어쩌다 미운털이 콕 박혔을까.

오래전 공 피디는 재영에게 이렇게 귀띔했었다. 대표는 자기가 편성을 쥐고 있는 방송국 높은 분과 아삼육하는 사이라지만 그건 대표 생각이고 상하관계 명확한 갑과 을의 관계, 갑의 위치에 계신 분께서 신인 작가 트라우마가 있다고 하더라, 그러니 소 작가님 가시는 길이 어쩐지 평탄하지는 않을 것 같아 걱정이다, 하고. 재영은 카더라 통신으로 치부하고 말았는데 공 피디의 말은 적중했다.

높은 분은 소 작가의 대본 퀄리티가 떨어진다며 쉐도우, 흔히 말하는 유령 작가를 붙였다. 소 작가 본인의 기획이니 떨궈낼 수는 없고, 아이템은 탐이 났던 것이다. 그래놓고는 감독이 안 붙는다, 캐스팅이 안 된다며 홀드시켰다.

주구장창 기다리면서 이렇게도 바꿔보고 저렇게도 바꿔봤지만 편성이라는 높은 문턱을 넘지 못했다. 어쩌면 높은 분의 편견을 넘지 못한 것일 수도 있다. 신인이라서.

시간은 시간대로 흐르고 진행비는 진행비대로 쓰이고 있는데 높은 분과 소 작가의 간극은 좁혀지지 않으니 대표도 안달이 났을 것이다. 똥줄 탄 대표의 불화살은 소 작가에게 꽂혔다. 말귀 못 알아먹고 융통성 없는 작가가 된 소 작가는 제 처지가 손해배상을 해야 하는 채무자로 전락한 것도 모르고 한가하게 굴었다.

"월하는 언니 오리지널인데, 언니 자식인데 당연히 지켜야 하는 거고, 내 얘긴."

"구 피디, 나 지쳤다. 그만 끊자."

툭, 끊긴 통화와 동시에 재영은 그녀와의 관계가 툭, 끊어지는 느낌을 받았다. 붙잡아야 했다. 재영은 딸이 드라마 작가가 되는 길을 열어주셔서 고맙다면서 소 작가의 부모님께서 보내주신 딸기 박스에 적혀 있던 발신지 주소를 떠올려보았다. 베리베리였나?

재영은 네비게이션 앱을 열고 양평 딸기 농장을 검색했다. 땡큐베리! 양평군 단월면에 땡큐베리 딸기 농장이 있었다.

금요일 오후, 상암에서 양평으로 향하는 도로 곳곳이 막혔다. 극심한 정체로 재영은 내부순환로에 갇혀버렸다. 여기저기서 들려오는 교통 소음이 있을 법도 한데 신기할 정도로 차 안은 고요했다. 고요는 상념을 불러왔다. 재영은 무엇을 붙잡으려고 이렇게 조바심을 내고 있는지 찬찬히 따져보기 시작했다. 언니동생하기로 했던 사적인 관계인지 피디와 작가로서의 공적인 관계인지. 후자라면 회사 입장을 전하는 중간자 역할만 하면 되는데, 회사의 불합리한 요구에 저항하는 정의로운 투사라도 된 것마냥 군 것은 언니동생하던 사이에 금이 갈까 봐서였다.

재영이 붙잡으려던 건, '우리'였다. 하지만 마지막까지 냉정하게 '구 피디'라고 부른 소 작가였다. 언니가 아닌 소 작가.

순간, 재영은 시소의 한 가운데에 설 수 있었다. 평정심이 되돌아왔다. 그제야 신기할 정도로 고요했던 차 안으로 교통 소음이 밀려들었다. 난 일개 피디일 뿐이라는 자각을 통해 관계의 늪에서 벗어난 재영은 해방감마저 느꼈다. 불의든 불공정이든 나한테 불똥만 안 튀면 된다는 평소의 신념이 재영을 자유롭게 해주었다. 그러나 억지로 위악을 떨면서 부여잡은 해방감과 자유는 오래가지 못했다. 그럴수록 재영은 소 작가와 동행하면서 맞닥뜨려야 할 고난을 예단하고 마음의 평화를 유지하려고 애썼지만 스스로에 대한 분노, 비굴함과 나란히 온 자괴감이 널뛰기를 했다. 집으로 돌아가는 길은 멀고 험했다.

***

밖의 일을 집에까지 끌고 오지 않는 것이 미덕이던 시절, 안에서 밖의 일이 어떻게 돌아가는지 캐묻지 않는 것이 예의이던 시절이 있었다. 바깥양반과 안사람의 역할이 명확하게 구분되던 그 시절에는 그랬다 치자. 지금은 아니잖은가. 밖에서 힘든 일이 있으면 집에 와서 함께 공유하고 공감하고 위로를 해주는 시대란 말이다. 운몽은 궁금해 죽겠는데, 걱정돼 죽겠는데 두 여자는 아무 말도 해주지 않았다. 재영은 피로에 쩔어 들어와서는 방콕하기 일쑤였고, 강서는 2박이고 3박이고 외박이 일상다반사였다. 무슨 일 있냐고 물을라치면 손사래부터 치는 재영이었고, 힘든 일 생겼냐고 물으면 별일 아니라고 대꾸하는 강서였다.

운몽이 기껏 밥상을 차려봤자 맛있게 먹어주는 사람 없고, 힘들게 쓸고 닦고 해봤자 빈 공간에는 먼지만 쉬었다 갈 뿐이었다. 그런 어수선한 시간들 틈으로 파고든 질문이 있었으니 바로, 존재의 이유였다. 구두냐 주부냐, 하는 정체성의 기로에서도 애매한 중도를 표방하며 나름의 길을 찾아 잘 헤쳐나가고 있다고 생각했는데 두 여자의 외면과 무반응에 운몽의 존재감은 바닥으로 치닫고 있었다. 내가 왜, 여기서 이러고 있지? 하루에도 열두 번은 더 자문했다. 그러다 운몽은 두 여자에게 철저하게 예속된 삶을 살고 있다는 답을 도출해내고는 우울해졌다. 그것은 갱년기 주부의 우울감과도 같은 것이었다. 자녀들이 독립하는 시기가 되면 주부들이 겪는다는 빈 둥지 증후군이랄까. 자기 정체성을 상실하고 슬픔에 젖어드는 것 말이다. 운몽은 뭘 해도 즐겁지가 않았다. 무기력과 상실감에 휩싸여 손발 까딱하는 것도 힘들었다.

이런 때일수록 내 자신을 토닥여주자 싶어 마음을 추스려본들 소용없었다. 마음은 이내 온갖 잡념들로 가득 찼고 가까스로 덜어내고 비워놓으면 그 자리엔 후회와 억울함이 들어찼다.

판검사 되라는 모친과 누나들의 염원에도 굴하지 않고 연극이라는 마이웨이를 꿋꿋하게 걸어온 것에 뭉근한 자존감을 유지하고 있었는데 부질없다 여겨졌다. 살아온 모든 순간이 헛발질이었으며 살아갈 모든 순간이 헛수고가 될 것만 같다는 무력감에 시달렸다.

우찬희 나쁜 새끼! 욕을 퍼부으면서도 우찬희를 찾기 위한 어떠한 노력도 하지 않았다. 찾아낸들 뭘 얻을 수 있겠나, 온통 무가치한 것뿐이었다.

그런 와중에도 끼니 때가 되면 꼬박꼬박 배가 고팠다. 이런 상태라면 식욕 저하는 기본인데 어쩐 일인지 운몽은 계속 배가 고팠다. 그리고 꼬박꼬박 잠이 왔다. 불면증도 기본일 텐데. 운몽은 곰처럼 자고 들개처럼 먹으며 생각이란 걸 아예 하지 않기로 했다. 끊임없이 달려드는 생각들을 밀어내느라 기진맥진한 상태였는데 강서에게서 전화가 왔다. 이틀이나 외박한 어느 아침이었다.

"운몽아, 부탁이 있는데 옥탑방 좀 치워줄래?"

그녀의 다정한 목소리는 무가치한 모든 것에 일순 가치를 불어넣었다.

운몽은 신의 숨결에 심폐소생한 것처럼 발딱 일어나 옥상으로 올라가 옥탑방의 문을 열었다. 방에는 낡은 원목 서랍장 하나가 덩그러니 놓여 있었고 그 옆에는 커다란 액자 두 개가 등을 돌린 채 세워져 있었다.

운몽이 액자를 돌려 세우자 카페 테라스에서 바라본 해안 마을의 야경이 펼쳐졌다. 그림에 대해서는 문외한인 운몽이 봐도 색이 아름다운 유화였다. 밤에 잠긴 별과 커피와 지붕과 바다. 밤의 색이 이렇게 황홀할 수도 있구나. 다른 액자는 호수 그림이었다. 어찌나 맑고 투명한지 호수에 얼굴을 갖다 대면 거울처럼 운몽의 얼굴을 비춰줄 것도 같았다. 한동안 넋 놓고 바라보던 운몽은 그림 액자를 벽에 걸어놓고 싶은 충동이 일었다. 벽에 못을 박고 그림을 걸었다. 제법 잘 어울렸다.

운몽은 방바닥 구석구석을 쓸고 닦았다. 창문의 방충망을 떼어내 물로 먼지를 씻어내고 다시 달고 문의 유리도 뽀득뽀득 소리가 날 만큼 개운하게 닦아냈다. 창고 같던 옥탑방이 아늑한 카페로 변신했다. 운몽은 기쁘고 또 기뻤다. 집안일을 통해 구원받은 느낌이랄까, 이런!

짐이랄 것도 없었다. 운몽은 재영이 접이식 매트리스와 좌식 책상과 의자를 옥탑방으로 옮기는 걸 도와주며 물었다.

"갑자기 왜 옥탑방으로 이사하는 거야?"

"하늘과 한 뼘이라도 가까워지고 싶달까."

그렇게 말하는 재영의 표정이 하도 처연하여 운몽은 말 섞고 싶은 생각이 싹 사라졌다.

옥탑방 청소 주문만 해놓고 이렇다 할 설명도 없이 또 이틀을 외박한 강서가 귀가한 밤, 운몽은 같은 질문을 했다.

"2층 재영이가 쓰던 방은……."

강서는 답을 하다 말고 진동에 몸부림치는 휴대폰을 들고 나가버렸다. 발신자는 또 김 선생님이었다. 강서의 방과 마주하고 있는 재영이 쓰던 방에는 김 선생이란 자가 들어오는 건가? 그는 누구인가? 운몽을 뒤흔든 물음표는 순식간에 질투로 변환되어 운몽을 포위했다. 운몽은 그 밤, 질투의 포위망에서 한 발짝도 벗어나질 못했다.

"난 내가 괜찮은 사람인 줄 알았어!"

옥탑방으로 이주한 재영은 몇 날 며칠 괴성을 지르며 방바닥에 쿵쿵, 머리를 찧어댔다. 1층의 운몽에게도 재영의 괴성이 들려왔기에 이웃에서 경찰에 신고하지는 않을까 잠시 걱정은 했다. 운몽은 2층의 빈방에 들어올 새로운 인물에 대해 골몰하느라 재영에게는 신경 쓸 여력이 없었다.

그러는 사이 재영은 옥상에 샌드백을 모셔놓고 틈만 나면 주먹질을 해댔다. 그러면서 외쳤다.

"다 죽어! 죽여버리겠어! 너 죽고 나 죽자!"

드디어 미친 건가, 운몽은 쓴 입맛을 다시며 빌런의 탄생을 예감했다.

운몽의 휴대폰에는 두 종류의 사람이 있다. 이름, 즉 대개 둘 또는 세 음절인 고유 명사로 저장된 사람과, 일반 명사 또는 앞에 수식어를 달고 있는 일반 명사로 저장된 사람. 이를테면, 재영은 '미친년', 우찬희는 '개새끼', 장 선배는 '재벌집 막내아들', 희동이는 '치킨 런'으로 저장되어 있는데 이들은 싫든 좋든 운몽의 휴먼 네트워크에서 꽤 중요한 위치를 차지하고 있는 부류이다. 반면, 고유 명사로 저장된 사람은 객관적인 거리를 유지하고 있는 관계라고 볼 수 있다. 지나가는 인물 또는 주변인 정도라고 할까. 이를테면, '도강서'.

휴대폰을 만지작거리던 운몽은 불쑥 '도강서'로 저장된 그녀를 새 이름으로 저장해야겠다고 생각했다. 강서 누님, 누나 친구, 미친년 친구, 아는 누나가 차례로 입력됐다가 지워졌다. 한동안 운몽의 손가락은 움직이질 못했다. 그러다 마침내 '집주인'으로 저장된 강서. 운몽과 강서의 관계가 그렇게 정의되는 순간에 어떤 짐승의 포효와도 같은 괴성이 들려왔다.

옥탑방 문이 열리고 재영이 튀어나왔다. 이어 샌드백이 쥐어터지기 시작했다. 아닌 밤중에 샌드백 터지는 소리. 달밤에 미친년 널뛰기하듯 흔들리는 샌드백을 보면서 운몽은 재영을 '미친년'에서 한 단계 격상시킬 때가 됐다는 걸 절감했다.

'옥탑방 빌런'

재영은 그렇게 새로 태어났다.

***

"스트레스랄 게 있나요, 뭐."

"일상이 안정적이신가 봅니다, 부럽네요. 음주 흡연은 안 하시고?"

"거의 안 하는 편입니다."

검사 결과 방광에는 아무런 이상이 없다고 했다. 그렇다면 의사가 할 말은 이것뿐이다. 스트레스를 줄이고, 과도한 음주와 흡연은 피하라. 그 말은 못 하게 돼버린 의사는 딱히 할 말 없다는 표정을 지어 보였고, 운몽도 무미건조한 표정으로 응대했다. 의사는 잠시 뜸을 들이더니 약을 꼬박꼬박 챙겨 먹고 한 달 후에 다시 보잔 말로 갈무리를 했다.

고혈압, 두통, 요로감염, 경련을 동반한 복통, 관절통, 빈맥, 설사, 변비, 어지럼증, 입안마름증……. 운몽의 과민한 방광을 진정시키는 데 필요한 알약의 부작용은 생각보다 많았다. 방광의 평안함과 여유를 위해 감수해야 할 위험 요소가 만만치 않다. 비록 1-5% 내외의 확률이라고는 하지만 인생은 알 수 없는 거다. 운몽은 일어나려야 일어날 수 없는 확률로 강서의 차에 치여 재영을 만나 초록 대문집에 발을 들였던 그날이 떠올라 약을 복용할 생각이 싹 사라져버렸다.

생각해보니 스트레스랄 게 있었다. 구재영이다. 그녀는 운몽의 예상을 한 치도 빗나가지 않았다. 부숴버리겠어! 하며 피아 구분 없이 레이저를 쏘아대는 동공은 언제 터질지 조마조마할 정도였다. 눈에만 레이저를 장착한 게 아니었다. 입에는 박격포를 달았다. 일상어 대신 욕설이 장착된 강력한 박격포는 운몽이 사정거리 안에 들기라도 할라치면 광란의 포격으로 운몽의 심신을 초토화시키곤 했다. 이웃집 옥상에서 들려오는 빌런의 포효에 순하디순한 순딩이 순자도 컹컹 짖을 정도였다.

도대체 뭐가 문제인데? 운몽이 발끈해서 외치면 재영은 꼬리를 내리고 옥탑방으로 기어 올라갔다. 붙들고 물어볼 틈도 주지 않았다. 그러더니 지금은 소강상태다. 회사를 나가는지 집에 들어오는지조차 모르게 유령처럼 돌아다니는 재영이 운몽은 더 신경 쓰였다.

수많은 이야기 속의 빌런들이 그러하듯, 재영은 아무 짓도 하지 않으면서도 주변인을 불안하게 하는 능력을 발휘했다. 재영의 일거수일투족에 신경이 쓰여 운몽은 해야 할 집안일을 미뤄두고 옥탑방 눈치만 보는 시간이 늘었다.

빌런은 진화한다. 지금 옥탑방의 빌런은 겨울잠을 자는 곰
이다. 더 나은 봄을 위해 활동을 잠시 중단한 곰. 운몽은 봄이
더디게 오길 바라지만 어차피 올 계절이다. 피할 수 없는 자연
의 섭리란 걸 알기에 받아들이려고 한 것이 스트레스의 원인
이 된 건 아닐까.

"운몽아, 너 연극할 때 행복했니?"

재영이 물었다.

옥탑방이 잠잠하길래 올라갔다가 재영과 마주친 운몽은 당
황스러웠다.

"그랬던 것 같아."

"연극 안 하는 지금은 행복하니?"

글쎄. 불투명한 미래, 연극과는 더 멀어질 것만 같은 미래가
빤히 보이는 마당에 행복하지 않다고 말하는 게 정상인 듯한
데, 운몽은 불행의 이유도 없다는 생각이 들었다. 답을 모르겠
는 질문에는 질문으로 답한다.

"그런 건 왜 물어?"

"난 내가 소 잃고 외양간 고치게 될 줄은 몰랐어."

그렇게 말하는 재영의 목소리에는 소 울음소리가 담겨 있었
다. 재영의 눈동자는 도살장 끌려가는 소처럼 처연하기도 했

다. 지난 삼십여 년간 한 번도 보지 못했던 재영의 눈빛에 운몽은 움칫했다. 뭘 잃어버린 건데? 뭘 고쳐야 하는 건데? 묻지 않았다. 그것은 좋은 사람이고 싶었다는 재영의 절규와 관련이 있을 듯했다. 운몽은 말하고 싶었다. 살아온 궤적을 돌아봐, 그게 구재영한테 가당키나 한 소망이냐고.

5
그래도 되는 사이

 빨래 널기 좋은 날이었다. 운몽은 이불을 안고 옥상으로 올라갔다. 따사롭게 내리쬐는 햇볕이 구석구석 소독해줄 테니 어서 이불을 펼치라고 재촉했다. 운몽은 빨랫줄에 이불을 널어 탈탈 털었다. 그것만으로는 모자랄 듯싶어 한때는 빗자루였을, 지금은 브러쉬는 떨어져나가고 기다란 막대만 남은 그걸 두 손에 모아쥐고 이불을 흠씬 두들겼다.

 허공으로 훌훌 날아오른 먼지들은 곧 자취를 감췄다. 존재와 부재를 동시에 품고 있는 허공은 마치 투명 망토와도 같았다. 내게 투명 망토가 있다면 구재영부터 흠씬 두들겨줄 테다, 하는 생각으로 점철된 어린 시절의 어느 오후가 떠올라 운몽은 피식하고 웃음을 흘렸다. 낮의 옥상과 햇살과 이불과 먼지가 불러일으킨 허공에 대한 잡념은 저 아래에서 들려오는 쓱삭쓱

삭 소리에 짧게 끝났다.

운몽은 아래를 내려다보았다. 순자 아빠가 커다란 빗자루를 들고 집 앞 골목을 쓸고 있었다. 빗자루는 초록 대문집 앞까지 진출할 기세였다. 주인님의 비질을 바라보고 있던 순자가 갑자기 고개를 쳐드는 바람에 운몽과 눈이 딱 마주치고 말았다. 순자의 시선이 떠나갔다는 걸 느꼈는지 순자 아빠도 고개를 들더니 운몽을 보고는 반갑게 손을 흔들었다.

"어이!"

"안녕하세요?"

운몽은 어정쩡한 미소를 지으며 인사를 건넸다.

"제가 할게요, 저희 집 앞인데."

마음에도 없는 소리가 튀어나와버렸다. 운몽은 이제 더 이상 빗자루가 아닌 그것을 들고 내려갔다. 순자 아빠는 운몽이 들고 온 브러쉬 없는 막대를 보고는 어이없어했다.

"내가 하던 김에 마저 해."

오며 가며 몇 번 눈인사를 나눈 뒤로는 조카 대하듯 스스럼없이 말을 놓은 순자 아빠였다. 운몽이 제가 하겠다며 빗자루를 달라고 했지만 순자 아빠는 한사코 사양하며 묵묵히 비질을 했다. 멋쩍어진 운몽은 순자 옆에서 순자처럼 멀뚱히 순자 아빠를 바라보고 서 있었다.

순자가 길게 하품을 한다. 검은 코를 땅에 대고 큼큼거리더니 다리를 쭉 뻗으며 배를 땅에 깔고는 앞다리 사이에 턱을 묻는다. 나른한 시선을 주인님에게서 떼지 않는 순자. 범죄자들 소탕에 앞장섰던 찬란한 시절은 갔지만, 자신의 마지막을 지켜주겠다고 남은 주인님과 함께 은은한 시절을 보내고 있는 순자.

운몽은 문득 순자처럼 늙고 싶다는 생각이 들었다. 내게는 내가 마지막 순간까지 시선을 떼지 않고 보고 또 보고 싶은 누군가가 있는가. 없다. 내게는 나의 마지막을 지켜주겠다고 모든 걸 버리고 남아줄 누군가가 있는가. 역시 없다. 은은한 시절은, 마땅히 찬란해야 할 시절을 찬란하게 보냈기에 받을 수 있는 삶의 보상일 터. 나는 과연 찬란했는가, 또는 찬란하려고 노력은 하고 있는가…….

씁쓸한 상념이 운몽을 사로잡았다.

"순자 전공이 뭐였어요?"

"응?"

순자 아빠가 비질을 멈추고 운몽을 바라보았다.

"경찰견이었다면서요. 용의자 추척, 마약 탐지, 인명 구조, 뭐 많잖아요?"

"이건 자네한테만 말해주는 건데 우리 순자 경찰견 아니야. 그냥 개야."

"순자랑 같이 활동하셨다고 들었는데."

"난 교통경찰이었어. 순자는 아는 형님이 이민 가면서 맡긴 거고."

"이민은 가족분들이, 그러니까 따님과 아내분께서 가셨다고 들었는데."

"이것도 자네한테만 말해주는 건데 이민이 아니라 이혼. 나 이혼당했어."

"그러셨구나."

'나한테만 말해준 것'에 운몽은 상당한 부담감이 느껴졌다. 반면, '너한테만 말해줬다는 것'에 순자 아빠는 대단한 사이라도 된 것마냥 자신의 이야기를 늘어놓기 시작했다. 본인은 일평생 도로 위에서 원활한 교통 흐름을 위해 헌신한 싸이카 교통경찰이었는데, 일부러 강력계 형사인 척 굴었다고 했다.

"왜, 영화에 많이들 나오잖나, 맨손으로 악당 때려잡던 형사였는데 이런저런 이유로 교통과로 좌천된 사연 많은 남자. 편의점 김 군한테 몇 마디 흘렸더니 그 조잘이 녀석이 동네방네 퍼트려줬어."

순자 아빠는 동네에 한때 잘 나갔던 경찰과 경찰견이 살고 그 둘이 밤마다 순찰을 돈다는 소문을 내서 흉악스런 범죄자들은 얼씬도 못하게 하려는 소박한 바람이었다면서 어깨를 으쓱하고는 이렇게 덧붙였다.

"그래서인지 그놈, 여자들만 사는 집 골라 들어가 저지레하는 쪼잔한 새끼 잠잠해졌잖아?"

그게 그렇게 연결되나? 운몽이 뚱한 표정으로 물었다.

"아직 못 잡았잖아요?"

"잡혀, 곧 잡힐 거야. 그래서 말인데 내가 본격적으로……."

본격적으로 뭐요? 운몽은 본능적으로 한발 물러섰다.

"동네 순찰대를 조직할 생각이야. 나랑 같이 해보지 않겠나?"

순자 아빠가 한 발 다가와 운몽의 손을 잡았다.

"안으로 들어가서 차 한잔하면서 얘기하세."

"아, 아뇨. 저는 약속이 있어서요. 나중에요."

운몽은 순자 아빠의 손을 조심스럽게 뿌리쳤다. 더 대단한 사이로 발전하기 전에 재빨리 그의 시야에서 사라져야 했다.

편의점에 김 군은 없었다. 있다고 해도 순자 아빠의 정체에 대해 까발릴 생각은 없었지만. 운몽은 삼각김밥과 바나나 우유를 사가지고 야외 테이블로 나와 앉았다. 김밥은 짰고 우유는 달았다. 달콤한 바나나 향이 입안에 퍼지자 '난 첫눈에 너였단 걸 알아봤는데'라던 강서의 목소리가 들려왔다. 부드러운 우유가 식도를 타고 내려가자 '너 그때 되게 귀여웠다니까' 하던 강서의 목소리도 들려왔다.

아아, 이러면 안 되는데! 운몽은 강서의 목소리를 듣지 않으려고 도리질을 하며 귀를 막았다. 그러나 이미 가슴에 저장된 목소리가 허락도 없이 제멋대로 플레이되는 걸 막을 도리는 없었다.

"대체 며칠 째야?"

운몽은 웅얼거리면서 날짜를 헤아렸다. 강서의 외박은 길어야 3박 4일이었는데 이번 외박은 오늘로 엿새째다. 무슨 일 있냐고, 집에 언제 올 거냐고 문자라도 남겨볼까. 그래도 되는 사이일까. 운몽은 '집주인'이라고 저장된 강서의 번호를 뚫어져라 보기만 할 뿐 선뜻 누르지는 못했다.

***

현관문을 열자 웬 낯선 여자아이가 서 있었다. 순간, 운몽은 남의 집에 들어왔나 싶었다. 아이 역시 놀란 표정이었다. 아이가 울음을 터뜨릴까 봐 운몽은 상냥함을 짜내어 조심스럽게 물었다.

"누구니?"

"엄마아!"

아이는 대답 대신 2층으로 쪼르르 올라가버렸다. 곧 아이의 손을 잡고 내려오는 강서가 보였다. 운몽의 눈이 휘둥그레졌다. 귓가에는 제야의 종소리가 울려 퍼졌다. 아니, 운몽의 머리통이 보신각 종이 된 것 같았다. 뒤통수를 때리는 타종봉의 충격파가 고스란히 전달된 심장은 언제 터져도 이상하지 않을 강도로 거칠게 쿵쾅거렸다.

그러고 보니 운몽은 강서에 대해 아는 게 거의 없었다. 헤드
헌터이고 재영의 친구이며 운몽이 잊고 있었던 유년 시절의 흑
역사에 등장한 적 있는 예쁜 누나라는 것, 재혼한 어머니가 새
아버지의 아파트로 들어가는 바람에 초록 대문집을 유산으로
물려받았다는 것 외에는.

엿새 만에 집으로 돌아온 강서는 아는 누님이 아닌, 한 아이
의 엄마로 운몽 앞에 서 있었다.

"연우야, 인사해. 엄마가 말했던 운몽 삼촌이야. 앞으로 우리
랑 같이 살 거야."

"안녕하세요? 운몽 삼촌. 난 연우예요."

아이가 똘망똘망하게 이름을 말하고 공손하게 배꼽 손 인
사를 했다.

연우의 아빠는 누구일까? 운몽의 날을 곤두서게 했던, 강서
의 휴대폰에 저장된 김 선생님일까? 연우는 아빠와 살다가 이
제 엄마와 살기로 한 걸까? 강서는 이혼한 걸까? 별거 중일까?
물음표들이 엉켜 혼란스러웠던 탓에 운몽은 아이의 이름을 제
대로 듣지 못했다. 초면에 이런 결례를 하다니.

"연……?"

"우, 연우."

아이가 동그랗게 오므린 입술을 쭉 내밀었다.

"그래, 연우구나. 안녕?"

"연우는 여섯 살인데 삼촌은 몇 살이에요?"

"어? 내가 몇 살이더라. 잠깐만."

까르르, 연우의 웃음이 터졌다.

자기 나이도 모르는 바보 삼촌. 운몽의 첫인상은 그렇게 각인될 터였다.

"나이가 하도 많아서, 세다가 까먹을 지경이거든."

운몽은 내친김에 손가락으로 숫자를 헤아리는 시늉을 하며 우스꽝스럽게 외쳤다.

"왕! 서른이야! 내 나이가 벌써 삼십 개라고!"

까르르, 연우의 웃음이 또 터졌다.

"삼촌 되게 재밌다. 그치, 연우야?"

강서가 장단을 맞춰준 덕분에 운몽은 초면에 결례를 저지른 바보 삼촌이 아니라 초장부터 웃겨준 재밌는 삼촌으로 남을 수 있어 다행이었다.

"연우, 밥은 먹었니? 먹고 싶은 거 없어?"

주섬주섬 운동화를 벗고 거실로 들어온 운몽은 EBS 어린이 프로에 나오는 출연자들처럼 일부러 목소리 톤을 높였다.

크게, 밝게, 맑게. 아이들에게 호감을 사는 대화의 법칙.

운몽이 일찍이 조카들과 살을 부대끼며 깨달은 진리였다.

"카레요."

연우가 수줍게 말했다.

"와앙! 삼촌 카레 전문 요리산데! 후훗."

이렇게까지 오버할 필요는 없다는 생각이 잠시 스쳤지만 두 손은 이미 쌍권총을 만들어 연우를 향하고 있었다.

"빵야! 먹고 너무너무 맛있어서 까무라치면 안 돼요!"

운몽은 맥락 없는 오버 액션을 남발했고 연우는 그때마다 까르르까르르 웃어주었다.

연우는 야무지게 입술을 오물거리면서 카레라이스를 먹었다. 그 옆 모습이 강서와 참 많이 닮아 운몽은 심란한 마음을 가눌 길이 없었다.

"이러면 당근이 섭섭해."

운몽은 연우가 카레 접시 한 쪽에 가지런하게 모아 놓은 당근 조각을 숟가락에 쓸어 담았다.

"연우는 당근 안 좋아."

"당근은 연우 좋아한대. 안 들려? 당근이 연우 좋아좋아 하는 소리? 자, 아!"

운몽이 숟가락을 연우의 입가로 가져가자 연우는 입을 꽉 다물고 고개를 저었다.

"삼촌은 잘 들리는데 연우한텐 안 들리는구나."

운몽은 슬픈 표정을 지으며 숟가락을 내려놓다가 강서와 눈이 마주쳤다. 더 슬퍼졌다.

"미리 말해주지 그랬어요."

"경황이 없었어. 일이 갑자기 이렇게 되는 바람에."

연우가 잠든 사이, 와인을 곁들인 운몽과 강서의 옥상 대화는 이렇게 시작됐다.

정심 씨는 마트에서 발목이 삐끗했을 뿐이었다. 그런데, 다음 날 퉁퉁 부은 발목으로 운신하기가 힘든 지경에 이르렀고 정형외과에서 발목 인대 파열로 깁스와 목발 처방을 받는다. '이 정도는 아무것도 아니야, 일주일이면 다 나아' 했던 정심 씨는 일주일 후 정형외과에 깁스를 풀러 가서 의사에게 이런저런 신체 근황을 전하다가 골밀도 검사를 하게 된다. 작년 건강검진 때 골 감소증 진단을 받고 꾸준히 비타민 D를 섭취해 왔던 정심 씨였다. 괜찮을 줄 알았는데 골밀도 수치는 현저히 떨어져 있었고 골다공증 진단을 받기에 이른다. '내 나이에 어디 하나 고장 안 나면 그게 이상한 거지. 약 먹고 주사 맞고 병원에서 하라는 대로 하면 돼'라며 건재를 증명하기라도 하려는 듯 더 부지런히 몸을 움직인 결과, 정심 씨는 꼬리뼈 골절과 손목뼈의 손상을 입게 된다. 현관 앞에 놓인 택배 박스를 무리하게 들려고 하다가 엉덩방아를 찧으며 벌어진 참사였다.

"이렇게 된 이상 쉬라고, 제발 좀 쉬라고. 그렇게 뜯어말려도 엄마가 말을 안 듣잖아."

이쯤에서 강서는 잠깐 울먹였다.

"엄마들은 다 똑같네요. 자기가 무슨 슈퍼맨인 줄 알아."

운몽은 와인 잔을 비웠고 강서는 말을 이어갔다.

강서는 정심 씨에게 연우에 관한 모든 것은 내게 맡기고 엄마 몸만 챙기라고 신신당부한다. 김 선생님도 강서의 말을 거들며 연우가 아침에 눈 떠 저녁에 잠들 때까지의 모든 걸 본인이 케어하겠다고 나선다. 강서는 김 선생님께 '엄마만 신경 써주세요. 연우는 제가 데리고 갈게요'라고 했고 '연우 없으면 정심 씨 허전해서 안 된다'라던 김 선생님 덕분에 강서는 이중생활을 하게 된 거였다.

이 상황을 설명할 때 강서는 복잡한 사정을 잘 모르는 운몽에게 '김 선생님'이란 말 대신에 일반적인 '연우 할아버지'라는 호칭을 사용했다.

"그래서 여기랑 친정을 오가느라……."

이쯤에서 강서는 그간의 고충이 새삼 느껴졌는지 목소리가 잠겼다.

친정, 결혼한 여자들의 부모와 형제가 있는 집. 분명 재영이 말했었다. 강서 누님은 오늘 야근하냐고 물었을 때, 깍두기 스팸 볶음밥을 밥알 한 톨 안 남기고 다 먹어치운 재영이 후라이팬을 끌어안고 했던 말. 강서는 친정 갔으니 오늘 안 들어올 거라던 그 말. 귀에 담았어야 했던 말이다. 담아두었다면, 강서는 친정이 있는 결혼한 여자란 걸 알았을 테고, 연우 앞에서 당근에 빗대어 자신의 마음을 뇌까리지도 않았을 거고, 운몽의 마음을 당연히 모를 강서의 반응에 슬퍼질 일도 없었을 텐데.

운몽은 와인 한 모금을 입에 넣고 오래오래 머금었다.

"아무래도 안 되겠더라고. 연우가 있으면 엄마는 뭐라도 하려고 하니까."

"엄마들의 착각이죠, 본인이 아니면 안 된다는 생각. 본인이 아니어도 애들은 잘 크고 집안은 대충 잘 굴러가는데 말이죠."

혼자 싹 틔운 마음이 천 갈래 만 갈래로 찢어지는 고통이 이런 걸까. 운몽은 한 번도 경험하지 못했던, 설명할 수 없는 쓰라림을 억누르며 남의 집 얘기하듯 주절거렸다.

이후, 강서는 정심 씨가 온전한 쉼을 누리려면 연우를 데려와야 한다는 판단을 하게 됐고, 당장 연우가 갈 수 있는 초록대문집 근방의 유치원에 입학 허가를 받았고, 오늘에야 마침내 데리고 올 수 있었다며 한숨을 내쉬었다.

"이제 시작이야. 나 무늬만 엄마 말고 진짜 엄마 잘할 수 있을까?"

"엄마들은 다 잘하게 돼 있어요, 엄마니까……."

알딸딸했다. 와인 한 병을 혼자 다 비운 운몽은 두 번째 와인병의 코르크 마개에 와인 따개의 뾰족한 침을 눌러 꽂으며 자기도 알 수 없는 소리를 지껄였다.

"고마워, 카레가 정말 맛있었나 봐."

카레쯤이야, 연우가 원한다면 백만 그릇도 만들어줄 수 있다. 운몽이 진짜 듣고 싶은 얘기는 따로 있었다.

"근데요, 이런 거 물어보면 실례가……."

"응?"

"실례하겠습니다."

꾸벅.

방광에서 절박한 신호가 울리는 바람에 운몽은 화장실로 달려가야 했다. 정말 궁금한 걸 묻지 못했다. 김 선생님이 연우의 아빠인지, 이참에 연우를 데려온 것이 김 선생님과 재결합을 하기 위한 전 단계인 것인지 확인하고 싶었다. 그렇다고 하면 뭐? 네, 가정이 두루두루 평안하시고 축복이 가득하시길…… 하는 수밖에. 다행이지 않은가. 지금이라도 알게 된 것이.

장이 부글거렸다. 낮에 마신 바나나 우유가 위장에서 회오리를 일으켜 변기통에 그대로 직하하는 내내 운몽은 천 갈래만 갈래로 찢어진 마음 결을 수습하느라 배변의 고통 따위 느낄 겨를도 없었다.

***

연우의 입주는 운몽의 일상에 많은 변화를 가져다 주었다. 초록 대문집의 시계는 연우 중심으로 돌아갔다. 연우의 기상부터 유치원 등하원과 취침에 이르기까지의 전 과정에 운몽의 손길이 필요했기 때문에 안 그래도 부지런한 운몽이었지만 더 부지런해졌다.

연우는 감자를 좋아했다. 운몽은 감자를 찌고 볶고 전을 부치고 국을 끓이고 숭덩숭덩 썰어 밥에도 넣었다. 감자로 할 수 있는 모든 걸 다 했다. 일주일 내내 조석으로 감자냐고 투덜대던 재영은 혼자 햄버거를 배달시키고는 선심 쓴다며 세트 메뉴에 포함된 프렌치프라이를 연우에게 내밀었다가 인스턴트 냉동 감자는 사양한다는 강서의 말에 마음 상했는지 한동안 옥탑방에서 두문불출하기도 했다.

연우는 재영 이모가 조금 무섭고, 조금 싫다고 했다. 운몽에게는 많이 무섭고 많이 싫다는 말로 들렸다. 운몽 삼촌은 조금 좋다고 했는데, 운몽은 많이 좋다는 말로 해석했다. 아이들이 보는 눈은 정확하다. 푸핫! 운몽은 재영을 상대로 일승을 거둔 기분이 들었다. 좋은 사람이고 싶었다는 재영의 절규는 연우 때문이었나 보다. 절규할 시간 있으면 닥치고 인성을 닦으라고, 제발.

등원 시간에 맞춰 운몽은 연우의 손을 잡고 유치원 버스가 정차하는 아파트 단지 입구에 데려다준다. 초록 대문집이 위치한 주택가 블록과는 500m가량 떨어진 곳이다. 운몽이 연우 손을 잡고 연우 보폭에 맞춰 걸으면 15분 정도 걸린다.

하원 때는 유치원에서 뭘 했는지, 뭘 먹었는지, 뭐가 재밌었는지, 힘들거나 속상한 건 없었는지를 묻고 답했다. 운몽은 길게 물었지만 연우의 대답은 늘 짧았다. 아니, 응, 몰라. 운몽은 길고 자세하게 얘기해주면 좋겠다고 했지만 연우는 입술만 뾰루퉁 내밀었다. 그렇게 돌아오는 길에 편의점에 들러 운몽이 꼬마곰 젤리를 사주면 연우의 입술이 쏘옥 들어갔다.

연우가 온 후로 강서는 야근을 하지 않았다. 그간 부재했던 시간들을 속죄라도 하려는 양 저녁 시간을 몽땅 연우에게 쏟아부었다. 그런 엄마가 피곤했던 모양인지 연우는 혼자 할 수 있다며 귀찮은 표정을 짓곤 했다.

운몽은 강서에게서 예전의 숙영을 보았다. 작은 건설사 총무팀에서 일하며 변리사 시험 준비를 하던 숙영은 쌍둥이 육아에 허덕이고 있는 언니 은영과 장금이 여사 품에 갓 돌 지난 아들 새벽이를 안겼다. 은영과 장금이 여사, 두 여자가 세 아이를 키운 셈이었다.

회사 일에 쫓기고 공부에 쫓기던 그때의 숙영은 늘 정리되지 않은 모습으로 동동거렸다. 엄마와 언니에게 미안하다며 뭐라도 하려고 했지만 안 하는 게 차라리 도움 되는 상황이 빈번했다. 주말이면 학교 기숙사에서 집으로 돌아온 운몽이 숙영보다 훨씬 야무지게 아가들을 돌봤다.

운몽은 강서가 애처로웠다. 강서에게 하나에서 열까지 엄마가 다 해줘야 한다는 강박을 버리라고 했다. 강서는 알지만 마음처럼 되지 않는다고 했고, 운몽은 기준을 세우라고 했다. 연우와의 대화를 통해 엄마와 같이 하고 싶은 것, 엄마가 도와주면 좋겠는 것, 연우 스스로 할 수 있는 것들을 추려서 목록을 세우고 실천해 보자고 했다. 대단할 것 없는 일반적인 조언이었는데도 마음만 앞서던 강서는 육아 멘토를 곁에 둔 것처럼 든든해했다. 강서는 운몽을 깊은 존경의 눈빛으로 바라보았다. 존경까지는 아니었지만 운몽은 그렇게 느꼈다.

운몽과 연우와 강서는 아침 저녁으로 식탁에 둘러앉아 밥을 먹었다. 그나마 식사 시간에는 간간이 모습을 드러내던 재영이었는데 셀프 격리라도 하는지 혼자 배달 음식을 시켜 먹는 걸로 때우는 경우가 잦아서 식탁에는 엄마 아빠와 어린 딸로 구성된 3인 가족의 모습이 연출되곤 했다.

운몽은 평온했다. 별다른 노력을 하지 않았는데 마음이 스스로 알아서 안정을 찾아갔다. 연우가 있어 가능했다. 연우가 있어 강서는 제때 나가고 들어와 제때 식사를 챙겼고, 연우가 있어 운몽의 하루는 규칙적으로 굴러갔다. 그리고, 연우가 있어 혼자 설렜던 마음을 슬그머니 내려놓을 수 있었다. 여전히 강서와 눈이 마주치면 발그레 두 뺨이 타오르고, 강서와 손끝이라도 스치면 가슴이 뛰었지만 운몽은 시간이 흐르면 삭아 없어질 감정이라는 걸 알아차렸다. 아직까지는 마음이 하는 일이니까. 입밖으로 꺼낸 적도 없고 행동으로 보여준 적도 없으니까. 아무도 모른다. 나조차 몰랐던 일이 되게끔 하자. 그리하여 마침내 강서에게 좋은 사람으로 기억될, 친구의 남동생이 될 수 있을 거라고 운몽은 자신했다.

'어이!'라고 부르던 순자 아빠는 이제 오다가다 마주칠 때면 '연우 삼촌!'이라고 불러주었다. 타이틀이 생겼다는 것이, 타인에게 나의 위치와 자격을 알릴 한마디가 생겼다는 것이 운몽을 춤추게 했다. 운몽은 비로소 구두냐 주부냐의 기로에서 해방된 것 같았다. 운몽은 초록 대문집의 중심 추인 연우의 삼촌으로 확고히 자리매김하기 위해 부단히 노력했다.

부엌에는 식기세척기가 설치됐다. 운몽의 삶의 질이 달라졌다. 강서가 운몽에게 건넨 봉투에는 지난 달보다 두 배가량 두꺼워진 신사임당이 계셨다. 강서는 육아까지 맡게 됐으니 이걸로는 턱없이 모자라겠지만 잘 부탁한다고 말했다. 네가 있어 얼마나 다행인지 모른다고도 했다. 늘 그렇듯 강서의 따듯한 말 한마디와 부드러운 미소는 운몽에게 가사와 육아에 더욱더 매진할 것을 다짐케 했다.

"자꾸 발꼬락에 끼어."

연우가 양말을 신지 않겠다고 했다.

강서는 다른 양말을 신겨주었다. 연우는 손가락으로 발가락

158

사이를 쑤시면서 강서가 신겨주는 양말을 계속 벗었다. 연우의 발가락 사이에 작은 상처라도 생겼나 살피고, 양말 안쪽에 실밥이 틀어졌나 뒤집어도 봤지만 아무런 문제가 없어 보였다. 며칠 동안 아침마다 같은 상황이 계속 반복됐다.

연우를 유치원 버스에 태워주고 헐레벌떡 뛰어온 운몽이 막 시동이 걸린 강서의 차 창문을 두드렸다.

"무슨 일이야?"

"새벽이 어릴 때 그랬거든요."

"응?"

"새벽이랑 연우랑 비슷해서요."

새벽이는 팬티가 똥꼬에 끼인다며 자꾸 엉덩이를 만졌다. 팬티가 작은 것도 아니고 엉덩이에 뾰루지가 난 것도 아니었다. 모두가 말했다. 얘가 예민해서 그래, 하고. 유야무야 넘어가려고 했는데 그럴 수 없는 상황이 발생했다.

'새벽이가 똥꼬를 만져요!', '으으, 새벽이 더러워!' 유치원 점심시간, 같이 밥을 먹던 친구들이 소리를 질렀고 새벽이는 울음을 터트렸다. 유치원 선생님한테 전화가 왔고 시험 공부를 하다가 밤을 샌 숙영은 퀭한 눈으로 달려갔다.

새벽이는 똥꼬를 만진 게 아니라고 항변했다. 어린 것이 얼마나 억울했는지 숙영의 가슴을 치며 울었다. 숙영의 가슴이 무너졌다.

숙영은 새벽이의 손을 잡고 심리 상담 센터를 찾아갔다. 소아 강박증 진단을 받았다. 엄마의 부재, 아빠를 닮아서 일등만할 거라는 주위의 기대, 새로 등원한 친구와의 불화 등 여러 가지가 원인으로 지목됐지만 숙영은 모든 게 자기 탓이라고 생각했다. 있어줘야 할 시간에 함께 있지 못했고, 그나마 같이 있어줄 때조차 온갖 짜증을 부렸으니까.

숙영은 변리사 시험에서 네 번 낙방하고 이번이 마지막 기회다 싶어 이를 갈고 있을 때였는데, 결국 시험을 다음 해로 미루고 새벽이와 함께 상담을 받으러 다녔다. 상담 센터에서 숙영은 새벽이보다 어머님 상태가 더 걱정이라며 가족 상담을 받아보라는 제안을 받았다. 숙영은 남편 손도 끌어당겼다. 그 후로 새벽이는 '아빠 닮아서 일등만 할 거'라는 말 대신, '넌 소중하니까'라는 말을 들을 수 있었다. 부모의 반성과 참회로 새벽이는 언제 그랬냐는 듯 강박에서 벗어났고 세상 유일무이한 소중한 존재로 성장하는 중이다.

출근길이 바쁜 강서를 길게 붙들 수는 없었다. 강서가 숙영누나처럼 자책할 게 뻔한데 미주알고주알 떠들 필요도 없었다. 운동은 시작과 끝만 말했다. 멀쩡한 팬티가 똥꼬에 끼인다고하던 새벽이의 강박증은 지금 말끔하게 사라졌다고.

"며칠 더 지켜봐요, 너무 걱정하진 말고요."

"알았어, 고마워."

"지각하겠다. 빨리 가요."

강서가 고개를 끄덕였다. 그녀의 걱정을 한가득 실은 차는 무겁게 골목을 빠져나갔다.

며칠 후, 연우와 함께 마하말―마음이 하는 말을 들어주세요―센터에 다녀온 강서는 한숨을 내쉬었다. 센터의 닥터 강은 갑작스러운 환경의 변화로 인한 스트레스라고 했다. 긴 대기 시간 끝에 겨우 예약을 잡고 상담을 했는데, 한 시간 남짓 상담한 끝에 나온 솔루션은 시간이 필요하다는 거였다. 강서는 당연한 말을 듣자고 간 게 아니었다며 짜증을 부렸다.

"누가 그걸 몰라서 갔니? 난 당장 뭘 어떻게 해야 하는지 듣고 싶었다고. 내가 지금까지 어떻게 했는지를 얘기하러 간 게 아니라."

지금까지 어떻게 했는지를 알아야 그쪽에서도 뭘 어떻게 하면 좋은지를 말해줄 것 아닌가. 강서답지 않았다. 언젠가 옥상 달빛 아래서 봤던 지혜의 노인이 맞나? 운몽의 우문에 현답을 주던 강서는 어디로 간 것일까. 세상 똑똑한 현자도 자식의 일이라면 뇌가 정지된다는 게 맞는 말인가 보다.

"엄마니까 마음이 조급한 걸 알겠는데, 엄마니까 마음을 편하게 내려놔야죠."

"응?"

"엄마 마음이 편해야 연우 마음도 편해질 거잖아요."

운몽은 슬쩍 강서의 표정을 살폈다. 강서의 입에서 무슨 말이 튀어나올지 느낌이 왔다.

"방금 누가 그걸 모르냐고 짜증 내려고 했죠? 누난 몰라요. 몰라서 이러는 거예요."

"내가 모르는 게 뭔데?"

"다요, 모르니까 알아야겠죠. 알게 되기까지 시간이 필요하겠죠. 그러니까 닥터 강? 그 사람 말이 맞아요. 한숨 쉴 일도 아니고 짜증 낼 일도 아니네요."

운몽은 자신이 무슨 말을 하고 있는지도 모를 정도로 속사포로 내뱉은 후에 이렇게 마무리했다.

"연우 유치원을 당분간 쉬는 건 어때요?"

초록 대문집과 유치원. 하나만으로도 벅찰 텐데 연우는 두 가지 변화를 한꺼번에 맞닥뜨려야 했다. 낯선 공간과 그 안의 사람들이 연우에게는 스트레스였음이 자명하다. 둘 중 하나라도 덜어주는 게 지금 할 수 있는 최선이다.

강서는 운몽의 솔루션에 솔깃했지만 곧 망설이는 눈빛이었다. 운몽은 그 이유를 단박에 알 수 있었다.

"걱정 마요. 제가 잘 놀아줄게요."

운몽은 뽀로로 송을 흥얼거리며 커피를 내렸다. 식기세척기에 이어 새로 들인 커피머신은 강서가 운몽을 위해 마련한 거였다. 운몽이 지나가는 말로 인생이 씁쓰름해서 달달한 스틱 커피만 마시게 된다고 한 적이 있었는데, 강서가 그걸 귀담아 듣고는 원두에서 갓 추출한 커피를 즐길 수 있는 최고급 사양의 커피머신을 사다 놓았다.

운몽은 커피머신에 '커피는 쓰게, 인생은 달게'라고 쓰인 노란 포스트잇을 붙였다. 진한 원두 향이 코끝을 스치는 가운데 그 문구를 들여다보고 있노라면 정말로 인생이 달달해지는 기분이었다.

"라떼로 드릴까요?"

운몽은 자동 우유스팀 버튼을 눌렀다. 하얀 우유가 풍성한 거품으로 피어올랐다. 노는 게 제일 좋아, 노는 게 제일 좋아……. 운몽은 같은 구절을 반복하며 흥얼거렸다. 가사를 거기까지밖에 몰랐다.

"우와아아—악!"

옥상에서 난데없는 괴성이 들려왔다. 강서는 잠든 연우가 깨서 울까 봐 연우 방으로 달려갔고, 운몽은 옥상으로 올라갔다. 예상했던 대로 재영이 샌드백을 두들기고 있었다. 겨울잠 자던 곰이 휘영청 밝은 달빛 아래 늑대로 깨어나 포효하고 있었다. 종의 변화를 겪었기 때문인지 한층 난폭해져 있었다.

"워워, 왜 그러는데?"

연우의 심리적 안정을 위해 동거인들의 각별한 주의와 세심한 배려가 필요한 이 시점에 하필 깨어나 날뛰다니. 운몽은 샌드백과 재영을 분리시키느라 진땀이 났다.

"좀 진정하고 말을 해, 말을!"

"굴러들어온 돌이 박힌 돌을 빼잖아."

운몽은 초록 대문집에서 하루가 다르게 존재감이 쑥쑥 상승하는 자신을 두고 하는 말인가 싶었다. 아니면 연우 때문에 옥탑방으로 밀려난 게 분해서 이러는 걸까.

퍽!

운몽이 한눈판 사이 재영이 샌드백에 달려들어 강펀치를 날렸다.

"왜 이러냐니니까!"

재영은 만류하는 운몽을 뿌리치고 샌드백을 끌어안았다. 샌드백과 한 몸이 된 재영이 중얼거렸다.

"샌드백. 얘가 나야."

어라? 저러다 울겠는데? 운몽은 재영의 눈가에서 반짝거리는 것이 눈물이란 걸 알아채고는 흠칫했다. 달밤에 스스로를 샌드백이라고 옹알거리는 늑대의 눈물이라니. 난감했다.

잠시 후, 강서가 와인 두 병을 들고 올라왔다. 셋이 함께 와인을 마시는 것은 실로 간만의 일이었다. 운몽과 강서는 옥탑방에서 유령처럼 기거하며 들고 나는 줄도 모르게 회사를 오가던 재영의 사정이 궁금했다. 그간 소원했다며 이것저것 물어봤으나 뭘 물어봐도 재영은 같은 말만 되풀이했다.

"기획 피디는 쿠션 같은 거거든. 중간에서 쥐어터지는 게 일이야. 여기서 맞고 저기서 맞고 여기서 막고 저기서 막고. 맞거나 막거나, 샌드백이거나 방패막이거나……."

운몽과 강서는 재영이 왜 저러는지 끝까지 알 수 없었다. 다만, 회사에 굴러들어온 돌 때문에 쥐어터지면서 기획 피디라는 직업을 재고하고 있는 모양이니, 재영의 인생이 변곡점을 맞이했다는 추측은 가능했다.

***

눈을 뜨고 싶지 않았다. 운몽은 연우와 잘 놀아주겠다고 호기롭게 외쳤던 걸 후회했다. 겨우 사흘 지난 날 아침이었다. 밥숟가락을 내려놓자마자 운몽은 연우와 함께 디즈니 퍼즐 놀이를 했다. 퍼즐 조각은 연우가 다 맞췄고 운몽은 진짜 잘한다! 따위의 추임새를 넣으며 박수를 쳐주는 게 전부였다. 운몽이 작은 조각 하나라도 만지작거리면 연우가 손등을 찰싹 때렸다. 운몽이 연우 혼자 다 할 수 있네, 하며 엉덩이를 들썩거리면 연우는 거기 앉아 있어, 했다.

그다음엔 보자기 놀이를 했다. 연우는 할머니 집에서 가져온 다양한 크기의 분홍 보자기들을 어깨에 망토처럼 두르고 허리에 묶어 치마를 만들었다. 물론 머리에도 뒤집어썼다. 명절 굴비 상자를 포장했을 법한 금빛 보자기는 운몽의 목에 둘러주었다. 운몽은 올림픽에서 금메달을 딴 선수처럼 가슴에 손을 올리고 감격하는 척했다. 내친김에 애국가도 한 소절 뽑았다. 연우는 썩 마음에 들지 않는지 금빛 보자기를 머리통에 묶어주었다. 운몽은 금빛 면류관을 쓴 왕처럼 근엄한 표정을 지어 보였다. 역시나 마음에 안 드는지 연우는 묶고 풀었다가 다시 묶기를 반복하며 도망갈 눈치만 보고 있는 운몽에게 가만히 있어, 했다. 그렇게 한참을 놀아 놓고…….

"심심해."

소파 위로 올라간 연우는 뒤로 발라당 드러누우며 말했다.

"여태 놀았는데 심심해? 삼촌은 밥 먹은 거 치우고 청소기 돌려야 하니까 쉬고 있어."

"싫어."

"그럼 뭐 할 건데?"

운몽이 연우의 손을 잡고 간 곳은 강서의 회사가 위치한 강남의 대형 쇼핑 센터 안에 있는 서점이었다. 강서가 일찍 퇴근해서 데리러 온다고 했으니 두 시간만 버티면 된다. 운몽은 숨

은그림찾기 책과 색연필이 들어 있는 컬러링 북을 사들고 서점 옆에 위치한 노천 카페로 들어갔다.

연우는 사과 주스를 마시며 눈동자를 부리나케 굴려 숨은 그림들을 찾아냈다. 운몽은 아메리카노 더블샷을 마셨는데도 눈꺼풀이 자꾸 감겼다. 호미가 뭐야? 소화전은? 간간이 연우가 모르는 낱말을 물어오면 눈을 번쩍 뜨고 대답해주었다.

"삼촌, 갓!"

"갓? 우리 연우가 갓을 몰랐구나. 갓은 옛날 사람들이 쓰던 까만 모자 같이 생긴 건데, 같이 찾아볼까?"

방긋, 연우한테 웃어 보이고 그림 책으로 시선을 옮기다가 건너편 테이블에 앉은 남자의 납작한 뒤통수에 시선이 멎었다. 오 마이 갓! 익숙한 절벽 뒤통수다.

설마, 우찬희!

운몽이 엉덩이를 들썩였다. 침착하자. 운몽은 매의 눈으로 그를 훑기 시작했다. 꽤 비싸 보이는 정장과 구두. 오호라, 잘 나가나 보네. 돈 떼먹힌 나는 낡은 운동화에 구겨진 면바지인데 돈 갖고 튄 너는 삐까뻔쩍하구나.

우찬희로 짐작되는 남자의 맞은편에 앉아 있는 여자는 역시나 고급 정장 차림의 커리어우먼. 오호라, 선이라도 보러 나왔냐? 돈 떼먹힌 나는 육아에 허덕이는데 돈 갖고 튄 너는 사치스럽게 연애질이구나.

그때였다. 커리어우먼이 고급스러운 가죽 백을 어깨에 걸치며 일어났다. 남자도 일어났다. 남자의 옆얼굴이 얼핏 보였는데 우찬희가 확실한 것 같았다.

"삼촌, 갓!"

"어, 잠깐만."

운몽은 심호흡을 했다.

"연우야, 잘 들어. 삼촌이 지금 굉장히 급한 일이 생겼거든. 여기서 꼼짝 말고 기다려."

"얼마나?"

"백, 연우 백까지 셀 수 있지?"

우먼이 앞서고 이어 남자가 뒤를 따라 나갔다.

"백 세고 삼촌 안 오면 또 백을……."

운몽도 서서히 몸을 일으켰다. 남자의 뒤꼭지를 눈으로 쫓으며 말하는데.

"백 몰라."

"그럼 열, 열을 열 번 세고……."

연우와 눈이 마주쳐버렸다. 두려움과 혼란이 가득한 연우의 동공. '나 혼자 두고 어디 가는데?'라고 쓰여 있는 사슴 같은 눈망울을 마주해버린 운몽은 주춤했다. 남자의 뒤꼭지는 멀어지고 있는데 발은 땅에서 떨어지질 않았다. 가서 잡아, 남자의 어깨에 손을 탁 걸쳐, 형 한가하네? 내 돈은 언제 갚을 거야? 한

마디만 하면 돼. 카페 점원한테 잠깐만 봐달라고 부탁하고 뛰어갔다 오면 돼, 하고 생각을 정리하면서도 남자가 우찬회가 맞는지는 오락가락했다.

제장, 뭐 하고 있어? 당장 뛰어! 운몽의 뇌가 소리를 질렀다. 운몽이 연우를 뒤로하고 땅에서 발을 떼는 찰나, 연우가 나지막이 읊조리기 시작했다. 하나, 둘, 셋⋯⋯. 불안과 혼란스러움이 고스란히 담긴 연우의 작고 가느다란 목소리가 운몽의 등줄기에 닿았다. 등줄기를 타고 내려온 연우의 목소리가 이번엔 운몽의 발을 칭칭 감았다. 운몽은 발목에 쇠사슬이라도 감긴 양 꼼짝도 할 수 없었다.

운몽이 우물쭈물하는 사이 남자의 뒤꼭지는 더 멀어졌다. 이렇게 놓칠 수는 없다.

"연우 달리기 잘하지?"

운몽은 연우의 손을 잡아끌어 일으켰다. 동시에 주스 컵이 넘어지고 색연필이 와르르 굴러떨어졌다. 으앙! 연우가 소리를 질렀고 사람들의 시선이 쏟아졌다. 카페 점원이 다가왔다.

"도와드릴까요?"

"잠깐, 얘 좀 부탁⋯⋯."

다시 연우와 시선이 마주쳤다. 연우는 시선을 옮겨 카페 점원을 경계하는 눈빛으로 바라보았다. 운몽의 마음에서 엄중한 문책이 들려왔다. 강박증 진단을 받은 작고 여린 아이를 낯선 강남 한복판에서 낯선 사람에게 맡기고 뭘 하겠다는 거야?

이러지도 저러지도 못하는 운몽을 두고 남자의 뒤꼭지는 완전히 자취를 감췄다.

"삼촌이 뭐래니. 별거 아니었어."

운몽은 엉덩이를 도로 의자에 걸치며 천연덕스럽게 웃어 보였다. 어떠한 상황에서도 아이가 일순위가 되어야 한다. 연우 옆에 있는 게 맞다. 나의 선택이 옳다. 옳다. 옳다.

운몽은 연우와 함께 갓을 찾고 편지봉투와 왕관도 찾았다. 연우가 왕관은 삼촌 주겠다며 머리에 씌워주는 시늉을 했다. 기쁘게 웃어줘야 하는데 웃을 수가 없었다. 숨은 그림들을 다 찾아낼 무렵, 강서가 왔다.

집으로 가는 길에 초밥을 샀다. 셋이서 식탁에 둘러앉아 초밥을 먹었다. 강서는 운몽이 좋아하는 불 향 가득한 우삼겹 초밥을 운몽의 접시에 덜어주었다. 맛있게 먹어줘야 하는데 먹을 수가 없었다. 남자를 쫓아갔어야 했다는 후회와 연우를 혼자 둘 수는 없었다는 당위가 팽팽하게 맞서서 속이 시끌거렸다.

저녁을 먹는 둥 마는 둥 하고 옥상으로 올라간 운몽은 장 선배한테 전화를 걸어 우찬희로 짐작되는 남자를 눈앞에서 놓친 사연을 전했다.

"고구마 같은 새끼."

고구마라도 먹고 있었는지 장 선배는 부정확한 발음으로 우물거렸다.

발끈한 운몽은 그러는 형은 우찬희를 잡기 위해 어떤 노력을 했느냐고 따져 물으며 형은 뭔데! 하고 목청을 높였다. 잠깐 침묵이 흐른 후에 장 선배의 자조 섞인 목소리가 휴대폰 너머로 들려왔다.

"고구마 같은 새끼 형."

희동의 반응도 다르지 않았다.

"똑똑하고 말 잘 듣는 아이라면서! 잠깐만 기다리라고 하면 됐잖아!"

"네가 애를 안 키워봐서 모르나 본데, 어른한텐 잠깐이 애들한텐 하세월이야. 기다리다 불안해지면 꼼짝하지 말라는 말도 까먹고 우왕좌왕하게 된다고."

"형이 걔 엄마야?"

"끊어, 새끼야."

장 선배도 희동도 운몽의 선택이 옳았다고 동의해주지 않았다.

일찍 퇴근하는 바람에 회사 일을 그대로 집으로 가져온 강서는 노트북에서 시선을 떼지 못하고 있었다. 소파에서 뒹굴며 놀아달라고 엄마를 보채던 연우는 옥상에서 내려온 운몽을 보고는 반색을 하며 달려와 안겼다.

"삼초온!"

"삼촌 귀찮게 하지 말고 그만 자야지, 연우?"

"싫어!"

연우가 운몽의 바짓자락을 붙잡았다. 운몽은 강서에게 방으로 들어가서 일하라고 눈짓을 하고는 연우와 어떤 놀이를 할지 가만히 생각했다. 떠올랐다. 눈싸움 한 판!

"연우가 먼저 눈을 깜빡거리거나 감으면 바로 침대로 가는 거야. 오케이?"

운몽이 눈을 부릅뜨자 연우도 눈에 힘을 줬다. 운몽은 곧 눈에 힘을 풀고 가만히 응시했지만 요령 없는 연우는 잔뜩 힘을 주다가 금세 깜빡거렸다.

"고고! 침대로!"

운몽이 외쳤지만 연우는 눈을 동그랗게 뜨고 안 깜빡거렸다고 우겼다. 우기는 데 장사 없다. 우기는 자가 여섯 살이라면 천하장사 할배가 와도 감당 못 한다. 연우는 계속 깜빡거리면서 물었다.

"근데, 삼촌. 쭉정이가 뭐야?"

"속이 텅 빈 거. 알맹이가 없는 거."

"그럼 안 좋은 거네?"

쓸모없는 쭉정이니 안 좋은 거 맞다고 고개를 끄덕해야 하는지 운몽은 갈등했다. 무쓸모의 쓸모. 잘 살펴보면 어떤 유용한 점도 있는 법인데.

"연우 똑똑한데? 쭉정이란 말도 다 알고."

"주태가 나보고 쭉정이래."

뭐? 주태 그 자식이 누군데! 발끈하려다 겨우 참았다. 전생에 사슴이었나. 연우의 사슴 같은 눈망울엔 약간의 슬픔이 깃들어 있었다.

유치원에서 연우가 그림을 그렸다. 한동안 곤충도감에 푹 빠져 있었던 연우는 메뚜기를 그렸는데 그걸 본 주태란 녀석은 쭉정이라고 했다. 나는 메뚜기를 그렸는데 너는 쭉정이를 보았다면 그런 거지. 쭉정이가 뭔지 모르는 연우는 그냥 그러려니 했다. 문제는 그날 이후, 주태가 연우에게 혀를 날름거리면서 '말라빠진 쭉정이'라며 놀렸다는 거다. 선생님의 시야가 닿지 않는 사각지대에서만.

"그럼 기분 나쁘다고 말을 했어야지. 선생님한테도 얘기 안 했어?"

"주태 혼나니까."

"친구한테 나쁜 말 했으면 혼나야지, 친구를 놀렸으면 혼나는 게 맞아."

"주태 마음이 아프잖아."

하아, 연우가 이러면 삼촌 마음이 아프잖아.

"그건 네가 걱정 안 해도 돼. 연우 착한 마음은 알겠는데 그 마음을 너한테 써. 연우가 속상하다고, 화났다고 말해도 돼. 막

일러바쳐. 그게 어린이가 할 일이야."

연우가 고개를 끄덕거리기는 했지만 수긍하는 눈치는 아니었다. 누구의 마음도 아프게 해선 안 된다고 배운 착한 아이는 혼자 아프고 혼자 스트레스 받고 혼자 발꼬락에 양말이 끼이는 강박증에 시달렸나 보다. 착해서.

"연우야, 앞으론 속상한 일 생기면 무조건 삼촌한테 일러바쳐, 삼촌이 투명 망토 쓰고 가서 꿀밤 먹여줄 테니까."

"피잇⋯⋯."

"진짜야, 삼촌이 할 수 있어, 다 말해!"

"그래도 돼?"

"당연하지, 우리 그래도 되는 사이야."

다음 날, 강서는 유치원으로 갔다. 연우가 강박 증상으로 쉬고 있는 걸 안타깝게 여기고 있던 원장 선생님은 주태와 주변에 있던 친구들과의 면담을 통해 진상을 밝혀냈고, 담임 선생님은 세심히 살피지 못했음을 사과했다.

그런데 주태는 사과하지 않았다. 쭉정이한테 쭉정이라고 한 게 뭐가 잘못이냐고 했다. 연우가 마음 상한 게 자신과 무슨 상관이냐고 했다. 하원 무렵 득달같이 달려온 주태 엄마는 '애들이 그럴 수도 있죠' 라며 뜬금없이 강서에게 연우 아빠는 직업이 뭐냐고 물었다. 하도 어처구니가 없어 강서는 대꾸도 하지 않았다. 그러고 나서 등장한 주태 아빠는 변호사라면서 명함을 내밀었다. 우리 주태가 낱말 카드를 가지고 놀더니 일상에서 다양한 어휘를 구사하느라 그랬나 보다, 하며 웃기까지 했다.

"주태가 사과를 안 하길래 의아했는데 어머님 아버님 뵙고 나니 이유를 알겠네요."

강서는 주태 부모의 면상에 침을 뱉고 싶었지만 이 말로 갈음하고 돌아섰다.

***

짧으면 1-2주, 길어야 한 달이라고 생각했던 운몽은 종일 육아라는 신세계에서 헛발질을 하며 허둥거렸다. 강서는 새 유치원을 알아보고 다니느라 바빴다. 초록 대문집 인근 유치원의 여섯 살 반은 정원이 꽉 차 있었다. 이대로 티오가 나지 않는다면 육아 생활은 기약 없이 늘어날 것이기에 막막함은 상상 이상의 부담이 되어 운몽을 짓눌렀다.

밥 먹고 돌아서면 또 밥을 차려야 했다. 연우는 입이 짧아 말아 먹고 비벼 먹고 볶아 먹는 메뉴로는 금방 한계에 다다랐다.

치우고 돌아서면 또 치워야 했다. 책 읽고 그림 그리고 패션 쇼까지 하고 나면 정리해야 할 것들이 산더미처럼 쌓였다. 연우 손을 잡고 도서관도 가고 놀이터도 다녀와야 했다. 한시도

한눈을 팔면 안 되었고, 한시도 즐겁지 않으면 안 되었다. 운몽은 목소리 톤을 높이고 시종일관 방긋거리느라 진이 다 빠졌다. 연우가 유치원에 다니던 시절이 그리워졌다.

연우도 그리운 것이 있었다. 할머니 집에서의 시간들. 연우는 할머니 할아버지가 보고 싶었다. 펭수 인형이 잘 있는지도 궁금했다. 이런 마음을 어떻게 말해야 하는지 연우는 잘 모르겠어서 계속 생각만 했다. 생각은 시큰둥한 표정으로 드러났다. 이거 재미없어? 이거 맛없어? 운몽 삼촌이 자꾸 물어보는데 뭐라고 대답해야 할지 연우는 어려웠다.

운몽은 부쩍 말수가 줄어들고 잘 웃지 않는 연우가 걱정됐다. 질문을 바꿔봤다.

"연우 지금 가장 하고 싶은 게 뭐야?"

"……."

"연우가 하고 싶은 거 삼촌이 다 해줄 수 있는데."

"피잇."

"삼촌 만능이야! 못 하는 게 없는 슈퍼 파워라고. 자, 말해봐."

"할……."

"할? 할이라……. 할머니?"

으앙! 연우가 울음을 터트렸다. 듣기만 해도 먹먹해지는 그 이름, 할머니. 마음의 둑이 터졌다. 꾹꾹 눌러 담아뒀던 그리움과 서러움의 눈물이 쏟아져나와 연우의 뺨에 홍수가 났다.

운몽이 연우의 등을 부드럽게 쓸어주며 말했다.

"연우가 할머니 왕창 많이 보고 싶었구나. 진작 말하지, 삼촌하고 할머니 집에 놀러가면 되잖아."

연우는 꺼이꺼이 울었다.

"할, 할머니가…… 아프니까. 연우는 너무너무 보고 싶은데…… 연우 가면 할머니 힘드니까."

"할머니 안 힘들게 하면 되지. 할머니도 연우 보고 싶어 하실걸?"

연우는 할머니 다 나을 때까지 기다리려고 했다면서 한참을 울었다. 운몽은 아기새만 한 녀석이 기특하면서도 안쓰러웠다. 작은 가슴 안에 너무 많은 배려와 세심함을 품어 버거워하고 있었다는 것을 어른들은 몰랐다는 게 미안해서 운몽도 덩달아 울컥했다.

"가자, 할머니 집이 어디야?"

"태양 아파트 501동 1203호!"

언제 울었냐는 듯 연우가 크게 외쳤다.

이러니 강서가 가지 말라고 했나. 정심 씨는 불편한 몸으로 연우가 좋아하는 김밥을 말기 시작했다. 운몽은 몸 둘 바를 몰라 하며 당근을 볶고 계란을 부치는 걸 도왔다. 이래서 강서가 믿을 만하다고 했구나. 정심 씨는 운몽의 일거수일투족을 유심히 살폈다. 운몽은 생전 처음 와본 남의 집 주방에서도 제집처럼 막힘 없이 손발을 움직이고 있었다.

"재영이 동생이란 말에 한시름 놓았지 뭐야. 막상 보니 더 믿음직스럽네. 그나저나 우리 김 선생님 도착할 때가 됐는데."

김 선생님이 왜 여기서 나와……? 방싯 웃고 있던 운몽은 굳어버렸다. 경악스러움에 부릅떠진 눈과 입가에 걸친 미소가 기이한 대조를 이루는 돌하르방의 모습을 하고서.

띠띠띠띠— 현관문 비밀번호 누르는 소리가 들려오고 문이 열리고 김 선생님이 들어서고 연우가 할아버지를 부르며 달려갔다. 강서의 남자일 거라고 오해했던 김 선생님의 정체가 밝혀진 순간, 운몽은 너무 고마워 넙죽 절이라도 하고 싶은 심정이었다.

비로소 돌하르방 모드에서 해제된 운몽은 함박 웃음을 지으며 90도로 허리를 굽혀 김 선생님께 인사를 드렸다. 김 선생님은 운몽에게 악수를 청했고 둘은 다소 어색한 자태로 식탁에 마주 앉아 다과를 나눴다. 연우는 정심 씨한테 운몽이 얼마나 웃기는 삼촌인지를 얘기해주며 까르르 웃었다.

퇴근한 강서가 아파트 거실에 들어섰을 때, 정심 씨는 소파에 앉아서 자신의 무릎을 베고 잠든 연우의 어깨를 토닥이고 김 선생님과 운몽은 '을지부대는 오직 전진할 뿐이다!'를 외치고 있었다. 인제 가면 언제 오나 원통해서 못 살겠다는 그곳. 대한민국 육군 제12보병 사단. 삼십 년이 넘는 시간 차를 두고 두 남자는 같은 공간에서 쌓인 눈을 치우느라 허리 부러질 정도로 삽질했던 기억을 갖고 있었다. 춥고 시렸던 청춘의 겨울을 공유한 두 남자에게 이제 어색함 따위 없었다. 여차하면 사위 장인 할 분위기로 발전한 둘은 도라지 위스키를 나눠 마셨다.

강서는 김 선생님의 취한 모습을 처음 봤는데 불콰하게 취한 그의 얼굴이 귀엽다고 생각했다. 꿀단지를 안고 있는 아기 곰 푸우 같은 그를 바라보는 정심 씨는 행복해 보였다. 강서는 하루의 피로를 싹 날려주는 자양강장제 같은 지금 이 순간의 모두에게 감사했다.

그 시각, 초록 대문집의 1층 베란다 문이 열렸다. 하얀 운동화가 거실로 들어섰다. 하얀 운동화는 세탁실 문을 살짝 열어두고는 부엌의 개수대 수도꼭지를 살짝 돌린다. 물이 한 방울 한 방울 떨어진다. 1층 안방 문을 열어본다. 백반집 상차림처럼 단출한 남자의 방이다. 그냥 닫아버린다. 하얀 운동화는 조용히 2층 계단으로 올라간다. 계단 오른편의 방문을 열고 들어간다. 키즈 카페의 어린이 메뉴 같은 방이다. 작은 침대와 분홍 이불과 노랑 쿠션들이 시선을 끈다. 시선을 어린이 좌식 책상 위에 놓인 겨울 왕국 퍼즐로 옮긴다. 엘사와 안나와 올라프, 모든 조각이 완벽하게 제자리에 들어가 있다. 거기서 하나를 뺀다. 올라프의 당근 코가 사라진다. 하얀 운동화는 조용히 문을 닫고 나와 맞은편 방문을 열고 들어간다. 시선 끌 만한 게 없다. 지나치게 평범해서 김이 샌다. 그래도 하나는 엉클어뜨려야지. 침대 위 베개를 뒤집어놓고 잘 펴져 있는 이불 끝자락을 접어놓는데.

"우와아아—악!"

머리 위로 괴성이 떨어졌다.

옥탑방에 누가 있다! 하얀 운동화는 재빨리 붙박이장 문을 열고 몸을 숨긴다.

재영은 잠결에 목이 말랐다. 손이 닿는 곳에 늘 생수를 구비해 뒀는데 잡히질 않았다. 젠장! 부스스 상체를 일으킨 재영은 옥탑방 구석구석 손을 뻗었지만 생수는 없었다. 목을 축이기 위해 1층까지 내려가야 한다는 사실에 분노가 치민 재영은 으르렁거리면서 계단을 내려왔다.

세탁실 한 쪽에 생수를 쌓아두곤 했기에 먼저 세탁실로 갔는데 문이 살짝 열려 있었다. 평소에 이 문을 열어두는 일은 없었던 것 같은데 그러려니 했다. 그곳에도 생수는 없었다.

이쯤에서 재영은 분노의 1차 폭발을 경험한다. 구멍 숭숭 뚫린 플라스틱 세탁 바구니를 발로 뻥 찼다가 구멍 사이에 발이 끼었다. '씨발! 되는 게 없어!' 소리를 지르며 발을 빼냈다.

마침 붙박이장에서 나와 도주를 꿈꾸던 하얀 운동화는 재영의 살벌한 목소리에 흠칫한다.

한편, 발과 세탁 바구니 분리에 성공한 재영은 부엌으로 가서 냉장고 문을 열었다. 운몽이 가끔 끓여 두는 보리차라도 있기를 바랐는데 역시나 없었다. 괜히 목이 더 타는 것 같았다. 갈증과 짜증이 한데 어우러져 분노의 2차 폭발이 일어난다. '씨발! 존나 되는 게 하나도 없어, 왜애!'

재영의 괴성을 들으며 하얀 운동화는 슬금슬금 2층 베란다로 나간다.

1층 거실에서 재영은 똑똑, 물방울 떨어지는 소리를 들었다. 물도 안 잠그고 다니는 거야? 재영은 투덜거리며 수도꼭지를 잠갔다. 그런데 거실 커텐은 왜 나부끼고 있는 거지? 베란다 문이 열렸나? 재영은 1층 베란다로 다가갔다. 이것들이 문단속도 제대로 안 하고 돌아다니는 거야? ……설마! 하는 순간, 설마 했던 일이 재영의 눈앞에서 실감 나게 재현됐다.

쿵! 2층에서 뭔가 둔탁한 것이 마당으로 떨어졌다. 그게 뭔지는 본능적으로 알 수 있었다. 재영은 용수철처럼 베란다 밖으로 몸을 튕기며 외쳤다.

"거기 서! 이 잡놈아!"

재영이 고래고래 소리를 질렀다. 마당에 떨어진 검은 헬멧을 쓰고 검은 점퍼와 청바지를 입은 잡놈은 발목을 삐끗했는지 절뚝거리면서 도망쳤다. 하얀 운동화 한 짝을 마당에 떨궈

놓고서,

다음 날 아침, 운몽과 강서와 연우가 귀가했을 때 재영은 하얀 운동화를 전리품처럼 가슴에 품고 있었다. 간밤의 변고를 듣고 순자와 함께 출동한 순자 아빠는 베란다 창틀에 남겨진 발자국과 베란다 문손잡이를 살피는 중이었다. 운몽은 한 번도 보지 못했던 순자 아빠의 진지한 표정과 날카로운 눈빛에 사뭇 놀랐다. 그에게서는 낡은 흑백 TV에 등장하던 원로배우의 풍모가 느껴졌다. 드라마 수사반장의 오프닝 선율이 아련하게 들려오는 것도 같았다.

"문을 새로 할 필요는 없고 손잡이만 새로 달아."

반장님은 어디 가셨나. 동네 철물점 아저씨 같은 말투였다.

"족적이랑 지문 채취 그런 건 안 해요?"

기대에 못 미치는 순자 아빠의 도움에 재영은 실망한 표정으로 물었다.

"내가 무슨 국과수야? 연우 이모가 증거 들고 있잖아. 파출소에 갖다줘."

"그럼 경찰이 이걸 국과수에 넘겨서 DNA 채취하면 범인을 잡을 수 있는 거죠?"

"국과수가 한가하게 동네 잡범이나 잡고 있을까."

"그럼 누가 잡아요?"

"우리가 잡아야지!"

순자 아빠는 결연한 눈빛으로 운몽을 바라보았고, 운몽은 연우의 손등을 핥아주고 있는 순자에게로 급히 시선을 돌렸다.

"연우야, 삼촌이랑 순자 간식 줄까?"

운몽은 자연스럽게, 매우 재빨리 부엌으로 퇴장했다.

강서와 재영과 순자 아빠는 대처 방안에 대해 이야기를 나눴다. 동네 골목마다 CCTV가 설치되려면 오래 걸릴 것이라며 나라 살림을 걱정하다가 가성비 좋은 무인경비 업체가 어디인가를 따져보기도 했다.

엄연히 운몽이 존재하는, 여자들만 사는 집이 아닌 데다가 순자 아빠 이력이 동네방네 소문난 마당에 겁대가리 없이 막 건드리고 다니는 걸 보면 단순 잡범이 아닐 수도 있다는 우려도 제기되었다. 급기야 재영의 입에서 이사라도 가야 하나, 하는 말이 터져 나왔다.

"우리가 두려워하는 모습을 보이면 안 돼. 범인을 그걸 노리고, 그걸 즐기는 거야!"

순자 아빠는 본인은 밤잠도 없고 새벽잠도 없으니 자신의 집은 물론 초록 대문집과 이 골목을 지키겠다는 의지를 불태웠다. 그러고는 범인을 향해 포효한 재영의 용기를 칭찬해주었다. 개똥도 약에 쓸 수 있다더니 하등 쓸모없을 것 같은 재영의 포효가 범인을 움츠리게 했는지, 가짜 이력으로 포장된 순

자 아빠의 불침번이 효과를 봤는지는 몰라도 그 잡놈은 초록
대문집 근처에는 얼씬도 하지 않게 되었다.

6
브런치

화요일 오전 11시. 하얀 식탁보를 두른 둥근 테이블 위로 따사로운 햇살이 내려앉았다. 에메랄드빛 접시 위의 애플 브리치즈 오픈 샌드위치, 철제 빵 바스켓에 담긴 크루아상과 버터 소금빵, 하얀 샐러드볼 안의 아보카도 새우 샐러드, 그리고 다섯 잔의 아이스아메리카노. 브런치로 손색없는 알찬 구성도 구성이지만 무엇보다 내 손으로 차리지 않았다는 사실이 운몽은 감격스러웠다.

시각, 미각, 후각을 동시에 만족시키는 최상의 조건. 아쉬운 것이 하나 있다면 약간의 소음을 감수해야 한다는 거였는데 그마저도 브런치 카페에서 흘러나오는 달콤한 재즈 선율로 커버할 수 있으니 괜찮았다. 운몽은 행복한 미소를 띠고 소음의 주범인 반딧불이맘들을 바라보았다.

연우가 새로 다니기 시작한 첫라 어린이집 여섯 살 반의 이름은 반딧불이다. 정원은 열다섯 명인데, 반딧불이맘 모임의 멤버는 운몽을 포함한 다섯 명. 운몽이 나머지 열 명 중 하나여도 상관없는, 공식적이지도 의무적이지도 않은 브런치 모임이었다. 그럼에도 운몽이 여기에 청일점으로 자리한 이유는 단지 '아이들끼리 친해서'였다.

연우가 어린이집에 등원한 첫날, 제일 먼저 말을 걸어준 친구가 세준이었다. 세준이랑 친한 수지와 동하는 미끄럼틀에서 내려오는 연우의 손을 잡아주었다. 며칠 후, 어린이집 앞에서 하원을 기다리던 운몽은 '우리 수지가 연우를 너무 좋아해요!'라며 반갑게 다가온 수지맘과 대화의 물꼬를 텄다.

수지맘은 세준맘과 동하맘에게 손짓을 했다. 순식간에 세 여자에게 둘러싸인 운몽은 연우 삼촌이라고 자기소개를 하고는 꾸벅 허리를 굽혀 인사를 했다. 허리를 펴고 보니 하늘맘이라며 등장한 큰누님 같은 분이 운몽을 보고는 '반가워요!' 하며 웃고 있었다.

아이들이 친하니 엄마들이 친해지는 건 당연한 수순이었다. 엄마들의 나이, 직업, 성격, 취향 등은 장애가 되지 않는다. 엄마들은 바늘 가는 데 따라가는 실처럼 몸도 마음도 자동적으로 아이들만을 쫓으니까.

반딧불이맘들은 바쁜 엄마 강서 대신, 연우의 등하원과 일상 육아를 책임지고 있는 운동 삼촌을 자신들의 단톡방에 초대했다. 온라인에서 공유할 정보와 오프라인에서 공유할 일상 잡담은 그 분야가 사뭇 다르기에 오프라인 브런치 모임까지는 안 나가도 그만이었다.

그런데 오늘로 벌써 일곱 번째 모임에 참여한 운몽. 시작이 어렵지 한번 발을 디디고 나니, 두 번째 모임에서는 입이 열리고, 세 번째 모임에서는 마음이 열렸다. 인간 친화적인 운몽의 성품이 스스럼없이 그러하게 열어준 측면도 있고, 막내 남동생 대하듯 하는 맘들의 낯가림 없고 수더분한 성품들이 그러하게 만든 측면도 있었다.

운몽은 설 연휴 마지막 날에 누나들에게 둘러싸여 그녀들의 수다를 한 귀로 듣고 한 귀로 흘리며 떡국을 먹던 그때처럼 버터 나이프로 소금빵에 버터를 바르며 하늘맘, 수지맘, 세준맘, 동하맘의 수다는 흘려보내고 재즈 선율만을 달팽이관에 골라 담는 중이었다.

"기름때도 잘 닦인다니까. 거품도 풍성해. 비누라서 금방 물러질 줄 알았는데 그렇지도 않더라고요. 그거 쓸 만해요, 언니들."

수지맘의 목소리가 워낙 컸기에 운몽의 달팽이관을 감싸던 재즈 선율이 홀라당 날아가버렸다.

수지맘은 아토피와 비염을 달고 사는 수지 때문에 엄마가 되기 전에는 별 관심 없던 환경운동에 관심을 갖게 된 탈플라스틱 운동가다. 수지맘은 모두에게 집에 갈 때 제로웨이스트 샵에 들러 친환경수세미와 설거지 바를 구매하겠다는 확답을 듣고 나서야 성토를 마쳤다. 그러고는 세준맘이 새로 가입한 온라인 홈피트니스 플랫폼에 대해 이것저것 물었다.

"그냥 동네 헬스장 다녀. 문화센터에서 필라테스나 요가 강의를 듣든가."

세준맘은 정해진 시간에 꼭 나가야 하는 게 아니다 보니 이 핑계 저 핑계 만들어 거르기 일쑤라며 제대로 하려면 운동복을 착장하고 집을 나가는 것부터가 습관이 돼야 한다고 말했다.

"일단, 나가서 걷든 뛰든 체육관을 가든 해."

그러면서 운몽을 바라보았고, 운몽은 동의의 고갯짓으로 대신했다.

"참, 세준아. 너 오늘 제사라고 하지 않았니?"

"다음 주 화요일, 고조부 제사. 이번엔 난 안 가고 세준 아빠만 가기로 했어."

하늘맘이 물었고 세준맘은 심드렁하게 답했다.

일 년에 일곱 번의 제사와 두 번의 명절 차례를 지내는 집. 요즘도 그런 집이 있냐고 묻는데, 그런 집이 바로 세준맘의 시댁이었다. 세준맘은 결혼 9년 차에 이르러 고조부모의 제사에서 해방됐다. 증조부모의 제사에서 해방되기까지는 또 몇 년이

걸릴지 모르겠지만 그날이 빨리 오기만을 바랄 뿐이었다. 세준맘은 긴 한숨을 내쉬고는 동하맘에게 이력서 낸 곳에서 연락이 왔는지를 물었다.

"왔지, 어저께. 귀하의 뛰어난 역량과 잠재력에도 불구하고 합격 소식을 전해드리지 못해 안타깝게 됐다고."

동하맘은 이골이 났다는 표정으로 말했다. IT 기업에서 컴퓨터 프로그래머로 일했던 동하맘은 동하가 네 살이 되고 어린이집에 들어가면서 일을 다시 하려고 준비했다. 하지만 취업 문은 2년째 열리지 않고 있었다. 어쩌면 영영 안 열릴지도 모른다는 불안감에 시달렸던 것도 다 지난 일이 돼버렸다.

동하맘도 불안한 고용 시장에 경단녀가 설 자리는 없다는 걸 잘 알고 있었다. 동하 키우면서 회사 다닐 때엔 하루하루가 온몸을 야구방망이로 두들겨 맞는 것 같아 육아 휴직을 신청했는데 되돌릴 수 없는 결과를 낳고 만 것이다.

아이에겐 엄마의 사랑을, 피로한 신체에겐 충전의 기회가 되리라 믿었던 육아 휴직은 퇴사로 이어졌고 지금은 독박 육아를 하면서 충전은커녕 완전히 방전된 몸뚱아리로 정형외과와 한의원을 다니며 골골거린다. 그 와중에도 토요일 오전이면 남편이 로또를 사듯, 이 회사 저 회사 가리지 않고 이력서를 던졌다.

"연우맘이 헤드헌터라며? 좋은 데 구해달라고 해봐."

세준맘이 운몽을 보며 말했다.

"아, 그러면 좋겠네요. 제가 말해볼게요."

내내 듣기만 하던 운몽이 입을 떼자 여기저기서 반딧불이가 날아들 듯 질문이 톡톡 터져 나왔다. 헤드헌터라는 직업에 대한 궁금증과 연봉 및 수수료 따위의 질문들이라 운몽이 답해줄 수 있는 건 거의 없었다.

"외삼촌이야? 친삼촌이야?"

"외삼촌이요."

"가만 보면 연우 얼굴에서 삼촌이 보이더라고. 특히 웃을 때, 눈매랑 광대뼈 아래가 닮았어."

라고 힘주어 말하는 하늘맘은 몹시도 진지했다. 미술을 전공했고, 미술놀이방을 운영하는 그녀는 스스로 관찰력만큼은 타고났다고 말해왔다. 마흔둘에 늦둥이 하늘이를 낳고 지금 오십 문턱에 다다랐으니 웬만한 건 딱 보면 견적 나오는, 연륜과 경험 풍부한 큰언니라고 자처했다. 그런 그녀가 연우와 운몽이 닮았다고 하니 운몽은 진짜 외삼촌이라도 된 기분이 들었다.

"그런데 연우 아빠 언제 와요?"

"네? 아…… 매형이요?"

방금 운몽의 포크에 찔린 분홍빛 새우가 샐러드볼 안에서 가녀린 몸체를 바들바들 떨었다.

"세준이가 나한테 묻더라. 연우 아빠 되게 바쁘대, 일이 맨날 맨날 안 끝나서 못 오구 있는데 언제 와? 그러잖아. 그래서 그걸 왜 엄마한테 물어? 연우한테 물어봐야지, 했잖아. 호호호. 근데 참 연우 아빠 뭐 하시는 분인데?"

"글로벌 기업 다니신다며? 호주에 계시다잖아."

원장 선생님한테 들었다며 하늘맘이 대신 대답해주지 않았더라면 어쩔 뻔했나. 운몽은 새우를 입에 넣고 씹으며 고개를 주억거렸다. 연우의 입학 상담 때 강서가 그렇게 말한 모양이다. 이런 건 귀띔이라도 해줬어야지. 운몽의 포크가 연둣빛 아보카도를 사정없이 찔러댔다.

***

그날 저녁, 운몽은 건조기에서 빨래를 꺼내며 물었다.

"연우 아빠 호주에 계세요?"

강서는 답은 않고 운몽이 반 모임에 나가는 것에 대해 불편한 기색만을 여과 없이 드러냈다. 아줌마들 사이에 앉아서 주거니 받거니 하고 있으면 재밌냐며 툴툴거렸다. 질투하는 듯도 보여 운몽은 그런 강서가 은근히 귀여웠다. 혼자만의 착각이겠지만.

"재밌어요. 온라인상으로는 전달되지 않는 미묘한 것들이 있거든요."

운몽이 헤실거렸다.

"그래서 오프라인에서 시간 쓰고 돈 쓰고? 집에 수세미가 없어서 샀어? 식기세척기는 고이 모셔만 두니?"

착각 맞았다. 아이 핑계로 저들끼리 신나 놀다 들어오는 아내를 타박하는 남편처럼 굴고 있지 않은가. 운몽은 배배 꼬인 말투로 반격했다.

"살림을 제대로 해봤어야 알지! 식기세척기에 그릇을 집어 넣기만 하면 다 되는 줄 아나? 애벌 세척을 하고 넣어야죠. 애벌 세척을 하려면 수세미가 필요하고, 이왕이면 친환경적으로 해보겠다는 지구를 위한 세심한 배려 안 느껴져요?"

운몽에게 반딧불이맘 모임은 육아 정보와 살림 정보를 나누는, 배워서 남 주는 사랑의 실천 공동체였다. 더불어 주부 생활의 슬픔과 기쁨을 나누는 공감의 장이기도 했다. 잘 알지도 못하면서 쓸데없는 수다만 떠는 모임이라고 폄하하다니 발끈할 수밖에.

"뭘 그렇게 정색을 하고 그래? 네가 엄마들 모임에 끌려다닐까 봐 걱정돼서 그러는데."

"내가 앤가? 누가 끈다고 끌려가는 수동적인 인물이 아닌데, 난."

"미안해, 오버해서."

강서는 깔끔하게 사과를 하고는 빨래를 개겠다며 바구니를 들고 2층으로 올라갔다. 운몽은 저녁 먹은 그릇들을 애벌 세

척하기 위해 새로 사온 친환경수세미를 손에 쥐었다. 그릇 하나, 그릇 둘, 그릇 셋……. 닦아도 닦아도 운몽의 부글거리는 속은 개운해지지 않았다. 운몽은 수세미를 던졌다. 순간, 떠오른 문장 하나.

'수세미 함부로 던지지 마라
너는 누구에게 한 번이라도 깨끗한 사람이었느냐'

연탄재 함부로 차지 말라*며, 너는 누구에게 한 번이라도 뜨거운 사람이었는지를 반문하는 단 3행으로 지어진 짧은 시. 제가 가진 온기를 타인에게 모두 나눠주고 기꺼이 재가 되는 연탄을 통해 이타적인 삶의 숭고함을 노래한 시.

운몽은 온몸 가득 거품을 뒤집어쓰고 제 몸뚱이는 쓸리고 찢기면서도 그릇의 때를 벗겨주느라 헌신하는 수세미의 이타성이 연탄과 다르지 않다고 생각했다. 수세미의 희생은 곧 주부와도 연결되었다. 방으로 돌아간 운몽은 노트북을 열었다. 단숨에 두 페이지에 달하는 글이 써졌다.

며칠 후, 세준맘은 오른팔과 어깨에 깁스를 하고 반딧불이맘 모임에 등장했다. 신호대기 중에 후미 추돌 사고를 당한 것이다.

---

* 안도현 시 〈너에게 묻는다〉

"하필 사고가 나도……. 복 많은 며느리는 명절이면 팔도 부러지고 독감도 걸린다는데 나는 왜 지금 교통사고가 나냐고. 추석 때 나면 좋았잖아."

제사나 명절이면 배추전을 수십 장씩 부쳐야 하는 세준맘은 석 달 후에나 있을 추석 노동을 끌어와 한탄을 늘어놓았다. 운몽은 그녀의 한마디 한마디를 놓치지 않고 머릿속에 저장했다가 집으로 돌아오자마자 노트북을 펼치고 타이핑을 시작했다.

'내 시댁 구월은
배추전이 익어가는 시절

시월드 잔소리 주절이주절이 열리고
먼데 친정식구 얼굴이 꿈꾸며 알알이 들어와 박혀'

청포도*는 배추전으로, 나라를 잃고 먼 이역 땅에서 고국을 그리워하며 밝은 내일을 염원하는 시적 자아의 마음은 친정을 그리워하는 주부의 마음으로 치환했다. 시댁 식구들 밥상 차리고 치우느라 녹초가 된 몸을 이끌고 친정에 가서는 어머니가 차려주신 밥상에 숟가락만 얹게 되는, 며느리이기 전에 딸이고 싶은 대한민국 주부들에게 송구한 마음을 전하는 문장들

---

* 이육사 시 〈청포도〉

로 또 금세 두 페이지가 꽉 찼다. 운몽은 꽉 막힐 귀경길 고속도로 사정을 감안해 '남편아, 드러누워만 있지 말고 차에 시동을 걸어두렴'이라는 문장으로 대미를 장식했다.

며칠 후, 된장찌개 재료를 사려고 마트에 간 운몽은 된장과 감자와 양파 대신 물만 붓고 끓이면 되는 밀키트를 장바구니에 담았다. 그날 밤은 어느 민족* 시인의 시를 인용했다.

'고르고 다듬고 할 거 없는 밀키트를
예전엔 미처 몰랐어요

이렇게 손쉽게 만들 수 있다는 것을
예전엔 미처 몰랐어요'

밑준비가 끝난 재료와 전문가가 만든 육수와 양념이 들어 있어 설명서대로 조리만 잘하면 검증된 맛의 요리를 식탁에 내놓을 수 있는 간편식. 시간과 노력을 절약할 수 있고 버리는 식자재가 없어 음식물 쓰레기를 줄일 수 있는 밀키트의 장점과, 그 이면에 있는 포장재 쓰레기나 과다한 조미료 문제 등도 운몽은 조목조목 짚어가며 장문의 글을 완성했다.

어느 밤에는 하늘과 바람과 별을 노래하는 마음으로 스웨터

---

* 김소월 시 〈예전엔 미처 몰랐어요〉

에 달라붙은 먼지와 머리카락과 보풀을 떼어내는 주부의 섬세한 손길을 묘사했다. 다른 밤에는 모란이 피기까지 기다렸다가 마침내 맞이한 봄에 빗대어, 쇼핑 적립금과 원 플러스 원 이벤트 알람을 기다린 끝에 원하던 상품을 최저가에 구매한 기쁨을 표현하기도 했다.

"고마워, 다 네 덕분이야."

마하말 센터에 다녀온 강서가 말했다. 닥터 강은 연우가 강박에서 벗어나 즐겁게 생활할 수 있게 된 건 가족과 친구 등 주변인 모두의 공이다, 예전에는 한 아이를 마을 사람 모두가 같이 키웠다, 하며 공동 육아의 절실함을 피력했다고 한다. 강서는 반딧불이맘 모임을 부정적으로 말했던 것에 대해서 운몽에게 심심한 사과를 전했다.

"네 말대로 연우를 하늘맘 미술놀이방에 보낸 것도 잘한 일 같아."

연우가 하늘이랑 같이 그림을 그리고 싶어 한다며 운몽이 미술놀이방 얘기를 꺼냈을 때 강서는 선뜻 내켜지 않았다. 강서는 나중에 보내도 되지 않을까, 더 좋은 미술 학원 찾아보고 등의 이유를 댔지만 연우를 미술놀이방에 보내면 일주일에 이틀씩 두 시간의 자유를 더 확보할 수 있는 운몽 입장에서는 물러설 수 없는 딜이었다. 운몽은 이유 같지 않은 이유라며 반박

했고 강서는 며칠 못 가 꼬리를 내렸다.

첫 수업을 마치고 나서 하늘맘이 물었다. 집안에 미술 하는 사람이 있냐고.

운몽은 대답 대신 희끄무레한 미소로 얼버무렸다.

마침 그 일이 생각난 운몽이 강서에게 물었다.

"연우가 색을 배합하는 실력이 천부적이래요. 누나 그림 잘 그려요?"

강서는 긍정도 부정도 하지 않고 2층으로 올라가버렸다.

앗차! 운몽은 뒤늦게 현타가 왔다. 옥탑방의 그림. 색이 아름다웠던 그림. 연우는 그 그림을 그린 사람과 닮은 것이다. 그 그림을 그린 사람이 호주에 있는 그 사람인 모양이다. 하아······.

주부 생활의 정점이라고 할 수 있는 육아 영역에서 운몽은 스스로 단단해지고 있음을 느꼈다. 아이를 키우면서 내가 자란다는 말도 있지 않나. 운몽은 어제보다 한 뼘 자라고 오늘보다 한 뼘 더 자랄 내일이 기다려졌다. 연우도 자라고 자신도 성장할 내일이.

연우와 대화하다 보면 내가 내뱉은 훌륭한 말들에 스스로가 대견할 때도 있었고, 내가 이것밖에 안 되는 인간이었나 하며 되돌아볼 때도 있었다.

연우의 눈높이에 맞춰 세상을 보면서 운몽도 하염없이 순수하고 맑아져버려 어른들의 기준으로 어물쩍 넘어가고 투 치려던 일들 앞에서 멈칫하곤 했다. 차가 보이지 않는다고 빨간 신호등이 켜진 횡단보도를 건널 수는 없었다. 애 앞에선 찬물도 못 마시고, 내 새끼 눈에서 눈물 나는 일 생길까 봐 나쁜 마음 절대 못 품는다는 옛말 그른 거 하나 없었다. 운몽은 연우라는 거울에 자신을 비춰보게 됐다. 오늘은 한 송이 국화꽃을 피우기 위해 그렇게 울었다는 시인의 노래로 육아의 기쁨을 표현할 생각이다. 운몽은 노트북을 펼쳐 단어를 조합하고 완성한 문장을 세공했다.

밤이면 밤마다 운몽은 학창 시절, 문학 교과서에 실려 있던 한국의 명시들을 하나씩 소환하며 에세이를 썼다. 시가 떠오르지 않는 밤이면 자취방 책장에 빼곡하던 책들을 떠올렸다. 대부분 대학로 중고 서점에서 산 책들이었는데 반이나 읽었을까. 내용은 기억나지 않아도 제목만은 또렷한 작품들이 운몽의 빈 페이지를 채우는 데 큰 역할을 해주었다.

'그 많던 카레는 누가 다 먹었을까'*라는 제목으로 밥 잘 먹는 아이를 바라보며 주부가 느끼는 뿌듯함을 표현하고, '지금 청소하지 않는 자, 모두 유죄'**라는 제목으로 고생스럽지만 하고 나면 개운한 청소의 희열을 노래했다. '외로우니까 주부

---

*   박완서 소설 〈그 많던 싱아는 누가 다 먹었을까〉

** 노희경 에세이 〈지금 사랑하지 않는 자, 모두 유죄〉

다'*라는 제목으로는 주부들의 우울증을 위로했고, '날씨가 좋으면 빨래하겠어요'**라는 제목으로는 언젠가 옥상에 이불을 널어놓고 먼지와 허공에 대한 상념에 사로잡혔던 경험을 쓰기도 했다. 국방부의 멈춘 시곗바늘 아래서 글을 쓰던 때처럼, 운몽은 부지런히 쓰고 또 썼다.

"연우맘한테 진심으로 고맙다고 전해줘."

동하맘이 운몽에게 예쁘게 포장된 선물 상자를 내밀며 말했다.

"전화 통화는 했어. 괜찮다고 아무것도 안 받겠다고 하는데 내 맘이 어디 그런가? 스카프야, 취향을 몰라서 내 맘대로 골라봤어."

강서 취향은 모르겠고 연우 보자기 놀이 하기에 알맞겠다 싶어 운몽의 입가에 미소가 번졌다.

뒤늦게 반딧불이맘 모임에 관심을 갖게 된 강서는 지난 모임에 반찬을 내고 참석했다. 연우한테 이런저런 신경을 많이 써주시는 걸 알면서도 인사가 늦었다며 미안함을 전했고, 맘들은 강서를 환대해주었다. 누구보다 경단녀인 동하맘이 강서를 반겼다. 강서는 동하맘의 사정을 듣고는 회사 IT팀 장 차장

---

*   정호승 시 〈외로우니까 사람이다〉

**   이도우 소설 〈날씨가 좋으면 찾아가겠어요〉

에게 동하맘의 이력서를 건넸고, 마침 급하게 경력사원을 찾고 있던 업체와 매칭이 성사됐다. 코스닥 상장 예비심사 승인을 앞둔 회사인 데다가 탄력근무제를 시행하고 있어서 동하맘뿐 아니라 반딧불이맘 모두가 환호했다.

오늘은 다음 주 첫 출근을 앞둔 동하맘을 응원하기 위해 모인 자리였다.

"잘 전할게요. 그리고 취업 축하드립니다!"

운몽이 잔을 들었다. 반딧불이맘들이 잔을 부딪쳤다. 그와 그녀들은 논알콜 맥주를 마시며 앞으로 펼쳐질 지옥에 대해 이야기를 나눴다. 출퇴근길 교통 지옥, 업무 성과 지옥, 인간관계 지옥, 육아와 병행하면서 겪어야 할 이중고 지옥 등 온갖 지옥이 나열되는데도 행복한 얼굴들이었다.

모임이 파할 무렵, 동하맘이 명함을 내밀었다. 아직 출근도 안 했는데 회사에서 택배로 보내준 명함, 거기 박혀 있는 제 이름 석 자에 눈물이 날 뻔했다면서.

동하맘 이름이 이지은이었구나, 이름 이쁘다고 말하는 맘들의 목소리에도 눈물이 살짝 묻어 있었다.

"내 이름은 김선아다."

하늘맘이 말했다.

"난 문화영."

세준맘이 바통을 이어받았다.

"최주혜요."

수지맘이 이름을 말했다.

이름이 있었다. 누구의 엄마로 불리며 이름 없이 살고 있는 모두, 이름이 있었다. 다들 가슴 한구석이 몰캉해져 아무 말도 하지 않았다.

"우리 앞으론 이름 부르자. 누구 맘 하지 말고."

하늘맘의 제안에 더 몰캉몰캉해진 그녀들은 고개를 크게 끄덕거렸다.

"구운몽입니다."

운몽의 발언으로 성당처럼 엄숙하기까지 했던 분위기는 일순 장터처럼 소란스러워졌다. 진짜 구운몽? 문학책에 나오는 그 구운몽? 반딧불이맘들이 저마다 한마디씩 쏟아냈고, 운몽은 늘 그랬듯이 구름이 아홉 개가 나오는 태몽부터 서포 김만중의 소설 구운몽과의 차이까지 신나게 떠들어댔다.

집으로 돌아온 운몽은 '맘들은 제 이름을 부르며 운다'*는 제목으로 글을 썼다. 이름표 떼고 누구의 엄마로, 누구의 아내로, 누구의 며느리로 살아온 모든 이에게 경외와 감사를 전하는 글이었다. 마침표를 찍고 나서도 여운이 남아 운몽은 한동안 노트북을 닫지 못했다.

운몽은 맥주를 마시면서 포털을 검색하다가 글이 작품이 되

---

* 김형경 소설 〈새들은 제 이름을 부르며 운다〉

는 공간, 브런치라는 플랫폼을 발견했다. 숨기운 때문임까. 나데없는 객기가 발동한 운몽은 작가 신청 배너를 클릭했다. 작가 소개글과 작품 활동 계획에 관해 입력하라는 빈칸을 술술 채워나갔다. 작가로 선정이 될 리가 없을 거라고 생각했기 때문에 정말이지 그냥 던져본 거였다.

그러고 나니 문득 동하맘의 명함이 떠올랐다. 나도 명함을 갖고 싶다! 운몽은 명함 제작 업체를 검색했다. 누구에게 건넬 일은 없을 거라고 생각하면서 역시나 그냥 만들어보기로 했다. 그러나 작품 활동 계획을 밝히는 넓은 칸은 술술 채웠으면서 명함에 박힐 이름 석 자 앞의 직함, 그 간단한 몇 글자는 도무지 채울 수가 없었다. 머리를 쥐어뜯다가 운몽은 이렇게 적었다.

'청년 주부'

***

카페는 한산했다. 운몽은 아메리카노를 주문하고 햇살이 잘 드는 창가 옆 테이블에 자리를 잡았다. 아메리카노보다 먼저 도착한 명함 한 장이 테이블에 놓였다.

"반갑습니다, 구 작가님. 어제 전화드렸던 고함 출판사 대표 고동기라고 합니다."

고 대표가 손을 내밀어 악수를 청했고, 운몽은 앉은 것도 일어선 것도 아닌 어정쩡한 자세로 그의 손을 잡았다.

"앉으세요."

운몽이 명함을 건네며 말했다.

"하하하! 청년 주부 구운몽! 위트 있으시네요."

위트라니. 머리칼 한 움큼과 맞바꾼 거다. 자조와 체념과 수용의 긴 여정 끝에 겨우 얻은 운몽의 아이덴티티다. 웃자고 만든 명함은 아니었지만, 상대방이 웃어주니 운몽도 엷은 미소로 화답했다.

"글이 너무 좋아요, 최근 읽어본 글들 중에 단연 최고였습니다."

"그냥 끄적거린 건데요, 뭐."

브런치 작가로 선정됐다는 연락을 받고 운몽은 그간 써놓았던 글들을 차곡차곡 업로드했다. 주부 감성 충만한 열한 편의 글이 브런치에 실린 어제, 고 대표의 전화를 받은 운몽은 꿈인지 생시인지 분간이 안 됐다. 출간이 어디 쉬운 일인가. 운몽은 사기라고 생각했다. 집 앞으로 찾아오겠다는 고 대표를 말리진 않았다. 만나보고 사기꾼이다 싶으면 관두면 될 일이니까.

운몽은 전화를 끊고 '고함 출판사'를 검색했다. 모터 바이크 동호회의 회원들의 이야기를 담은 에세이 《오늘도 달린다》, 국가대표가 되지 못하고 상비군에 머물러야 했던 어느 꿈나무의

양궁 사랑 에세이 《주몽의 후예》, 횟집 사장님이 아들이 어부였던 아버지의 새벽을 회상하며 쓴 에세이 《어부의 세계》. 총 세 권의 출판 이력이 있는 에세이 전문 출판사였다. 생소한 출판사 이름만큼이나 작품들도 생소했다.

운몽의 책은 팔리지 않는 작품, 출간했는지도 모르는 작품들과 어깨를 나란히 한 채 먼지만 잔뜩 쌓여 있게 될 것이다. 이토록 선명한 미래라니. 지금 관둘까? 굳이 오실 것 없다고 문자를 보낼까? 운몽의 고민이 깊어지는 가운데 어느 인터뷰 기사에서 마우스가 멈췄다. 해외 다큐 페스티벌에서 수상한 독립영화 감독의 인터뷰였는데 《어부의 세계》를 감명 깊게 읽고 영화화할 결심을 했다는 내용이었다.

관두면 안 될 일이었다. 누군가의 눈에 들어 판권이 팔린다면 미래가 달라질 수도 있다. 이토록 벅찬 미래라니. 잔뜩 기대에 부푼 운몽은 밤잠을 설칠 정도였다. 아침 일찍 일어나 때 빼고 광내서 말쑥한 차림으로 지금 여기 앉은 운몽은.

"출판사에서 연락이 올 줄은 꿈에도 몰랐습니다."

라며 겸손을 떨었다.

"청년과 주부의 조합이 신선하게 다가왔어요."

고 대표는 청년 창업, 청년 주택, 청년 적금, 청년 대출, 청년 실업 등등을 열거했다. 희망찬 내일보다는 고단한 오늘이 더 부각되는 단어들에 모두가 지쳐 있는 현실을 개탄하며 운몽의 글은 동 시대인들에게 웃음과 공감, 나아가 위로를 줄 수 있을 거라고 말했다. 그러면서 어떤 계기로 이런 글들을 쓰게 됐는지 물었다.

운몽은 모친 및 네 명의 누나들과 함께했던 유년 시절부터 로스쿨에 진학했으나 적성에 안 맞았던 것과 연극계 언저리를 누빈 시간들, 그리고 초록 대문집에 들어가면서 가사와 육아를 전담하게 된 사연을 짧고 굵게 전달했다.

고 대표는 로스쿨 이력을 가진 수재가 주부 공감 에세이를 썼다는 것에 주목했다. 어떤 글이냐도 중요하지만 누가 썼냐도 중요하다. 주부가 주부의 일상을 쓰는 것보다는 주부와는 전혀 접점이 없는 청년이, 그것도 법조인이 될 청년이 주부 뺨치는 솜씨로 주부의 일상을 이야기한다는 것에서 충분히 희소가치가 있다고 생각했다. 사실 운몽을 만나러 오는 동안 운몽의 신변잡기가 출간할 가치가 있는 글인지 고민스러웠다. 너무 성급히 연락을 한 건 아닌지 후회가 들었지만 만나기로 했으니 만난 건데 뜻밖의 상품성을 발견하고는 안도했다.

"살림은 장비빨이라지만 손에 물 안 묻힐 수 없고, 손 한 번 까닥한다고 되는 게 아니거든요. 청소기 동작 버튼 누른다고 청소가 되나요? 먼지통 비워야 하고 물걸레도 빨아야 하죠. 건조기가 혼자 빨래 집어삼켜서 돌리고 말려줄 리가 없잖아요. 탈탈 털어서 넣고 다시 꺼내 탈탈 털어 개야 한다고요. 사람 손이 안 가면 되는 일이 없어요. 그걸 매일매일 해내고 있는 주부들의 이야기인 거죠."

"하하하! 구 작가님한테서 집에 있는 제 아내가 보입니다."

고 대표는 또 한 번 크게 웃음을 터뜨렸다.

며칠 후, 우편으로 계약서가 도착했다. 계약서에 도장을 찍으며 운몽은 뜬금없이 오래전, 엄마의 밥솥을 떠올렸다. 운몽이 아장아장 걷던 시절에 '알뜰 살림 장만 퀴즈'라는 TV 프로그램이 있었다. 주부들이 출연해 도깨비 방망이를 두드리면서 퀴즈를 맞추는 프로그램이었는데 우승자에게 상금을 주는 것이 아니라 문제를 맞힐 때마다 상품을 주는 형식이었다. 문제 하나마다 냉장고, TV, 세탁기, 오디오 등이 걸려 있으니 그야말로 살림을 장만하기에 최적인 프로였는데 연말 왕중왕전 우승자한테는 여의도 아파트 한 채가 주어지기도 했다. 물론 운몽은 모르는 일이다. 아장아장거리다가 봤을 수도 있겠지만 기억할 리 만무하다.

아무튼 그 프로그램에 어쩌다 장금이 여사가 출연하게 됐는지는 모르겠지만 장금이 여사는 딱 한 문제를 맞혔다. 최신식 전기밥통이 걸린 문제였다. 누나들의 말에 의하면 전기밥통을 안고 돌아온 엄마는 장원급제라도 한 것처럼 의기양양한 모습이었다고 한다. 밥통을 구경하러 온 동네 사람들한테 짜장면과 탕수육을 시켜주며 동네잔치를 하는 바람에 배보다 배꼽이 더 컸다고도 했다.

운몽의 어렴풋한 기억으로는 초등학교 6학년 때까지도 장금이 여사는 그 밥통을 사용했다. 백옥 같던 밥통이 누렇게 변할 때까지, 다 삭은 전원 버튼이 눌리지 않을 때까지, 말 그대로 밥통이 먹통이 될 때까지 장금이 여사는 거기다 자식들의 밥을 지어 먹였다.

'당신의 밥통을 가져다가 며칠은 먹었다'*라는 제목의 글은 순식간에 탄생했다. 지금이야 각종 즉석밥이 많이 나오지만, 학교 갔다 돌아오면 밥통에서 주걱으로 고슬고슬한 밥을 퍼서 먹던 시절에 대한 향수가 물씬 풍기는 글로 엄마의 사랑을 노래했다.

다시 며칠 후엔, 운몽의 통장에 선인세가 꽂혔다. 사람이라면 모름지기 입금 전과 후가 달라야 하는 법. 운몽은 자신의 글이 신변잡기에 머무르지 않고 품격을 갖춘 에세이가 되길 원했다. 주부의, 주부에 의한, 주부를 위한 통찰이 담긴 글.

집에서 뭐 하니? 이건 왜 안 해놨어? 하며 주부의 시간에 자기가 해야 할 것들을 밀어넣는 가족 구성원들. 같이 해야죠, 말은 그렇게 하면서도 돌봄 노동과 가사 노동의 상당량을 주부에게 떠넘기는 것이 당연한 가족 구성원들. 운몽은 그들에게

---

* 박준 시 〈당신의 이름을 지어다가 며칠은 먹었다〉

일침을 날리고 싶었다. 숨 가쁜 주부들의 24시를 묘사하며 주부의 시간을 주부에게 돌려주라고 주장했다. 주부들의 일과 사랑이 담긴 한 편 한 편의 글이 주부의 사회적 위상을 높이고 주부 공감의 시대를 활짝 열 수 있을 것이라는 기대감으로 꽉 차올랐다.

그러는 사이 주부에 대한 재발견이 이루어졌다. 누군가에게 내밀게 될 줄 몰랐던 장난 삼아 만든 명함의 '청년 주부 구운몽'이 이토록 자랑스럽게 느껴질 줄이야. 청년 주부가 있었기에 오늘의 글들이 가능하지 않았겠는가. 어영부영 작가의 길에 들어서서 첫발을 뗀 운몽은 좋은 글을 쓰고 싶다는 욕망으로 들끓었다. 처절할수록 철저해져라! 운몽은 부지런히 인문, 사회, 경제, 의료의 각 분야 전문 서적들을 찾아 밑줄 긋고 공부하며 글을 완성해나갔다.

너무 철저했나? 쉴 틈 없이 몸을 놀리고 머리를 쓰는 바람에 방전됐다. 머릿속이 하얗게 비었다. 컴퓨터 모니터의 한글 페이지도 여백의 미만 뿜어내는 중이었다. 바람이라도 쐬자! 초록 대문집에 들어와 보낸 두 번째 계절, 여름의 끝자락을 달리던 어느 밤 옥상으로 올라간 운몽은 크게 심호흡을 하고 달빛 아래서 맨손체조를 하며 동네 야경을 바라보았다.

모두 잠든 밤 열한 시. 집으로 향해 오는 강서가 보였다. 한동안 야근은 안 하더니 일이 많았나. 강서는 몹시 지쳐 보였다.

"으악!"

그때 운몽의 귀에 단말마의 비명이 꽂혔다. 강서는 멀쩡히 걸어오는 중이다. 잘못 들었나? 어리둥절해하며 뒤를 돌아보는데 다시 한번 낮게 '악!' 하는 젊은 여자의 비명이 들려왔다. 하얀 운동화! 운몽은 부리나케 옥상을 내려갔다.

강서가 초록 대문집 골목으로 우회전하기 20m 전, 운몽이 초록 대문집 골목을 빠져나가려던 찰나였다. 검은 헬멧을 쓴 남자가 건너편 골목에서 튀어나왔다. 그 뒤로 '저 새끼 잡아!' 하는 소리가 들려왔다. 운몽은 강서에게로 좌회전하지 않고 직진해서 몸을 날렸다. 검은 헬멧은 너무 쉽게 뒤로 나자빠졌다.

뒤만 신경 쓰느라 앞에서 누군가 날아들 줄은 상상도 못 했겠지. 무방비상태의 검은 헬멧의 복부에 올라탄 운몽의 눈에 하얀 운동화가 선명하게 들어왔다. 이 새끼가! 이성을 잃은 주먹이 먼저 올라갔다.

"꺅! 운몽아!"

강서가 소리를 지르며 달려오지 않았으면 어쩔 뻔했나. 운몽의 주먹은 검은 헬멧에 산산이 부서지고 말았을 것이다. 강서가 허공에 뜬 운몽의 손목을 확 끌어잡고 외쳤다.

"무슨 일이야? 이 사람 누군데!"

"하얀 운동화!"

강서는 급히 112를 눌렀다. 마지막으로 통화 버튼을 누르려는 순간, 검은 헬멧이 격하게 도리질을 하며 소리를 질렀다.

"운몽아, 나야! 나!"

익숙한 목소리다. 놀란 운몽이 헬멧의 선바이저를 들어 올렸다.

우찬희였다.

***

운몽과 우찬희는 편의점 앞 야외 테이블에 마주 앉았다.

"운몽이 이 동네 사는구나. 나 옆 동네 살아. 이사 온 지 얼마 안 됐어."

우찬희가 머리를 긁적거리며 말했다.

"안 궁금해. 내 돈 갚아."

운몽이 차갑게 내뱉으며 맥주 캔 뚜껑의 둥근 고리를 잡아당겼다. 팅— 청량한 소리가 마시지도 않았는데 부글부글 끓어오른 속을 한소끔 가라앉혀 주었다.

"어, 그래. 갚아야지. 나 사는 데도 여기서 가까워. 부활 고시원이라고. 걸어서 20분?"

"안 궁금하다고!"

버럭 외쳐놓고, 운몽은 물었다.

"배달일 해?"

"입에 풀칠은 해야 하니까."

우찬희는 한껏 불쌍한 표정으로 읊조리더니 단박에 표정을 환하게 바꿨다.

"야! 일어날 일은 일어나고 만날 사람은 어떻게든 만나게 된다는 말이 맞네. 이렇게 만나다니, 반갑다!"

터진 입이라고 마구 쏟아내는구나. 반갑다고? 운몽은 맥주 캔을 우그러트렸다. 김 군이 다가오지 않았다면 맥주 캔은 우찬희를 향해 날아갔을 것이다.

"삼촌 맥주만 챙겨가시면 어떡해요?"

김 군은 운몽이 연우에게 주려고 사놓고 카운터에 그냥 두고 나온 젤리를 내밀었다. 그러고는 테이블 위에 반반 족발 세트를 내려놓았다. 폐기 시간이 임박한 족발이었다. 유통기한을 넘겨 폐기 대상이 된 즉석식품은 아르바이트생이 취식할 수 있는 것이기에 9분 후면 김 군의 것이 된다.

"제가 드리는 거예요."

"판매 시간 남았잖아. 이거 업무상 횡령이야."

"그럼 10분 있다가 포장 뜯어 드세요."

운몽을 향해 헤헤 웃어 보이던 김 군은 우찬희의 입술에 묻은 피를 발견하고는 물었다.

"안에 반창고 있는데, 갖다드릴까요?"

"뭘 자꾸 갖다줘? 그것도 횡령이야. 이 인간 신경 쓰지 마."

김 군은 평소 운몽과는 다른 거친 말투를 의아해하며 물었다.

"참, 하얀 운동화 잡았다면서요? 두 분도 격투 현장에 계셨던 거예요?"

"아니거든. 들어가서 일 봐."

"순찰차랑 119랑 요란하게 달려가던데, 순자 아버님 괜찮으시겠죠?"

오지랖 넓은 김 군은 순자 아버님이 병원에 드러누워 있으면 순자 밥은 누가 챙겨주냐고 구시렁거리면서 편의점 안으로 들어갔다.

우찬희는 10분을 기다리지 못하고 족발 포장을 뜯었다. 정말 미치도록 먹고 싶었는데 씹을 수가 없었다. 운몽한테 맞은 턱이 아파서.

한 시간 전, 우찬희는 야식 배달 중이었다. 우찬희의 오토바이 배달통에는 족발이 실려 있었다. 사실 출발부터 살짝 불안하긴 했다. 키를 돌렸는데 연료 게이지 바늘이 꿈틀하고는 말았다. 평소 바늘이 바닥을 쳐도 20km쯤은 너끈했기에 가능하리라 여겼다. 배달 거리는 왕복 10km도 되지 않으니까.

그런데 도로 위에서 시동이 픽 꺼져버리고 말았다. 비상등을 켜고 오토바이를 질질 끌어 골목 어귀까지 와서는 전봇대에 세워두고 고객님의 댁으로 달렸다. 면이나 국물이 있는 음

212

식이 아니라 족발이어서 다행이라고 생각하면서. 우찬희는 족
발 배달을 완료하고 휴대폰으로 근처 주유소를 검색하며 골
목을 빠져나오는 중에 누군가 박쥐처럼 날아드는 바람에 뒤
로 나자빠졌다.

우찬희의 배를 짓누른 박쥐는 뭘 처먹고 몸을 부풀렸는지 익
룡 프테라노돈만큼이나 무겁고 또 무서웠다. 한 끼, 그것도 삼
각김밥으로 겨우 때운 우찬희에게 익룡의 공격에 저항할 힘 같
은 건 없었다. 누군가 익룡을 운몽이라고 부르며 달려와 막아
주었지만, 익룡은 선바이저를 올려 우찬희의 얼굴을 확인하고
는 눈이 시뻘개져서 기어이 분노의 한 방을 날렸다.

우찬희의 턱을 강타한 운몽의 주먹은 생각보다 매웠다. 이
녀석이 주먹을 쓸 줄도 아네. 우찬희는 웃었다. 한 대를 더 맞
았다.

범행이 일어난 곳은 우찬희가 족발을 배달한 고객님의 집과
는 전혀 상관없는 반대쪽 블록이었다. 젊은 여자의 비명은 거
기서 들려온 것이었고, 마침 그곳을 순찰 중이던 순자 아빠가
진짜 하얀 운동화를 잡았다. 하얀 운동화는 열여덟 소년이었
다. 젊은 여자의 집에서 들고 나온 단도로 순자 아빠를 찔렀고,
용케 피한 순자 아빠는 칼이 옆구리에 스치는 경미한 자상을
입고 앰뷸런스에 실려갔다. 운몽이 번짓수는 잘못 짚었지만 잡
아야 할 놈은 잡힌 것이다.

운몽은 그림의 떡이 뒤 족발을 망연히 바라보기만 하는 우찬희를 한심한 눈빛으로 바라보았다. 그런 운몽의 시선을 제대로 오해한 우찬희는 터진 입술에 묻은 피를 주먹으로 훔치며 말했다.

"미안해하지 않아도 돼. 착각할 수도 있지."

미안할 리가! 흠씬 두들겨 패주고 싶었는데 말로 해결하라는 강서 때문에 멈춰야 했던 주먹이 울고 있는데? 운몽은 실소를 터뜨렸다. 그리고 말했다.

"형은 미안해해야지. 돈 떼먹을 수도 있다고 생각하는 건 아니지?"

"안 그래도 연락하려고 했어. 정말이야. 돈 곧 갚아, 꼭 갚아."

"곧 언제? 꼭 어떻게?"

운몽은 밤에는 야식 배달일 하랴 낮에는 쫙 빼입고 강남에서 연애질하랴 노고가 만만치 않을 텐데 돈 모아 빚 갚을 여력이 되시겠냐며 우찬희를 비꼬았다.

"강남……?"

우찬희는 한참 생각하더니 봤으면 아는 척을 하지 그랬냐고 했다.

"그날, 무역 상사 면접 봤어. 회사 관계자야. 야, 내가 여자 만날 주제나 되냐?"

"그럼 취직한 거야?"

"잘 안 됐어. 내가 그렇지 뭐."

우찬희는 늘 그랬다. 내가 무슨, 내가 그렇지 뭐, 하며 쓴웃음을 지으며 자책했다. 상대방에게 더는 쑤셔대지 말라는 방어였고 찌질하고 염치없는 부탁이었다.

"취직을 하든 말든 형 사정이고 내 돈 갚아."

"알았다니까, 짜식."

우찬희는 어떻게든 족발을 먹어보려고 애썼다. 그러나 턱이 열리지 않았으므로 편의점 안에서 빨대를 가지고 나와서 맥주 캔에 꽂았다. 그것으로 허기를 달랬다. 애처롭기는커녕 궁상맞았다. 못 볼 꼴을 본 탓에 운몽도 김 군이 선심 쓴 족발을 한 점도 먹을 수 없었다.

"그때 기억나?"

우찬희는 느닷없이 어느 여름날, 서해 앞바다 밀물에 잠긴 스타렉스의 추억을 꺼냈다.

연극 동아리 방이었다. 누구였는지 기억도 안 난다. 누군가가 여자 친구의 고향이 서산이라고 했다. 그 누군가는 방학을 맞아 고향에 내려간 여자 친구가 보고 싶다고 했다. 또 다른 누군가는 마침 바다가 보고 싶다고 했다. 동아리방에서 숙취에 절어 있던 장 선배가 고개를 부스스 들고 말했다.

"우리, 다 같이 갈래?"

술이 덜 깬 돈 많은 선배를 후배들은 사랑했다. 마침 방으로 들어서던 우찬희가 '렌트 카 하나 빌려, 형이'라고 했다. 여친에게 깜짝 파티를 해주고 싶은 누군가와 밤바다를 즐기고 싶은 누군가들이 의기투합했다. 물 만난 물고기처럼 팔딱거리며 스타렉스에 탑승한 청춘들은 일곱 명이었다. 운몽은 굳이 따라갈 생각이 없었는데 우찬희가 등을 떠밀어 차에 태웠다. 스타렉스가 11인승이라 자리가 남는다는 게 이유였다.

서해 고속도로를 한참 달렸다. 누군가의 여자 친구는 전화를 받지 않았다. 서산 IC를 빠져나왔는데도 전화 연결은 되지 않았고 스타렉스는 목적지를 잃었다. 누군가 아무 데나 바다가 보이는 곳으로 가자고 외쳤다. 널찍한 모래사장 앞에 스타렉스를 세우고, 일곱 명은 바다로 뛰어들었다. 한참 놀다 보니 여섯 명이었다. 장 선배가 없다는 걸 알아챘을 때, 스타렉스가 모래사장 안으로 들어오고 있었다. 운전자는 장 선배였다. 나중에 형 대체 왜 그랬냐고 후배들이 따져 물었을 때, 장 선배는 영화 〈매드 맥스〉에서처럼 달릴 수 있을 거라고 생각했던 것 같다며 머리를 쥐어뜯었다. 주취 감형을 호소하는 선배에게 후배들은 더는 따져 묻지 못했다.

모래가 스타렉스의 바퀴를 삼켰다. 바퀴는 모래에 파묻혀 헛발질만 했다. 다들 스타렉스에 달라붙어 밀기 시작했다. 꿈쩍할 리가 있나. 누군가는 동네 이장 어르신이라도 불러 오겠다고 뛰어갔다. 노을이 지고 밀물이 모래사장을 적셨다. 발이 잠졌다. 무릎까지 잠겼다. 차도 잠기는 중이었다. 다들 짐을 꺼냈다. 차를 버리고 갈 순 없다고 스타렉스에 엿처럼 달라붙은 장 선배를 겨우 떼어내 모래사장을 벗어난 순간, 운몽은 차 안에 새로 산 최고급 사양의 노트북을 두고 왔다는 걸 떠올렸다. 이미 차도 반쯤 잠겼기에 우찬희는 노트북을 포기하라고 말렸지만 운몽은 그럴 수 없었다. 미친 듯이 물살을 헤치고 스타렉스를 향해 갔다. 멍청한 새끼! 당장 나와! 외치며 우찬희도 따라 들어갔다. 노트북을 꺼내긴커녕 순식간에 명치까지 차오른 물에 둘은 허덕이다가 차 지붕 위로 올라갔다. 다행히도 밀물은 거기까지였다.

"서로 밀어주고 끌어주고 너랑 나, 생사고락을 같이 했잖아."

"감성팔이할 생각 말고 돈이나 갚어."

"갚는다니까, 짜식⋯⋯. 그때 지붕 위에서 너 나한테 비밀 말해줬던 거 기억나?"

"비밀?"

운몽은 소스라치게 놀랐다. 미치지 않고서야 내가 우찬희한테 비밀을 말했을 리가.

"고맙더라. 그리고 좋더라. 나랑 비슷한 데가 있어서."

내가 너 따위랑 비슷한 데가 있다니. 아니, 너 따위가 감히 나랑 비슷한 데가 있다고 생각하다니.

운몽은 치욕스러웠다. 그나저나 내 비밀이 뭐지? 운몽은 머리를 쥐어짰다. 당시 법학 관련 서적만 펼치면 머리가 하얘지고 구토감이 몰려오는 공황을 겪었다. 정신과 상담을 받기도 했다. 누구한테도 말하지 않았는데 그 밤, 차 지붕에 올라앉아 우찬희랑 그런 대화를 나눴던 걸까?

"뻘소리 말고 돈 갚아."

"갚을게. 딴 건 몰라도 네 돈은 꼭 갚아."

"언제 어떻게 갚을 건지 계획을 말하라고. 확약서 쓰고 지장 찍고 공증 받고 다 하자, 당장."

"그나마 주식이 조금 올랐어. 천만 원은 가능해. 더 오를 때까지 기다려서 다 갚고 싶었는데 또 하루아침에 곤두박질칠지도 모르니까."

우찬희는 내일 주식 장이 열리자마자 팔아서 바로 입금하겠다며 운몽의 계좌를 물었다. 운몽은 문자로 계좌번호를 전송하고는 일어났다.

"운몽아, 맥주 한 캔만 더 하자."

"됐어, 돈이나 갚아."

"한 캔만."

"집에 가서 혼자 처드시든가!"

"집에 가면…… 하긴, 같이 술 마시잔 사람들 많다. 자꾸 좋은 데 데려가주겠다고, 여기 왜 혼자 있냐고 그래."

"가! 꺼져! 내 돈 갚는 건 잊지 말고!"

"짜식, 기승전 돈갚아네."

"채무자 채권자, 형하고 나한테 그거 말고 남은 게 있어?"

"알았다."

우찬희가 희미한 미소를 지었다. 터진 입술이 아픈지 인상을 찡그리면서.

7
참을 수 없는 존재의 무거움

가을 옷을 입은 산사는 평화로웠다. 고즈넉한 풍경 소리가 돌계단에 걸터앉은 재영과 소 작가의 어깨에 살며시 내려앉았다.

"난 행복해."

소 작가가 온화한 미소를 지으며 말했다.

"가식 떨지 마, 언니."

"정말이야, 하루하루 감사하려고 애쓰고 있어. 그러다 보면 나한테도 행복이 오지 않겠니?"

"애써야만 가질 수 있는 게 행복이야? 억지 웃음 지으면 하늘에서 마법의 행복 가루라도 뿌려준대?"

"그럼 좋고."

"차라리 원망을 해. 억울하다고 오열하고 통곡해. 그게 더

정직해."

"원망은 동력이 될 수 없더라. 원망을 나를 지치게만 했어. 하지만 감사는, 나를 일으켰어."

못 들어주겠다. 재영이 발딱 일어났다.

"뭐래니? 일어나서 뭘 할 건데? 구원받은 표정 짓지 말고 현실을 직면해!"

재영의 날카로운 목소리에 소 작가가 쉿, 하며 재영의 옷자락을 세게 끌어당겼다.

"정숙하자. 여긴 사찰이잖니?"

재영이 중심을 잃고 주저앉았다.

"글 안 써?"

"쓸 거야, 내가 좀 더 단단해지면."

"그런 날은 안 와. 쓰면서 단단해지는 거야."

"재영아, 이거 몇 씬만 고치면 되겠단 말을 들으면 심장에 구멍이 뚫려. 자기들은 새총 쐈다고 생각하겠지만 나한텐 폭탄이었어. 그 몇 씬 고치려면 전체를 바꿔야 하니까. 다 무너지니까. 얘 대사가 흐느적거려, 캐릭터 좀 바꾸면 되겠단 말에는 뇌에 구멍이 뚫려. 걔가 흐느적거려서 사건이 꼬이는 게 작품 컨셉인데 그걸 흔들면 어쩌라고. 그래, 입봉만 하자. 심장에, 뇌에 난 구멍을 꽉 틀어막고 꾸역꾸역 고쳐줘. 그러라 그래, 하면서 배알도 없이 하란 대로 해. 받아쓰기 백 점 받겠단 심정으로. 그랬더니 지난번 버전이 더 나은 거 같다 그래. 결론이 뭐냐, 난 깨달은 거지. 내가 중심을 잡아야 한단 걸. 여기서 저기서 던지는 한마디에 팔랑귀 되지 말고 굳건히 내 작품 세계를 구현할 수 있을 때, 비로소 쓸 수 있단 걸."

"글 안 쓰겠단 얘길 이렇게까지 길게 해?"

재영이 다시 발딱 일어났다.

소 작가는 이번에는 재영의 옷자락을 잡는 대신 손을 흔들어주었다.

"잘 가, 재영아."

"안 가."

재영은 주저앉아 작심한 듯 뱉었다.

"나 회사 관뒀어."

"왜? 나 때문에?"

"그래서 말인데, 당장 하산해. 글 써. 원망하면서 이 갈면서 니들 다 죽었어! 하는 마음으로 작품 써서 성공해서 나 먹여 살려!"

재영은 촉촉히 습기가 차오른 소 작가의 눈가를 보고는 더 밀어붙였다.

"딸기 농장 갔었어. 언니 부모님이 언니 손 꼭 잡고 끌고 내려오라시더라. 가자, 가서 쓰자. 우리 같이 성공하자."

소 작가의 눈망울은 금방이라도 눈물방울을 빚어 또르르 떨굴 태세였다.

"회사 왜 관뒀는데? 진짜 나 때문이야? 성질 죽이라 그랬잖아. 진실의 주둥이 함부로 놀렸다간 골로 간다고!"

진실의 주둥이는 열지도 못했다. 분노의 주둥이가 열리는 바람에 실언이 튀어나왔을 뿐.

재영의 회사 생활은 순탄치 않았다. 대표가 건넸던 유명 감독의 허접한 대본을 재영은 가능성 없음으로 분류했지만, 공 피디는 무궁무진한 가능성이 엿보인다는 리뷰를 냈다. 눈 씻고 찾아봐도 없었는데 대체 어디서 가능성을 엿봤다는 건지 재영은 어이가 없었지만 대표는 매우 기뻐했다. 유명 감독의 프로젝트는 공 피디의 2팀으로 넘어갔다. 이어, 2팀의 업무량이 많아졌다며 새로운 인력을 충원하고 재영의 1팀 후배들도 데려갔다.

업무 효율성을 높이기 위해 조직을 재정비하는 회사의 행태는 겉으로는 아무런 문제가 없어 보였다. 그러나 재영에게는 심각한 위기로 다가왔다. 재영이 맡고 있던 가족 드라마와 사극이 2팀으로 넘어갔다. 재영은 정성껏 공들인, 그녀의 필모에 예쁘게 쌓여야 할 주옥 같은 작품들에서 손을 떼야 하는 현실에 직면하고 쓰린 가슴을 부여잡았다. 눈 뜨고 코 베이는 건가.

대표는 재영에게 IP 발굴에만 전념하라고 했다. 다시 땅 파라는 얘기였다. 불공정의 불똥을 맞은 재영은 고용노동부의 문을 조용히 두드려볼까 고민하다가 대표실 문을 두드렸다. 대표는 재영이 소신 발언을 하는 동안 오만 인상을 찡그리더니 이렇게 물었다.

"일하기 싫어?"

"그럴 리가요. 열심히 하고 싶습니다. 그래서 제가 맡았던 일을 계속 열심히 하겠단 취지의 말씀을 드리고 있는 겁니다."

"하기 싫단 얘기네. 알았으니까 나가봐."

"대표님, 저는 열심히 하겠다는 말씀을……."

"나가라니까!"

네, 하고 대답하고 돌아섰는데 억울함의 발로였나. 저도 모르게 씨, 가 튀어나왔다.

"뭐? 씨발?"

"예?"

재영의 눈이 동공이 튀어나올 정도로 떠졌다.

"눈에 힘주는 거 봐, 저거. 구 피디, 내가 만만하냐? 어디 감히 눈을 똑바로 뜨고 쳐다봐!"

"그럼 눈 감고 쳐다봐요? 그리고, 저 씨발이라고는 안 했거든요!"

재영은 목청은 상상 이상으로 컸다. 이로써 수습은 물 건너갔다.

"나가!"

재영은 냉큼 대표실을 빠져나왔다.

그러고도 제 발로 회사를 나올 생각은 추호도 없었다. 오늘의 일용할 양식이 소중한 재영이었기에 책상을 끌어안고 버텼다. 나가라는 말만 안 했지 나갔으면 좋겠다는 무언의 압박에도 꿋꿋했다. 그런데 기획팀에 있던 재영의 책상이 제작팀으로 옮겨졌다. 저더러 현장 뺑뺑이를 돌라고요? 결국 버티지 못한 재영은 제 손으로 사직서를 제출했지만 사직을 강요받은 거나 진배없었다.

이럴 거면 할 말 다 하고 폼 나게 돌아설걸. 재영은 대표 얼굴에 시원하게 던지지 못하고 덜덜 떨리는 손으로 사직서를 내려놓았던 마지막 순간이 후회스러웠다.

소 작가의 일은 재영의 사직에 결정적인 원인이기도 하고 아니기도 했다. 재영은 소 작가를 떠올릴 때면 한배를 타기로 약속해 놓고 풍랑이 일자마자 각자도생하자며 구명조끼 입고 혼자 뛰어내린 것 같은 기분이 들었다. 그래서 대표에게 소 작가님이 2년 동안이나 작업하신 게 있으니 일부 고료는 인정해야 한다, 작가 대우 안 해주는 양아치 회사라고 소문나면 어떡하실 거냐는 의견을 소심하게 피력한 적이 있었다. 그때부터 대표는 날 선 눈빛으로 재영을 쏘아봤으니 언제고 닥칠 일이었는지도 모른다.

"씨발이라고! 양아치 새끼라고! 정확하게 읊어줬어야 했는데."

"너 욕하다 짤렸니?"

"어, 맞아. 언니. 그러니까 쓰자. 글."

그건 그거고 이건 이건데 내가 왜 글을 써야 해? 소 작가는
의문이 들었지만 더 생각할 시간이 필요하다고만 했다. 재영은
소 작가의 아리까리한 눈빛을 보면서 그녀가 다시 글을 쓸 것
이라고 확신했고, 조금은 가벼워진 마음으로 하산했다.

집으로 돌아오는 차 안, 신호대기에 멈춰 있던 재영의 눈길
이 맞은편 빌딩에 길게 늘어진 현수막에 고정됐다.

파이트 클럽

새로 오픈한 여성 전용 다이어트 복싱 체육관에서 회원을
모집하고 있었다. 재영은 옥상의 샌드백이 떠올랐다. 그간 재
영의 분풀이를 온몸으로 받아준 녀석을 중고 장터로 보내야
할 때가 도래했다고 판단했다. 분노의 주먹은 이젠 안녕! 재영
은 파이트 클럽에서 몸과 마음을 위해 건강한 주먹을 날리기
로 결심했다.

삶은 사소한 한순간에 바뀌기도 한다. 켜켜이 쌓여오다가 양
질 전환을 이뤄내는 임계점. 그걸 재영은 신호대기에 멈춰선
차 안에서 접한 것이다. 파이트 클럽의 현수막을 보면서 재영

은 신비로운 태동을 느꼈다. 삶이 변화가 시작됐다는 제 안의 움직임에 감격스러웠다.

옥상 위 샌드백을 치운 자리에는 국화 화분이 가지런히 놓여 있었다. 운몽은 고개를 갸웃하다가 재영의 안색을 살피며 물었다.

"왜 이래? 어디 아파?"

"가을이잖아."

재영은 소 작가의 온화한 미소를 흉내 내며 답했다.

"꽃을 바라보면 마음이 편해져."

"꽃이 불편해지는 건 생각 안 해?"

이 새끼가! 당장이라도 멱살을 잡을 줄 알았는데 재영은 입꼬리만 살짝 비틀었을 뿐이다. 그러더니 입꼬리 끝에 미소를 걸고 '감사'라고 말했다. 운몽은 잘못 들은 거라고 생각했다.

"진짜 아프구나."

"감사."

"약 사다 줘?"

"감사."

무슨 약을 먹여야 제정신이 돌아오려나. 운몽은 고개를 설레설레 흔들며 내려갔다.

＊＊＊

　'우리는 모두 주부가 되어야 한다!'

　운몽은 집필 의도를 되새기며 대미를 장식할 글을 타이핑
했다.

　'주부란 무엇인가, 제 몸 건사하고 제 주변을 닦고 빛내며 나
아가 한 지붕 공동체 구성원의 삶의 질 향상을 위해 수고로운
노동을 하는 자다. 공동체가 다수일 경우 한 사람이 전담하는
경우가 일반적이긴 하나, 최근에는 1인 가구가 급격히 늘어나
고 동거인이 있다고 해도 따로 또 같이의 생활 방식을 추구하
고 있다. 그러니 민폐 덩어리가 되지 않기 위해서는 각자가 제
한 몸 건사하고 주변을 정리할 줄 알아야 하지 않겠는가. 우리
는 너나 할 것 없이 주부 생활을 습관화해야 한다. 주부는 엄마,
아내, 언니, 누나가 아니다. 이제는 누구나 주부가 되어야 하고,
누구나 될 수 있다. 따라서 주부에 대한 사회적 인식이 달라져
야 함이 마땅하다. 이를 위해서는 일선 학교에서부터 주부 교
육을 조기에 실시하는 것도 고려해보아야 할 때다.'

　탈고를 마친 운몽은 출판사의 고 대표에게 원고를 보냈다.

　며칠 후, 만난 고 대표는 미간에 주름을 가득 새기고는 운몽
을 바라보았다. 오십 대가 되면 미간의 주름만으로도 말할 수
있다는 걸 운몽은 그에게서 배웠다. '난감하군요…….' 주름들

이 쑥덕쑥덕서렀나.

"사회적 목소리를 내자는 게 아니라, 주부 감성에 충실하자는 게 이 작품의 포인트잖아요. 구 작가, 마지막 글은 빼는 게 어때요?"

얼마나 심혈을 기울였는데! 차라리 내 간을 빼가시오! 운몽의 마음이 외쳤지만, 고 대표의 미간 주름들도 지지 않고 외쳤다. '빼!'

"그게 좋겠군요."

운몽은 작고 가느다란 목소리로 대답하며 고개를 끄덕였다.

고 대표는 앞 커버 안쪽에 작가 이력과 사진을 넣어야 한다고 했다. 운몽은 손사래를 치며 반대의 뜻을 분명히 전했다. 이력이라고 내세울 것도 없고 사진은 독자의 눈을 공습하는 행위와 다를 게 없으니 간략한 포부만 몇 줄 싣겠다고 했다. 그랬더니 고 대표의 미간 주름이 심하게 골을 냈다. 고 대표는 학력과 사진을 넣어야 한다고 아득바득 우겼고, 결국 운몽은 고개를 끄덕이며 수락했다.

책이 나온 건 추석 일주일 전이었다. 봄에 초록 대문집에 입주했다. 여름 내내 가사와 육아를 전담하며 주부 활동에 헌신했다. 그 시간들을 밑거름으로 쓴 책이 가을에 결실을 맺었으니 〈청년 주부의 나날들〉을 받아든 운몽은 감격하지 않을 수 없었다. 봄에 씨를 뿌리고 여름에 보듬어 키우고 가을에 수확의 결실을 맺는 농부의 마음이 이러하리라.

운몽은 정성스럽게 친필사인을 한 책 두 권을 들고 희동이네 치킨 가게로 갔다. 장 선배와 희동은 책이 안 팔릴 거 같다는 뜻을 에둘러 표현했다.

"나날들이 뭐냐, 구려. 주부가 체질. 이런 제목이었으면 좋았을 텐데."

장 선배는 제목 탓을 했고.

"이 사진은 뭡니까!"

희동은 북커버의 작가 사진을 탓했다.

"요즘은 별게 다 책으로 나오더라, 운몽이 네 얘긴 아니다."

"요즘은 아무나 다 책 쓰더라니까, 형 얘기 하는 거 아니야."

둘은 대체 이런 책을 왜 출간하느냔 의견을 다시금 우회적으로 전달했다.

"노안이 와서 글씨가 눈에 하나도 안 들어온다, 운몽아. 집에 가서 찬찬히 읽어볼게."

"나도, 형."

셋은 말없이 맥주를 마셨다. 집필의 노고와 처음으로 내 자식 같은 책을 받았을 때의 감격과 앞으로의 작가 활동에 대한 소회를 담담하게 밝히려던 운몽은 맥주와 함께 한숨만 삼켰다.

"형님들, 나 좋은 소식이 있어."

"로또 맞았냐?"

운몽이 시시껄렁한 농담을 던졌다.

"거의 로또 수준이지. 나 감정평가사 합격했어."

"돈 잘 번다는, 그 감정평가사?"

운몽은 믿기지 않아 재차 확인했다.

"혼자 조용히 열심히 준비했었어. 그게 됐네."

희동이 마냥 뿌듯한 얼굴을 하고는 입술 사이로 겸손을 뿜었다.

"한 턱 쏴, 크게 쏴, 먹고 죽을 만큼 쏴!"

장 선배는 뜯던 닭다리를 놓고는 휴대폰을 들어 감정평가사 평균 연봉을 검색하더니 외쳤다.

"죽긴 왜 죽어, 이 좋은 날!"

운몽도 눈물이 날 것처럼 기뻤다.

순식간에 운몽의 출간 기념 회동은 희동의 감평사 합격 축하 모임으로 바뀌고, 주인공은 운몽이 아닌 희동으로 바뀌었다. 운몽은 희동이 부러웠지만 그 이상으로 기뻤다. 진심으로 희동이 대단해 보였다.

세 남자는 대학로로 진출했다. 이모네 막걸리집과 대패 삼겹살집을 지나 노가리와 맥주까지 섭렵하며 전진했다. 용광로가 되어 고철을 집어삼키듯 먹어치웠다. 객기와 오만을 패기와 열정으로 착각하고 노닐었던 그 골목에서 세 남자는 다시 한번 불타올랐다.

장 선배는 막차 탄 운동권이었던 막내 삼촌이 즐겨 부르던 이상한 노래를 불러댔다. 내가 철들어간다는 것이 세상에 적당히 길드는 거라면 내 결코 철들지 않겠다는 가사의 노래였다. 장 선배의 목소리가 너무 컸기에 대학로의 연인들에게 민폐가 되고 있음을 직시한 희동과 운몽은 장 선배의 입을 급히 틀어막고 조용한 포차로 끌고 들어갔다.

조개탕과 소주 두 병으로 시작한 4차는 차분하게 진행됐다. 거리에서 기력을 다 쏟아부은 터라 쇠잔해진 세 남자는 타우린을 폭풍 흡입했다. 그때, 운몽의 휴대폰에서 문자 알람이 울렸다. 우찬희였다.

머 하냐? 술 한잔하자.

운몽이 답문자를 입력했다.

돈이나 갚어.

"찬희구나."
운몽의 휴대폰을 힐끗거리던 장 선배가 말했다.
"천오백 갚더니 완전 친한 척."

운몽은 짜증 내며 조개 국물을 마셨다.

우찬희의 문자는 세 남자를 연극하던 그때 그 시절로 돌려놓았다. 행복했지만 목말랐고 배고팠고 힘들었던, 그럼에도 어쩌면 가장 그리운 시절. 떠올릴수록 너저분한 추억들의 연속이었지만 그마저도 사랑스러웠던 순간들이 소주 한 잔 꺾을 때마다 비워지고 채워졌다.

"우리한테 연극은 뭐였을까?"

장 선배의 질문에 운몽과 희동은 잠깐 숙연해졌다. 현충일에할 일이 없어 TV 채널을 돌리다가 현충일 추념식 중계 방송을 보게 된 기분이랄까.

"첫사랑."

희동이 답했다.

세 남자는 난데없이 첫사랑의 아련함에 젖어들기 시작했다. 처음이라 떨렸고, 처음이라 벅찼고, 처음이라 어설펐다. 처음이라서 착각했고 오해했던 날들이 스쳐갔다.

"근데, 이름이 뭐였지?"

장 선배가 자신의 첫사랑 이름을 물었고.

"난 걔 얼굴도 가물가물해."

운몽은 첫사랑 그녀의 얼굴을 떠올리려 애썼다.

셋은 내가 그 앨 왜 좋아했을까, 의아해하며 서로에게 물었고. 그걸 누구한테 묻는 거야, 어이없어하며 추억들을 끄집어냈다. 본인도 기억 못 하는 첫사랑의 요모조모를 서로의 기억을 빌려 메꾸다가 희동이 말했다.

"이별이 불문율인 첫사랑, 이별하였기에 아름다웠노라고 추억할 수 있는 첫사랑. 까닭에 연극과 첫사랑은 닮은 거 아니겠어? 난 그 애가 잘 지내길 바라고 우연히라도 마주친다면 잘 지냈냐고 물을 거고 앞으로도 잘 지내라고 응원할 거 같거든. 그래서 나한테 연극은 아름답게 이별한 첫사랑이야."

희동은 건너 건너 아는 지인들에게서 그녀의 결혼 소식이 들려오면 진심으로 축하할 거고, 혹시라도 그녀가 청첩장을 준다면 축의금 봉투를 들고 가서 크게 박수 쳐줄 거라고 했다. 그러니 배우로 무대에 설 일은 없겠지만 관객으로 박수 쳐줄 수 있는 연극과 첫사랑은 닮은꼴이라고 몇 번이나 강조했다. 운몽은 동의하기 어려웠다.

"아니, 나한텐 아니야. 나한테 연극은 현재 진행형. 여차저차한 이유로 별거 중이지만 상황이 나아지면 얼마든지 재결합할 가능성이 남아 있는 연인. 난 아직 이별 안 했어."

"그래서 출간했어? 작가 한다고?"

"그 전에 주부 명함 팠잖아. 집안일에 최적화된 인재라며?"

장 선배와 희동이 차례로 정곡을 찔렀다.

그랬다. 내 인생에서 연극을 떼어낼 순 없다고 했던 게 엊그제 같은데 연극을 까맣게 잊고도 잘 먹고 잘 살고 있었다. 충격이었다.

"그렇긴 한데! 주부의 일, 작가의 일은 모두 연극을 하기 위한 재도약의 발판인 거거든. 연극계로 진입하기 위한 교두보라고!"

운몽이 외쳤다.

변명을 하면서도 본말이 전도된 건 사실이라고 인정할 수밖에 없었다. 운몽은 네 발로 기어서 귀가했다. 방 안에 틀어박혀 새벽까지 몸부림을 쳤다. 첫사랑 그녀와 헤어질 때도 이렇게까지 괴롭진 않았다.

***

좌불안석이었다. 강릉역에 가까워질수록 운몽의 호흡과 맥박은 KTX 빰칠 기세로 달리는 중이었다. 운몽은 폭탄을 준비했고 장금이 여사에게는 평생 잊을 수 없는 한가위가 될 예정이었다. 귀향을 앞두고 마음의 준비를 단단히 했건만 막상 입이 열릴지는 장담할 수 없었다.

운몽은 옆자리의 재영을 힐끗 쳐다봤다. 운몽의 책 〈청년주부의 나날들〉을 절반이나 읽었을까. 재영은 책장을 덮고 눈을 감고 있었다.

"출판사 문 곧 닫겠네."

재영은 운몽의 시선을 느끼고는 낮게 조잘거렸다.

"유니크하긴 한데, 새로울 건 없어."

"말이 돼? 좋은데 안 좋다는 말하고 뭐가 달라?"

"행간의 숨은 뜻을 파악해라."

"그냥 자라."

남매는 한동안 말없이 차창 밖으로 빠르게 스쳐 가는 풍경을 바라볼 뿐이었다.

머릿속에 떠오른 아이디어가 말이 되는 순간까지는 제 틀을 유지하지만 글이 되는 순간에는 무너져버리곤 하는 재영이었기에 한편으로는 운몽이 부러웠다. 글 쓰는 기술은 없지만 보는 안목은 갖췄다고 자부해온 재영은 늘 글 잘 쓰는 사람이 부러웠다.

재영은 운몽의 주부 에세이를 읽으며 글빨은 있으나 글밥 먹고 살 수 있을까에 대해서는 의문이 들었다. 이 자식이 뭘 처먹고 살든 내가 걱정할 일은 아니잖아. 재영은 다시 눈을 감았다.

"내가 한동안 서점에 나온 수많은 에세이들을 쓸어담았거든. 행복 처방, 행복 주문, 그런 타이틀의 책들이 손에 닿으면 나도 행복해질 수 있을까 해서……."

"안 자?"

"에세이 독자로서 한 말씀 드리자면 공감 가는 부분도 있고, 간간이 실소가 터져 나오긴 하는데 딱 네 일기장 보는 기분이야. 누가 이걸 돈 주고 사서 읽겠냐?"

운몽도 몇 번이나 스스로에게 묻고 답했다. 나는 왜 글을 쓰는가, 물었다. 넋두리 효과라고나 할까. 글을 쓰면서 위안을 얻었다. 생각이 정리되고 무언가에 몰입하고 있다는 게 좋았다. 그럼, 나는 왜 책을 내는가, 물었다. 고 대표가 손을 내밀어서 덥석 잡았다. 다음엔, 그렇다면 책을 낼 만큼 가치가 있는 글인가, 물었다. 글쎄. 답을 모르겠어서 고 대표의 몫으로 미뤄뒀었다. 그런데 지금 재영이 답을 줬다. 가치 없다고. 잔인한 팩폭이었지만 진심이 느껴졌기에 운몽은 별다른 이의신청을 하진 않았다.

며칠 전, 선인세 받은 몇 푼을 아껴두었던 운몽은 추석 선물로 장금이 여사에게 미니 마사지기를 선물하려고 검색을 하고 있었다. 선물이라기보다는 뇌물, 아니, 폭탄의 충격을 조금이라도 완화시켜줄 에어백이었다. 운몽의 휴대폰을 힐끗 넘본 재영이 말했다.

"강릉에 그거 있어. 엄마 요즘 주름에 신경 많이 쓰는 모양이더라. 차라리 콜라겐 크림을 사 드려."

확실히 달라졌다. 재영은 빌런 등극 후 인생의 변곡점을 맞이하더니 옥상에 국화를 들여온 후로는 매사에 감사를 들먹거렸다. 콧바람을 흥얼거리며 국화에 물을 주고, 연우에게 온갖 선물 공세를 펼쳤고, 연우와 깔깔거리면서 친분을 과시하는 경지에 도달했다. 그러더니 모친의 추석 선물 조언까지 해줬다, 재영의 인간화가 진행 중이었던 것이다.

예전 같지 않은 재영을 보며 운몽은 내심 기대를 품었다. 운몽이 장금이 여사 앞에서 석고대죄하며 법조인의 길을 포기하 겠다는 선언을 할 때, 어쩌면 재영이 제 편이 되어줄 수도 있을 것 같았다. 더불어 금쪽같은 사위와 조카들이 병풍처럼 둘러서 있어준다면 장금이 여사의 분노 게이지가 적어도 한 칸은 내려갈 것이다.

"추석날 오후에 누나들 다 모이면 말하는 게 낫겠지?"

"네가 벌인 일, 너 혼자 수습해. 혼자 화살 다 맞으라고. 누굴 방패막이로 세우려고 그래?"

재영은 반대 입장을 분명히 밝혔다.

아직 인간이 덜 됐구나. 운몽은 입술을 샐쭉 내밀며 재영을 흘겼다.

장금이 여사는 맨발이었다. 버선을 안 신고도 버선발로 뛰어나오는 효과를 발휘하며 아들을 맞이했다. 그렇게 좋수? 딸은 안 보이지? 하는 재영의 등짝을 치며 '얼른 가서 손 씻고 전 부쳐'라고 했다. 그러고는 '명태 식해가 맛이 아주 잘 들었어'라며 운몽의 등짝을 밀어 식탁 의자에 앉혔다. 늘 그래왔는데 재영에게 미안한 마음이 들었다.

한 지붕 한솥밥의 힘일까. 재영이 느낄 소외감이 운몽에게도 전해졌다. 운몽은 명태 식해를 한 점도 입에 넣을 수 없었다. 먹는 시늉만 하고는 밀가루를 풀어 전 부칠 준비를 했다. 장금이 여사는 귀한 아들 손에 물 묻힐 수는 없다며 난리법석을 떨었다. 공부하느라 피골이 상접했으니 전은 당신과 재영이 부치면 된다고 했다.

"누나도 힘들어. 회사 다니느라."

운몽의 말에.

"우리 아들 마음 쓰는 거 봐라, 내가 아들 하난 잘 낳아놨지!"

장금이 여사는 큰 웃음을 터뜨리며 우쭐해했다.

그러고는 이런 동생 있으니 넌 얼마나 행운아냐고 재영에게 말했다. 재영의 콧잔등이 찡그려졌다. 운몽은 더더욱 미안해졌다. 운몽이 집안일을 하는 건 보너스였다. 돕는 일. 누나들이 집안일을 하는 건 월급이었다. 마땅히 해야 할 일. 마땅히 짐 진 자들의 어깨가 얼마나 무거운지를 초록 대문집에서의 봄과 여름을 통해 깨달은 바 있는 운몽은 재영에게 송구함마저 느끼며 후라이팬에 기름을 둘렀다. 차례상에 올릴 음식을 준비하는 내내 운몽은 모친의 편파적인 언행에 재영의 눈치를 보느라 명절 노동의 피로가 두 배로 쌓였다.

밤하늘엔 쟁반 같은 보름달이 박혀 있었다. 가장 크게 부풀어 올라 가장 환한 모습을 뽐내야 할 내일을 준비하며 전야에 힘껏 숨 고르기를 하는 듯 보였다. 베란다로 나온 운몽은 내일의 거사를 무탈히 치르기 위해 달빛 정기를 양껏 들이켰다. 언제 왔는지 재영이 운몽 옆에 나란히 섰다.

"살아서 서울 땅 밟고 싶다. 유사시 119 불러줘."

"각오 단단히 해라. 한 사람의 인생을 무너뜨리는 일이야. 엄마한테는 사망 선고나 마찬가지인 거 알지?"

너무 잘 알아서 문제였다. 운몽은 장금이 여사의 모든 것이었다. 넷이나 있는 누나들과 1/N이 가능했다면 운몽의 어깨가 이렇게 무겁진 않았을 것이다. 운몽의 입신양명만을 바라는 장금이 여사와 모친의 마음을 잘 알기에 자신의 지분을 주장하지 않았던 누나들. 모친의 특혜와 누나들의 배려, 모친의 사랑과 누나들의 애증으로 범벅된 기대는 천근만근의 무게로 운몽을 짓눌렀던 것이 사실이다. 타인의 기대에 부응하려고 내 인생은 나의 것이라고 외쳐보지 못하고 거짓과 기만으로 점철된 시간을 살아왔던 것에 후회가 밀려들었지만 후회는 여기까지! 아들 귀한 집 아들이라는 존재의 무거움에서 벗어나 인생의 주인이 되기 위한 서막을 여는 지금, 필요한 건 용기다. 운몽은 한숨을 접고 움츠린 어깨를 폈다.

아침 일찍 차례상을 차리고 조상님께 절을 올리면서 운몽은 빌었다. 정신 승리하게 하소서!

"네가 무슨 돈이 있다고 이런 걸 사 와?"

차례를 지낸 후, 운몽이 콜라겐 화장품 세트를 내밀자 장금이 여사는 눈을 반짝거리며 물었다.

"책을 냈거든요. 선인세 쬐끔 받은 걸로 샀어요."

콜라겐 화장품에 들떠 있던 장금이 여사는 고개를 갸웃하며 물었다.

"운몽이 네가 무슨 책을 내?"

"나도 몰랐는데 운몽이가 글재주가 있더라고."

재영이 지원군으로 나서주는 건가? 운몽은 든든해졌다.

재영이 책을 내밀자 장금이 여사의 표정이 단박에 밝아졌다.

"그래? 하긴, 요즘 변호사 검사 판사 너나 할 거 없이 다 책 한 권씩은 내는 모양이더라고. 아침마당에 법률상식 코너에 나오는 변호사도 책 냈다고 자기자랑을 어찌나 하던지. 근데 운몽인 아직 로스쿨 졸업도 안 했는……."

그제야 책 제목이 장금이 여사의 눈에 들어왔다.

"청년 주부의 나날들? 이게 뭐야?"

장금이 여사의 두 볼에 가득했던 미소가 싹 사라졌다.

"주부? 이런 걸 왜 우리 운몽이가……."

책 표지를 넘기는 장금이 여사의 손가락이 떨렸다.

작가 사진과 함께 주부 체험을 바탕으로 한 청년 구운몽의

에세이라는 소개글을 보는 순간, 장금이 여사는 폭발하고야
말았다.

"주부? 누가? 내 아들이? 왜에!"

"엄마, 미리 말씀 못 드려서 죄송해요. 얘기하자면 좀 길어
요, 일단 진정하시고요."

운몽은 재빨리 무릎을 꿇고 석고대죄 자세를 취했다.

그 꼴을 보니 더 눈이 돌아갔다. 장금이 여사는 들고 있던 책
으로 운몽의 어깨며 등짝을 매섭게 내리쳤다. 재영이 급히 장
금이 여사의 손에서 책을 빼앗았다. 그랬더니 차례상 위의 북
어를 들고 와서는 운몽의 등짝을 후려팼다. 그 옛날 북어로 두
들겨 맞았던 재영의 아픔이 이러했을까. 운몽은 북어가 너덜
너덜해질 때까지 맞았다. 분이 안 풀린 장금이 여사가 차례상
의 배를 집어 든 순간, 재영이 눈짓을 했고 운몽은 운동화를 구
겨 신고 밖으로 뛰쳐나갔다.

격양된 장금이 여사가 진정되기까지 시간이 필요했다. 운몽
은 동네 일각을 걸었다. 몇 기 졸업생이 서울대에 합격했다는
플래카드가 붙어 있던 어느 고등학교의 정문을 지나고, 누구네
아들이 변호사 시험에 합격했다는 플래카드가 붙어 있던 로터
리를 지났다. 거기에 장금이 여사의 꿈은 걸리지 않을 것이기
에 운몽은 씁쓸했다.

엄마 진정됐어?

운몽은 재영에게 문자를 보냈다.

잘 낳아놨는데 왜, 왜! 하며 절규 중임. 어디 가서 두어 시간 떠돌다 와라.

재영의 말에 근처 카페로 들어간 운몽은 따듯한 라떼를 주문하고 문구점에서 사온 편지지와 펜을 꺼냈다. 어머님 전상서, 로 시작은 했으나 라떼가 다 식을 때까지 한 줄도 적지 못했다.

운몽이 집으로 돌아와 안방 문을 열었을 때 장금이 여사는 돌아앉아 있었다.

"엄마."

운몽이 어렵사리 입을 떼자 장금이 여사는 아예 드러누워 버렸다.

운몽은 냉기가 속출하는 장금이 여사의 등에 대고 독백을 시작했다.

"미안해. 그동안 엄마 속여왔던 거 진심으로 미안해. 나도 판검사, 변호사 그런 거 돼보려고 했는데 한 글자도 눈에 들어오지 않았어. 그때 너무 힘들었는데 연극이 날 살린 거야. 연극하는 동안은 행복했거든. 살아있는 것 같았어."

"그래서 딴따라 되겠다고?"

"딴따라라니요? 요즘 누가 그런 말을 써?"

"내가 쓴다, 이 자식아!"

돌아누워 있던 장금이 여사가 몸을 일으키고 앉았다.

"연극은 하고 싶어도 못 해. 나한텐 재능이 없더라고."

"그래서 남의 집 부엌살림이나 하면서 주부 어쩌고 책을 써? 동네 창피하게? 그럴 거면 다시 공부를 해!"

"내가 하고 싶은 게 뭔지 잘 모르겠어. 여태 그걸 모른다는 게 창피해. 확실한 건, 법 공부를 다시 하고 싶진 않다는 거야."

"왜! 왜! 왜!"

장금이 여사의 3단 고성과 함께 다시 절규가 시작됐다.

운몽의 눈에 장금이 여사가 베고 누웠던 편백나무 목침이 들어왔다. 단단해 보이는 것이 한 대 맞으면 뼈도 못 추릴 것이 분명했다. 운몽은 슬그머니 엉덩이로 뒷걸음을 치며 장금이 여사와의 거리를 넓혔다. 그리고 방바닥에 편지를 내려놓았다.

"읽어보세요."

운몽이 후닥닥 안방 문을 열고 나간 후, 장금이 여사가 편지지를 펼쳤다.

엄마, 전 제 인생이 너무 소중해요. 제 거잖아요.

엄마 꿈 이뤄주는 '자랑스러운 아들'은 아니지만 언제나 영원히

244

'사랑스러운 아들'이고 싶습니다.

노력할게요, 엄마. 사랑해요!!!

북어 스매싱과는 비교도 안 될 목침 투척에 대비해 안방 문 앞에서 대기했는데 예상 외로 심심하게 끝나버려 다소 실망스러웠던 재영은 물 한 잔을 들고 안방으로 들어갔다.

"냉수라도 마셔."

돌부처처럼 돌아앉아 편지를 읽던 장금이 여사는 편지지를 구겨 방바닥에 패대기치고는 드러누워버렸다. 재영은 편지지를 슬쩍 주워 들고 거실로 나왔다.

'자랑'과 '사랑'.

한 획이 있고 없고의 차이는 분명했다. 사랑스러운데 자랑스럽기까지 해서 더 사랑스럽다면 더할 나위 없을 게다. 모친은 그걸 바랐고, 운몽은 그게 힘들다고 선언했다. 제 인생의 주권을 호소하는 독립 선언에 향후 평화 관계 유지를 위해 노력하겠다는 진실된 언어를 더해 모친을 무력화시켰다.

짜식, 센스있네. 재영의 입가에 미소가 번졌다. 그러다 거실의 거울에 비친 제 모습에서 미소를 포착하고는 뒤로 까무라칠 뻔했다. 이게 무슨 일인가! 운몽이 자식 때문에 내가 웃을 수 있다는 게 현실적으로 가능한 일이었던가! 몸서리가 쳐졌다.

오후 늦게 세 딸과 사위와 손자들이 오고 나서야 장금이 여사는 겨우 상체를 일으키고 앉을 수 있었다.

"운몽이 새끼 정신이 나갔구나?"

은영의 말에, 내 새끼한테 새끼라니……. 장금이 여사가 은영을 살짝 째렸다.

"엄마가 지를 어떻게 키웠는데! 이럴 거면 부모 자식 연 끊으라 그래!"

숙영의 말에, 모자지간 연을 끊으라니……. 장금이 여사가 숙영을 꼬나보았다.

"불효도 이런 불효가 있을까. 조선시대 같으면 효수하거나 거열했어. 이건 뭐 거의 역모야!"

민영의 말에, 뭐래는 거야……! 장금이 여사가 민영을 아리까리한 눈빛으로 보았다.

"목 자르고 팔다리 찢어버리잔 얘기야."

재영의 부연 설명에 장금이 여사는 폭발하고 말았다.

"나가, 다들 나가! 속 시끄러우니까 나가!"

장금이 여사는 딸들을 몰아내고 다시 드러누웠다.

내가 저를 어떻게 키웠는데…… 타령이 추석 연휴 내내 이어질 전망이었으나 딸들이 입을 맞춰 오버한 덕분에 장금이 여사는 입도 벙긋 못하고 속만 앓았다.

***

초록 대문집은 아늑했다. 지붕이, 현관문이, 벽이, 방문이 한목소리로 운몽에게 웰컴 합창을 해주었다. 이곳이 원래부터 내 집이었던 것만 같은 안정감이 세포 구석구석까지 밀려 들어와 운몽은 비로소 긴장이 풀렸다. 소주 생각이 간절해진 운몽은 냉장고에서 말라비틀어진 콩나물을 꺼내 새우젓을 한 스푼 넣고 콩나물국을 끓였다. 소주는 달았다. 달빛도 달달했다. 운몽은 맞지 않는 외투를 강릉에 벗어두고 온 것 같은 기분이 들었다.

가족과 친지들의 간절한 소망으로 잉태됐다. 기대를 한몸에 받고 탄생했다. 대대손손 아들 귀한 구가네 종손으로 태어난 순간부터 운몽에게 제 삶은 개인의 영역이 아니었다. 운몽이 타인들의 소망과 기대에 부응하며 무럭무럭 자라나는 동안, 소망과 기대는 욕망으로 형질전환을 해버렸다.

욕망은 무겁다. 욕망은 의지를 불태우게 하고 집착에 찌들게 하면서 스스로 몸뚱이를 부풀리고 무게를 늘려간다. 자신이 이루지 못했던 것을 남에게 투사한 욕망인 경우 그 무게는 저울질조차 할 수 없을 정도다. 타인들의 욕망이라는 두껍고 거추장스러운 외투를 벗었으니 조금은 홀가분해진 기분이랄까.

"ㅎㅎㅎ"

웃는 것도 우는 것도 아닌 의성어가 소주잔 위로 떨어졌다.

강릉의 사정이 궁금해진 운몽은 휴대폰의 전원을 켰다. 9시 10분, 재영에게서 온 메시지.

안방 조용해짐.

그리고, 우찬희로부터 온 메시지도 있었다.

운몽아, 안 바쁘면 형이랑 술 한잔할래?

7시 45분에 찍힌 문자, 그 뒤로 온 부재중 전화는 열 통이 넘었다.

'나 바뻐! 돈이나 갚어'라고 입력했다가 지웠다. '완전 개짜 증! 친한 척하지 말고 돈 갚어'라고 입력했다가 또 지웠다. '술 좀 그만 처먹어'라고 입력하고는 전송을 눌렀다가 운몽은 곧 바로 후회했다. 너무 다정하지 않은가. 이런 인간은 관심을 주 면 안 되는 법인데, 아예 개무시를 해야 하는데 말이다. 운몽 은 우찬희에게서 전화가 올까 봐 휴대폰 전원을 끄려고 했다. 그런데 퐁당! 휴대폰을 콩나물국 냄비에 떨어뜨리고 말았다.

이런! 운몽은 휴대폰을 건져 티슈로 열심히 문질러 닦았다. 단지 화면을 열심히 닦았을 뿐인데.

"운몽아……."

우찬희의 목소리가 들려왔다.

이런! 통화 버튼이 눌러진 거야? 도로 끊을 수도 없고.

"술 좀 작작 처마셔."

운몽은 퉁명스럽게 내뱉었다.

"생각해주는 거냐? 고맙다, 운몽아……."

"허! 누가 누굴 생각한다 그래?"

"짜식, 사랑한다!"

"하지마, 사랑! 끊어!"

운몽은 소름이 돋아 급히 휴대폰 전원을 꺼버렸다.

술맛이 확 떨어졌다. 그런데 우찬희가 취한 거 맞나? 우는 목소리였던 것도 같은데? 취해서 울었나? 아, 뭐지? 불안이 슬며시 꼬리를 들기 시작했다. 분명 울었다! 아, 몰라! 취하든 울든 뭔 상관이랴 하면서도 운몽의 손은 휴대폰 전원을 켜서 우찬희에게 전화를 걸고 있었다. 우찬희는 전화를 받지 않았다.

'함께 섞여 있으면 외롭지 않을 줄 알았어…… 그러더라.'

'그냥 그 새끼 좆나 외로웠단 팩트를 말한 거야!'

불현듯 장 선배가 했던 말이 운몽의 뇌리를 스쳤다. 다람쥐 꼬리만큼 자라난 불안이 꼬리에 꼬리를 물었다. 불안감은 우찬희의 생사를 확인해야 한다는 의무감으로 발전했다.

"옆 동네 무슨 고시원이라고 했더라?"

운몽은 머리를 쥐어짰다.

부활 고시원! 고시원 주인이 독실한 크리스천인데 이곳에서 새 생명을 얻어 나가라는 뜻으로 지었다고 우찬희가 부연 설명을 했던 것도 떠올랐다. 운몽은 급히 포털에서 부활 고시원의 전화번호를 검색했다.

"부활 고시원이죠? 연락이 안 돼서 그러는데요, 거기 우찬희라고…… . 네네, 아는 동생입니다. 형이 전화를 안 받아서요. 혹시 가서 좀 봐주시면…… 방금 나갔다고요?"

휴, 운몽의 입에서 긴 안도의 한숨이 새어 나왔다.

고시원 총무는 5분쯤 전에 우찬희가 고시원을 나가는 걸 CCTV 화면으로 봤다고 했다. 운몽은 휴대폰을 두고 편의점에라도 간 모양이라고 짐작했다. 정황상 가능성이 가장 높은 동선이니까. 불안은 슬그머니 꼬리를 내렸다.

새벽 무렵, 운몽은 휴대폰 벨소리에 잠이 깼다. 또 우찬희였다.

"하아, 왜! 여태 술 마셨어?"

"네 돈은 꼭 갚으려고 했는데…… 마지막까지 미안했다."

"미안했다는 과거형인데, 뭐지? 이젠 안 미안하단 거야? 돈을 갚겠단 거야, 안 갚겠단 거야?"

발끈한 운몽이 마구 소리를 질렀다.

뚝, 전화가 끊겼다. 뭔가 심상치 않았다. 꼬리를 내렸던 불안이 승천할 기세로 솟아올랐다. 운몽은 부활 고시원으로 달려갔다. 평생 이렇게 전력질주를 한 적이 언제 있었던가 싶을 정도로.

운몽은 삼선 슬리퍼를 신고 현관문을 나서면서 혹시나 하는 마음에 장 선배한테 전화를 걸었다.

"형, 새벽에 깨워서 미안한데, 우찬희가……."

운몽이 전후사정을 설명하자 장 선배는 졸음이 싹 가신 목소리로 외쳤다.

"뛰어!"

"뛰어?"

운몽은 재빨리 슬리퍼에서 발을 빼서 운동화에 구겨 넣었다.

"하, 그 새끼…… 찬희 새끼가 또."

"또라니?"

"나 택시 타면 30분이면 가는데 네가 더 빠를 거 같다. 일단 뛰어!"

자세한 영문은 몰라도 죽기 살기로 달려야 한다는 건 알았다.

운몽은 달렸고, 장 선배는 택시 안에서 부활 고시원으로 전화를 했다. 총무는 잠이 들었는지 전화를 받지 않았다. 119를 부르자니 애매했다. 다 큰 성인 남자가 전화를 안 받으니 와달라고 하기에는 바쁘신 분들한테 미안한 일이잖은가. 그럼에도 전적이 있기에 망설임을 떨치고 119를 눌렀다.

장 선배가 운몽의 작품 〈청춘의 일〉을 읽으며 이슬 방울을 떨구고 동지들을 모아 연극 무대를 준비하기 불과 한 달 전, 우찬희도 다음 생을 준비하고 있었다. 차곡차곡 모은 수면제가 쌓여 다음 생으로 향하는 고속열차의 티켓인 양 우찬희의 판단력을 흐릿하게 하던 그 밤, 약속도 없이 장 선배가 찾아왔다. 장 선배는 소주와 새우과자가 담긴 검은 비닐봉지를 들고 갔다가 다량의 수면제를 발견하고는 그걸 검은 비닐 봉지 안에 담았다. 그러고는 우찬희를 꼭 끌어안으며 외롭지 않게 해주겠다고 약속을 했고, 우찬희는 다신 나쁜 맘 먹지 않겠다며 목놓아 울었다. 그래놓고! 장 선배는 119든 운몽이든 제발 늦지 않게 도착하기만을 바라며 택시 안에서 발을 동동 굴렀다.

　우찬희는 간이침대 아래에 몸을 구긴 채 쓰러져 있었다. 우찬희 옆에는 소주병이 나뒹굴고 침대 위에는 약통에서 쏟아져 나온 작고 하얀 알약들이 점처럼 박혀 있었다.
　"형, 정신 차려봐. 형! 혀엉…… 죽지 마, 죽지만 말라고!"
　운몽은 우찬희를 끌어안았다. 멀리서 앰뷸런스 소리가 들려왔다.

　운몽은 위세척을 하고 곱게 누워 잠든 우찬희를 뒤로하고 응급실을 나왔다. 응급실 앞 복도에서 운몽은 다리에 힘이 풀려

주저앉아버렸다. 찔끔찔끔 눈물이 흘렀다. 숨이 멎은 듯한 우찬희를 안고 제발 살아달라고 외치던 순간의 황망함과 두려움이 몰려와 커다란 눈물방울이 두두둑 떨어졌다. 소나기 같은 눈물에 운몽은 어린아이처럼 꺼억꺼억거리면서 오열했다. 장선배와 희동은 그런 운몽을 진정시키느라 진땀을 뺐다.

"잘한 거야, 운몽아. 너 아니었으면 큰일 날 뻔했어."

장 선배가 운몽의 어깨를 토닥였다.

"나 때문이야, 내가 돈 갚으라고 윽박질러서. 찬희 형 죽으면 어떡하지?"

"무슨 소릴 해? 죽으려는 찬희 살린 게 너야."

"내가 죽일 뻔했어."

운몽은 무서웠다. 그래서 후회했다. 매일 밤, 삶과 죽음의 경계에서 선을 넘을지 말지 괴로워했을 우찬희의 손을 잡아주지 않았음을. 우찬희가 보내왔던 절박한 신호를 미처 알아채지 못했음을. 자신의 냉대와 윽박이 우찬희가 이 세계에서 영영 떠나도록 등 떠밀었을까 봐. 운몽은 수십 번도 더 내가 죽일 뻔했다며 울먹였다.

"안 죽었다니까. 술 깨면 일어날 거래잖아!"

슬슬 짜증이 나기 시작한 희동이 투박스럽게 내뱉었다. 그러자 운몽은 더 오열했고 장 선배는 더더 환장할 지경이 되었다.

"여기서 이러지 말자. 찬희 부모님 곧 오실 거니까."

오셨다. 우찬희 모친이 운몽에게 다가와 운몽의 손을 꼭 잡고 고맙다고 하시고는 눈물을 훔치며 응급실 안으로 들어갔다. 이어, 우찬희 부친이 운몽 앞에 서서 장 선배와 희동까지 차례로 보았다.

"자네들인가?"

"네, 교수님."

장 선배가 고개를 숙였다.

교수님? 운몽이 눈을 꿈벅거리면서 우찬희 부친을 보았다.

그는 어깨에 별 다섯 개는 단 군인처럼 각잡힌 자세로 서서 운몽을 응시했다. 눈빛이 하도 강렬해서 쏘아본다는 느낌이 들 정도였다. 아들의 소식을 듣고 정신없이 달려와 눈물을 훔치던 모친과는 너무도 다른 모습으로 잠시 서 있다가 말 한마디 없이 아들에게로 가버렸다.

장 선배 말에 의하면, 우찬희 부친은 경영학과 우종화 교수라고 했다. 그에게는 우찬희가 입학하기 두 해 전, 입시 비리에 연루돼 징계위원회에 회부된 전력이 있다. 의혹은 제기됐지만 뚜렷한 혐의가 없어 교수직은 유지할 수 있었다. 그런데 우찬희는 과 꼴찌를 도맡아 하는 낙제생이었다. 우찬희가 우 교수의 아들이란 사실이 한 조교의 입을 통해 공개됐고, 비리 의혹 교수와 공부 못하는 교수 아들은 뒷말 나돌기 좋은 먹잇감이 되었다. 우찬희가 수능 성적이 아닌, 수시 합격생이었기에 입시 특혜가 있지 않았겠냐는 가설에 정당성이 부여됐다. 우찬희는 반박하지 않았고 숨기 바빴다. 진실을 본인도 몰랐기에, 아버지에게 진실을 확인할 용기는 없었기에 우찬희는 겉돌았다. 서로에게 자랑이 되어야 할 교수와 아들은 서로에게 부끄러움이 되고 말았다.

"나 복학하고 찬희하고 도서관 같이 다니면서 공부했어. 노땅 복학생하고 왕따 신입생하고 나름 환장의 커플이었지. 자기도 모르겠대. 서울대에 어떻게 붙었는지, 정말 아버지의 힘이 작용한 건지. 찬희 녀석 아빠 찬스 꼬리표를 떼겠다고 한동안은 정말 열심히 공부했거든. 근데 계속 꼴찌야. 자기도 지친 거지. 난 안 되는구나. 공부고 뭐고 때려치우고 헐렁하게 살 거라고 했었어."

장 선배는 본인의 의지와는 상관없이 대학에 와서 미운털이 박히고 타인의 입방아에 오르내리고 그러다 외톨이가 되어 징그럽게 외로워야 했던 우찬희를 자기의 다섯 손가락 안에 넣어주고 싶었다고 했다. 우찬희가 장 선배의 아픈 손가락이 된 이유였다.

운몽은 궁금하지도 않았고 알 필요도 없다고 생각했던 우찬희의 사연을 미리 알았더라면 달라졌을지도 모른단 생각에 먹먹해졌다. 알았더라면 운몽이 조금은 친절했을지, 친절했다면 우찬희의 외로운 삶이 조금은 따듯했을지, 따듯했다면 우찬희가 다량의 알약을 삼키지 않을 수 있었을지.

1분도 채 안 되는 짧은 시간이었지만 운몽은 우 교수가 아버지로서의 깊은 정보다는 늘 엄중한 문책이 우선인 사람임을 알수 있었다. 아버지가 아닌 우 교수를 실망시키지 않으려고 노력했지만 늘 모자란 결과물 앞에서 우왕좌왕했을 우찬희의 삶에 감정 이입하기에 충분했다. 너랑 나랑 비슷한 데가 있어서 좋았다던 우찬희, 아니 찬희 형. 그런 뜻이었어?

우찬희 부모님이 잠시 자리를 비운 사이, 응급실 침상으로 다가간 운몽은 잠든 우찬희의 손을 꽉 잡고 말했다.

"찬희 형, 외투 벗어. 그동안 너무 무거웠잖아."

8
괜찮냐고 묻지 않았어

　K 푸드로 글로벌 입지를 굳히고 있는 OA 그룹 인재개발실에서 오더가 들어왔다. 팜 오일을 안정적으로 수급하기 위해 해외 구매 전략가를 찾는 채용 의뢰였다. 강서는 링크드인에 접속해 키워드를 입력하고 후보자를 서치하기 시작했다. 그러다 한 남자의 프로필에서 눈길이 멈췄다.

　발릭파판.

　영서의 마지막 여행지였던 곳, 영서가 약 일 년 반 남짓 머물렀던 곳. 거기, 이 남자도 있었다. 그의 근무 기간은 언니가 있던 때와 일치했다. 이름은 이준석. 나이는 38세. 프로필 사진으로 알 수 있는 건 눈길을 끄는 준수한 외모라는 것, 대형 식품 회사 현지 구매팀에서 일하다가 싱가포르에서 인시아드 MBA 과정을 수료한 경력사항으로 조심스럽게 유추해볼 수 있는 건 그가 성공 지향적 인물이라는 것이었다.

강서는 그에게 제안하고 싶은 포지션이 있다는 메시지를 보냈다. 그가 발릭파판에 있었기 때문이 아니라고, 그가 적당한 조건을 갖춘 후보자이기 때문이라고 속으로 중얼거리며 책상을 탁탁 내리쳤지만 이준석의 근무지가 발릭파판이 아니었다면 눈길이 멈추진 않았을 가능성이 더 높았다.

이준석은 바로 응답했다.

"연봉은 얼마나 됩니까?"

말투는 거만했다. 제안 드린 포지션에 대해 궁금한 건 없는지 묻는 강서에게 그는 연봉을 물었다. 바로 돈 얘기부터 꺼내는 후보자들 백이면 구십은 자신에 대해 정확히 알지 못하는 경우다. 60점짜리가 스스로를 100점짜리라고 확신하는 경우가 꽤 많은데 이준석도 그 부류일 거라는 느낌이 들었다.

"내가 MBA도 했는데 임원 직급에 억대 연봉 아니면 진행하기는 곤란할 거 같아서요."

강서의 직감이 맞았다. '제가'도 아니고 '내가'이지 않나.

"메일 드린 것과 같이 OA 그룹에서 팜 오일 구매 전략가로 임원급 포지션을 구하고 있어요. OA는 임원에 대한 베네핏이 많죠. 컴펜세이션*에 대한 부분은 만족스러우실 겁니다."

"그래요?"

---

* 컴펜세이션 (Compensation, 급여나 보너스 등의 보상)

레쥬메*를 언제까지 보내면 되냐고 물었다. 강서는 임원급 양식에 맞춰 업무 성과 부분을 잘 써서 보내달라고 말하며 덧붙였다.

"제가 리포트를 작성해야 해서 한 번 만나뵙고 싶은데 언제 시간 괜찮으실까요?"

"내일 점심 괜찮습니다."

전화를 끊자마자 강서는 왼쪽 어금니의 통증을 느꼈다. 불쑥 찾아온 통증에 혀로 어금니와 잇몸을 찬찬히 눌러보았다. 통증은 더 세졌다.

***

강서는 한 살 터울인 언니 영서와 동급생이었다. 몸이 약한 영서는 일 년 늦게 초등학교에 입학했고, 강서와 영서는 쌍둥이처럼 학교를 다녔다. 잘 우는 영서여서 강서가 언니 역할을 하곤 했다. 영서는 잘 웃기도 했다. 화사한 미소 가득한 얼굴엔 빛이 났다. 말수가 적고 수줍음을 많이 타는 성격이었지만 공부를 잘하고 그림도 잘 그려서 친구들한테 인기가 많았다. 친한 친구는 없지만 인기는 많은 아이. 친한 친구는 없지만 친한 선생님은 많은 아이. 반 아이들은 영서를 좋아했다기보다

---

* 레쥬메 (Resume, 이력서)

는 동경했다.

재영이 그 중 한 명이었다. 영서는 신비로운 아이였고 강서는 그녀를 경호하는 형국이어서 강서가 못마땅했는데, 강서와 친해질 줄이야. 유리잔 같은 영서보다는 뚝배기 같은 강서가 자신한테 더 잘 맞는 성향이란 걸 알고는 찰떡처럼 붙었다. 재영은 멜라닌 그릇만큼이나 가벼운 성정이었지만 강서는 뚝배기 특유의 따뜻함으로 그녀를 품어주었다. 껍데기는 모범생이지만 알고 보니 속살은 자유로운 영혼이었던 영서의 매력까지 더해져 재영은 더더 찰떡이 되었다. 그렇게 셋은 고교 2년을 삼총사처럼 붙어 다녔다.

고2 겨울, 강서의 아버지가 운영하시던 공업사가 서울로 이전하면서 소녀들은 이별했다. 대학에 합격해서 꼭 다시 만나자, 약속했는데 강서와 재영은 그로부터 십 년이 지나서야 만날 수 있었고, 그때 영서는 없었다.

지인과의 동업으로 새로 오픈한 강서 아버지의 공업사는 영업이 신통치 않았다. 무리하게 대출을 끼고 초록 대문집을 산터라 빚은 늘어만 갔다. 그 무렵부터 정심 씨는 동네 분식점에서 김밥을 말았다. 강서는 새로 전학 간 학교에 그런대로 적응했지만 영서는 그렇지 못했다. 서울에는 영서보다 공부를 잘하는 아이도, 그림을 잘 그리는 아이도 훨씬 많았으니까. 영서의 얼굴에는 화사한 미소 대신 어두운 냉소가 깔리기 시작했고 안 그래도 말수 적던 영서는 어느샌가부터 거의 말을 하지 않았다.

대출 만기가 다가왔다. 형님께 돈을 빌려달라고 할까, 사채를 써야 하나, 강서 아버지는 소주를 마시며 고민하다가 반병을 남기고 운전대를 잡았다. 음주운전으로 인한 사망. 보험금은 한 푼도 없었고 강서 아버지가 남긴 건 절반이 빚인 초록 대문집 하나였다.

정심 씨는 친정 식구들에게서 돈을 융통해 대출금을 갚고 이를 악물고 김밥을 말았다. 남편의 덧없는 죽음을 슬퍼할 겨를이 없었다. 영서의 얼굴에 그늘이 드리워진 걸 보았지만 챙겨주질 못했다. 강서는 공부만 했다. 영서가 우는 걸 보았지만 대답하지 않을 거라고 생각했기에 괜찮냐고 묻지 않았다.

그날도 다르지 않았다. 정심 씨와 강서는 하루를 살기 위해 허겁지겁 아침밥을 챙겨 먹었다. 식탁에 앉은 영서가 울음 섞인 목소리로 물었다.

"밥이 넘어가? 아빠가 없는데 어떻게 다들 아무렇지도 않을 수 있어?"

"아빠가 없으니까."

서늘한 강서의 대답은 영서의 울음을 단숨에 얼려버렸다.

"보통의 아이로 살면 안 되는 거잖아. 언니 말대로 아빠도 없느데 부통 이상이 돼야 살아남을 수 있지 않겠어?"

강서는 감정 없는 말투로 영서의 나약함을 질타했다.

"우리 살자고 아빠를 잊어? 어떻게 아빠를 지워? 아빠를 빨리 털어내지 못해 안달 난 것처럼 굴어야 해?"

얼어 있던 영서의 울음이 깨졌다. 날카로운 울음 조각은 강서의, 정심 씨의 심장에 꽂혔다.

"살려면. 그러니까 언니도 애처럼 굴지 말고 정신 차려."

"넌 그게 되는구나. 나쁜 기집애."

"그만들 하고 학교 가, 늦겠다."

눈물을 보일 순 없어서 정심 씨가 등을 돌린 채 말했다.

한겨울 외투 하나 걸치지 못한 채 바깥에 버려진 아이처럼 새파래진 영서의 입술이 가엾게 바들거렸다. 책가방을 들고 나간 영서는 그날 학교에 가지 않았다. 그리고 집으로 돌아오지도 않았다.

그 후로, 영서의 가출은 습관이 됐다. 정심 씨는 어떤 날은 미술 학원 옆 공터에서, 어떤 날은 PC방에서, 어떤 날은 경찰서에서 영서를 데려왔다. 그러다 어떤 날, 한강대교에서 영서를 데려와야 했던 밤, 정심 씨는 무릎을 꿇고 울었다. 엄마가 잘할게……. 남편에게 빌었다. 제발 영서를 지켜달라고…….

강서는 아버지의 부재가 막살아도 되는 핑계가 될 순 없다고 생각했다. 슬픔의 무게에 짓눌려 여린 꽃잎 같이 흐느적거리기만 하는 영서가 안타깝기보다는 미웠다. 자매 사이에 거친 말들이 오가고 서로에게 생채기를 내는 날들이 잦아지자 정심 씨는 두 딸을 부둥켜안았다.

"앞으로 엄마가 더 신경 쓸게, 얘들아. 미안해, 정말 미안해."

셋은 서로를 끌어안고 한참을 울었다.

정심 씨는 시간이 영서의 슬픔을 진정시켜줄 거라고 믿었다. 영서가 슬픔을 딛고 일어서주길 바랐다. 영서가 슬픔과 함께 녹아버릴 줄은 몰랐다. 영서는 지방의 한 국립대 미대에 합격했다. 주말이면 상경해 해사한 미소를 보였기에 강서와 정심 씨는 영서가 정말 괜찮아진 거라고 믿었다. 꽃망울이 하도 예뻐 그것이 슬픔의 씨앗에서 발아한 것일 줄은 미처 몰랐다.

영서는 대학을 졸업하고는 인근 미술 학원에서 아이들을 가르쳤다. 소비자경제학을 전공한 강서도 헤드헌터 일을 시작했다. 정심 씨는 주말이면 두 딸과 함께 쇼핑센터에 가서 계절에 맞는 옷을 고르고 저녁엔 셋이 모여 앉아 웃고 떠들며 밥을 먹을 수 있을 거라는 기대로 부풀어 올랐다. 폭풍 전 고요였다.

어느 토요일 저녁, 정심 씨는 가게 일이 많아 늦겠다며 먼저 밥을 먹으라고 했다. 강서와 영서는 치맥으로 저녁 식사를 대신하기로 했다. 술을 전혀 못 마시는 영서가 단숨에 맥주 한 캔을 다 비웠다. 강서가 의아한 표정으로 물었다.

"술이 늘었네?"

"서울 공기가 싫어, 숨 막혀."

그대로구나. 강서는 영서가 유아적 사고에 머물러 있다는 생각에 답답함이 몰려왔다. 영서에게 서울은 상실의 도시란 걸 알지만, 안다고 다 받아들여지는 건 아니었다. 언제까지 '서울에 오지 않았더라면……'이라는 가정법을 붙들고 있을 건가. 만약에, 만약에, 만약에 끝도 없이 되풀이되는 가정법의 감옥에서 과거로만 회귀할 것인가.

"그래서 어쩔 건데?"

"떠날 거야. 목적지는 없어."

"갈 데도 없는데 굳이 어딜 가겠단 거야? 언니는, 꼭 이런 식이어야 해?"

"아직 모르는 거지, 없는 게 아니야."

"엄마 생각해서라도."

"엄마 생각해서 이래. 엄마 보면 슬퍼져, 엄마도 이런 나를 보면 슬퍼지겠지. 슬픔에 감염돼."

감염이 아니라 공유, 또는 공감. 나누고 덜어서 서로의 짐을 조금이라도 가볍게 해주는 것. 이해하고 이해받는 것. 혼자가 아니란 걸 알게 되는 것. 그걸 엄마와 언니와 나, 우리 셋이 해야 한다고. 아빠도 그걸 바랄 거라고.

라고, 말하고 싶었지만 강서는 한마디도 하지 않았다. 영서는 슬픔으로 단단하게 무장한 철옹성 같았다. 어떤 말도 비집고 들어갈 틈이 없었다.

"슬픔은 희미해지는 것도 사라지는 것도 아니야. 내 안에 온갖 감정과 섞여 숨죽이고 있다가 불쑥불쑥 고개를 들어."

그러고는 커다란 아가리를 벌려 내 안의 온갖 감정들을 다 삼켜버려.

라고, 말하려다가 영서는 입을 다물었다. 불필요한 위로의 말들이 쏟아져 더 답답해질 것이기에.

"괜찮은 거 아니었어?"

"언제 나한테 괜찮냐고 물어는 봤어? 나 하나도 안 괜찮았어. 숨이 안 쉬어졌어. 죽을 만큼 힘들었어. 그래서 떠나야 해. 숨 쉴 수 있는 곳이면 어디든."

충분한 애도란 건 애초에 없다. 죽음이 갈라놓은 영원한 이별의 슬픔에는 그런 게 불가능하다. 괜찮을 리가 없는데 시간이 충분히 흐른 후에는 괜찮아질 거라는 그 말들을, 위로의 탈을 쓴 강요를 영서는 감당하기가 버거웠다.

영서는 티벳으로 갔다. 고요해지고 싶었다. 사위가 고요할수록 마음은 더 어수선해질 뿐이어서 동남아시아의 유명 관광지들로 행로를 변경했다. 필리핀, 베트남, 말레이시아, 라오스를 걸으며 그림을 그렸다. 북적거리는 시장과 반짝거리는 야경과 사람들의 얼굴을 그렸다. 그림을 그리는 동안 손끝에서 전해오는 생동감이 그녀를 살게 했다 어디에서 무엇을 하는지 꼭 전해주라는, 가족에 대한 최소한의 예의는 지켜달라는 강서의 부탁이 있었기에 정착지와 간단한 안부를 간간이 문자로 보냈다.

라오스에서는 꽤 오래 머물렀다. 또래의 한국인 관광객들과 맥주를 마시면서 친목을 다졌다. 그들에게 현지 풍경을 그려 즉석에서 팔기도 했다. 술이 있는 떠들썩한 밤이 지나고 별만 남은 조용한 새벽이 오면 어김없이 슬퍼졌다. 잠시 행복했던 밤은, 행복하다는 착각이었을 뿐이라고 캔버스에 내려앉은 새벽이 일깨워주곤 했다.

영서는 다시 부탄으로 떠났다. 세계에서 가장 행복하다는 사람들 틈에서 행복한 사람들의 표정을 그리면서 행복을 배우고 싶었다. 그러다 보면 어쩌면 행복해질지도 모른다는 생각에. 그런데 행복은 배울 수 있는 성질의 것이 아니었다. 당연히 아무도 가르쳐줄 수 없는 것이기도 했다. 어렵지만 아무것도 기대하지 않기, 달라질 것이라거나 나아질 것이라는 기대 따윈 하지 않기.

영서가 부탄에서 얻은 것은 그것뿐이었다.

영서는 아무 기대 없이 싱가포르로 향했다. 싱가포르 창이 국제공항에 입국한 영서는 도로 출국장으로 발길을 돌렸다. 도착하자마자 떠나고 싶어진 이유는 영서 본인도 명확히 알지 못했다. 디파쳐 보드를 멍하니 보다가 발릭파판이라는 낯선 도시의 이름을 발견했다. 가자. 영서가 발릭파판으로 결정한 이유는 낯선 이름 때문이었다.

영서가 발릭파판에서 강서에게 보낸 메일은 두 통이었다.

강서야, 잘 지내니? 엄마도 건강하시지?
나는 지금 발릭파판에 있어. 인도네시아에 있는 작은 도시야.
이름에 끌려서 오게 됐는데, 한국인이 거의 없는 낯선 곳이란 점이 마음에 들었어.
지내다 보니 반짝여. 모든 것이. 이곳에선 그래.
낮부터 밤까지 언덕에 있는 석양이 아름다운 카페에서 일하고 있는데, 사장님이 무척 친절하셔.
여기서 얼마든지 그림을 그려도 좋다고 하시면서 내 그림을 카페에 걸어두고, 가끔은 오가는 손님들에게 구매를 강요하기도 하셔. 물론 아무도 사가진 않지만…….
아침에는 화가, 오후에는 바리스타.
네가 여기 있다면 너를 그리고, 너에게 커피 한잔 대접할 텐데.
강서야, 여기도 '찐따'라는 말이 있어. 근데 그 뜻이 뭔지 알아?
사랑이야, 사랑. CINTA…….

찐따.
강서는 언니와 어울리지 않는 단어라고 생각했다. 그러면서도 언니가 어쩌면 사랑을 하고 있을지도 모른단 생각에 들뜨기도 했다. 그때 반짝였던 건 발릭파판이 아니라 언니였을까.

다른 한 통의 메일은 그로부터 4개월 후에 온 것이었다.

강서야, 요즘에는 잠이 많아졌어.

그래서인지 꿈도 많아졌어.

네 꿈, 엄마 꿈, 아빠 꿈, 우리가 함께했던 시간들을 꿈에서 만나.

사랑했던 시간들을, 사랑할 시간들을 꿈에서 만날 수 있어서 행복하

다는 생각도 가끔은 해.

이곳 사람들이 쓰는 마크툽이라는 말이 있어.

Maktūb.

우리에게 일어나는 일은 이미 기록된 것이라네. 신이 그것을 드러내

기 전에 이미 기록된 것들.

일어날 일은 일어난다는 뜻이래.

어쩌면 체념이겠지만, 어쩌면 다행이야.

내게 일어난 일은 모두가 이 사랑스러운 꿈 같을 거니까.

마크툽. 일어나기로 돼 있던 일.

모호한 단어가 꿈이라는 단어와 만나 강서가 해석할 수 없는

의미가 돼버렸다. 언니는 무엇을 체념해야 했는지, 그 결과 어

떤 사랑스러운 꿈을 꾸게 되었는지 도무지 알 수가 없었다. 그

때 언니의 배 속에는 새 생명이 자라고 있었다는 걸 나중에 알

았다. 영서가 떠나고 연우만 남겨진 후에.

마크툽. 그건 영서의 죽음일까, 연우의 탄생일까. 아니면 쩐

따와의 이별이었을까. 강서는 두 통의 메일을 들여다보고 또 들여다봤다. 외울 정도로. 뼛속에까지 새길 정도로. 하지만 언니가 말한 마크툽이 무엇인지는 끝내 알 수 없었다.

***

치과에는 대기자가 많았다. 예약을 하지 않고 온 터라 강서는 X-ray를 찍고 담당의를 만나기까지 한참을 기다려야 했다.

영서의 메일을 떠올리던 강서는 이준석의 카톡 프로필 사진을 훑었다. 후보자에 대한 객관적 사실 외에 좀 더 알아볼 필요가 있을 때 강서는 그들이 SNS 게시판에 남긴 글이나 카톡의 상태 메시지, 사진을 들여다본다.

사진과 시나 노래 가사 또는 명언, 정치적 신념이나 사상을 표현하는 각종 이미지와 기호에서 그가 무슨 생각을 하고 무엇을 좋아하고 어떤 취향을 지니고 있는지를 엿본다. 주 관심사는 무엇이고 그것이 그의 직무에 어떤 영향을 미칠지를 가늠해본다. 자기 자랑이 유별나거나 자아도취가 심한 듯 보이면 그의 인간관계가 어떨지도 유추한다. 그것은 몇 줄의 이력사항만으로는 알 수 없는 것들을 담고 있었다.

이준석은 흔해빠진 헬스장 셀카 사진부터 사이클, 등산, 낚시를 즐기는 자신을 포토샵과 스노우필터로 가공한 사진 등 본인을 과시하는 사진만 100여 장을 올려놓았다. 맛집 사진에는 요리를 먹는 그의 입술이 있고, 하늘 사진에는 구름을 가리키는 그의 손가락이 있고, 책 사진에는 독서하는 그의 뒤통수가 있었으니 나머지 50여 장에 가까운 사진도 주인공은 이준석이었다. 이준석이 등장하지 않는 사진은 명품백과 구두와 시계만을 오롯이 담은 단 몇 장뿐이었다.

전화 통화 목소리에서 건너오던 자신감은 사진에서는 더 했다. 좋게 말해서 자신감이 넘친다는 거다. 강서는 그가 자기애성 인격 장애를 갖고 있을지도 모른다고 생각했다.

여친이나 연애 등의 키워드와 연관 지을 만한 사진은 단 한 장도 없었다. 30대 중후반의 완벽해 보이고 싶은 능력남인 그에게 여자가 없다? 솔로 인증이라도 하려는 듯 나홀로 싱글 라이프 사진들로만 도배를 한 것에 의구심이 들었다. 과거에도 없었을까, 궁금한 건 그거였는데 더는 못 보겠다.

이준석의 이준석에 의한 이준석을 위한 사진들의 향연에 극심한 눈의 피로를 느끼며 휴대폰을 내려놓으려는 찰나 한 장의 사진이 강서의 동공에 선명하게 박혔다. 손이 떨렸다. 조금 전까지도 극심하던 통증을 느끼지 못할 정도였다. 간호사가 진료실 앞에서 강서를 부르는 소리가 들려왔지만 강서는 그대로 치과를 빠져나왔다.

***

옷차림은 단정했고 태도는 신중했다. 말투는 예의 발랐고 업무에 대한 자신감으로 가득 차 있었다. 연봉부터 묻던 자만과 SNS에서 뽐내던 자기애는 보이지 않았다. 강서는 마치 다른 사람을 만난 것 같았다. 이준석은 링크드인에 공개한 프로필에서 더하지도 빼지도 않고 딱 그만큼만을 강서에게 보여주고 있었다. 이직을 원하는 후보자들이 갖춰야 할 모든 것을 다 갖춘 완전체라는 듯.

이직 사유를 묻는 질문에 이준석은 새로운 환경에서 커리어를 확장하고 싶다는 교과서적인 답변을 내놓았다. 그러고는 명색이 탑 MBA를 졸업하고 경력직으로 왔는데 나중에 알고 보니 그만한 대우를 못 받은 거였다며 조금 억울한 표정을 지어 보였다. 강서가 전화 통화 때 느꼈던 자만과는 다른, 할 말 다 하는 솔직함이었다.

구매 전략 포지션과 관련된 성과에 대해 묻는 질문에는 자신의 실적이 회사에 어떤 수익을 창출했는지를 구체적인 수치와 함께 열거했다. 심혈을 기울인 플래닝으로 비축분에 여유가 있어서 팜 오일 파동 때에도 원료수급의 문제가 없었다니 이 역시 자만이 아닌, 근거 있는 자신감이었다.

문제 삼을 것이 없는데도 대화를 하면 할수록 이준석이 가면을 쓰고 있는 것처럼 느껴지는 건 왜일까. 가면을 벗겨보고 싶었다.

발릭파판에 머물렀다는 사실, 한국인이 거의 없는 곳에 영서와 같은 시기에 머물렀다는 사실만으로는 어떠한 가설을 세우기도 민망했다. 하지만 어제 발견한 사진 두 장은 '어쩌면?'이라는 물음표를 가능하게 해주었다. 그가 언니의 찐따라면? 언니를 반짝이게 한 사람이라면? 지금 강서는 영서의 죽음 및 연우의 탄생과 밀접한 관계를 가진 남자를 만나고 있는지도 모른다.

'당신의 프사에서 발견한 사진이 저의 언니가 그린 그림하고 똑같아요. 한 장은 별과 커피와 지붕과 바다가 있는 카페이고, 다른 한 장은 거울을 보고 있는 것처럼 너무나 투명한 호수죠. 포토 카메라로 찍은 사진을 그림으로 변환한 것처럼 색채도, 구도도 똑같아요. 정말이지 똑같아요. 다른 점이 있다면 당신의 카페 사진에는 커피잔의 손잡이를 잡는 손이 찍혀 있는데 언니의 카페 그림에는 손이 없어요. 당신의 손이겠죠? 호수 사진에는 당신의 발이 있지만 언니의 그림에는 없죠. 당신이 있고 없고의 차이가 무엇을 의미하는 걸까요? 언니의 그림이 먼저인지, 당신의 사진이 먼저인지는 모르겠어요. 어쩌면 동시일까요? 둘은 그때 같이 있었을까요? 둘은 사랑했을까요? 언니의 이름은 도영서예요, 발릭파판에서는 Anne이라는 이름을 썼던 모양이에요. 언니의 유화에는 Anne이라는 서명이 있어요. 그래서 말인데요, 당신, Anne이라는 여자를 아나요? 만난 적 있나요?'

라고, 묻고.

'그림과 사진이 똑같다고요? 흥미로운 얘기군요. 발릭파판에 그런 카페는 흔해요. 호수? 거울 호수라는 유명한 호수가 있긴 하죠. 그래요, 내 프사에 그 사진을 올려둔 거 같네요. 그런데 말이죠, 난 Anne이라는 여자를 몰라요. 전혀요.'

라는, 대답을 듣고 싶었다.

그럴 수도 있는 일이지만 그러지 않기를 바라면서 강서는 그가 어떤 인재인가보다 그가 어떤 남자인가를 살폈다. 고객사가 원하는 후보자인지를 객관적으로 판단하는 걸 미루고 그의 눈과 입술과 표정에서 저도 모르게 연우와 닮은 점, 아니 닮지 않은 점을 찾아내려고 애쓰고 있었다.

하나도 닮지 않았어, 그럴 리가 없잖아. 언니가 단서 하나 남기지 않았던 지난 6년간의 무거운 숙제가 이렇게 어이없이 풀릴 리는 없어, 아닐 거야. 언니의 남자도 연우의 아빠도 아니야, 아니어야 해……

강서는 두려웠다. 그가 아니란 걸 확인하려고 나온 자리인데, 그가 맞다는 것이 확인될까 봐 두려웠다. 헤드헌터와 후보자. 단지 그것뿐이기를. 고객사에 이 사람을 합격시키고 수수료 받고 굿바이 하면 끝날 인연. 거기서 멈춰주길 바라는 마음만 커져갔다.

"후보자님 프로필을 보다가 발릭파판이 어떤 곳인지 궁금했어요."

"아, 거기요? 한국 사람이 거의 없어요. 많이 외롭고 심심했죠."

이준석은 다시는 가고 싶지 않은 곳이라고 했다. 발릭파판에 대해서는 별로 할 얘기가 없다는 지루한 표정을 지으며 그곳에선 너무 외로웠다고 두 번이나 강조했다. 대화를 더 이어가야 하는 강서로서는 난감했다. 마땅한 질문이 떠오르지 않아 노트북만 망연히 바라보다가 불쑥 물었다.

"여행하긴 어때요?"

"휴가 가시게요?"

"네, 제가 한국 사람이 많은 관광지는 피하는 타입이라 발릭파판에 호감이 생기네요."

"롬복으로 가세요, 거기 강추합니다."

이준석은 궁금하지도 않은 롬복에 대해서 한참이나 떠들어댔다. 린자니 화산과 셀롱 벨라낙 비치, 길리트라앙완의 맛집들과 선셋 포인트, 스쿠버다이빙을 하면서 만난 야생 거북까지. 강서는 발릭파판에도 선셋이 아름다운 카페가 있지 않나요? 발릭파판에도 스노쿨링과 프리다이빙을 하기 좋은 호수가 있다고 들었는데? 라고 물으며 끼어들었지만 그때마다 이준석은 고개를 흔들었다. 노, 롬복이 훨씬 좋아요.

이준석은 서퍼들의 천국이라는 셀롱 벨라낙 비치로 돌아가 초보 서퍼가 알아야 할 것들에 대해 열심히 설명했다. 강서는 듣는 둥 마는 둥 하며 어떻게 말을 꺼낼지 생각에 잠겼다. 서핑에 대해 떠들어대는 이준석의 목소리는 언제부터인지 들리지 않았다. 그가 저도 모르게 왼쪽 턱을 어루만지며 인상을 찡그리는 강서를 가만히 바라보고 있다는 것조차 몰랐다.

"어디 아프세요?"

"네……? 괜찮아요. 별로 안 아파요."

아팠다. 이준석을 만나기 전에 약국에서 진통제를 샀는데 먹었는지는 기억나지 않았다.

"치과 가보셔야겠네. 인터뷰는 끝난 거죠?"

이준석은 다음 약속이 있다면서 자리에서 일어났다.

강서가 머릿속으로 정리하고 있던 말들은 하얗게 날아가버렸다.

사랑니. 사랑을 알 만한 나이에 맹출한다. 유치에는 없다. 영구치에도 없는 경우가 있긴 하다. 사랑니가 없을 거라고 믿는 사람도 있지만, 대부분은 아직 잇몸 밖으로 드러나지 않았을 뿐이다. 가장 늦게 자라다 보니 뿌리가 휘거나 기형인 경우가 많다. 사랑니가 정상적으로 나는 경우는 매우 드물다. 사랑니는 대부분 아프다. 복불복이다. 사랑도 그렇다.

강서의 사랑니는 누워 있었다. 의사는 강서의 치아 X-ray를 보여주며 매복 사랑니라고 했다. 사랑니가 좁은 공간에서 자라면서 신경과 옆 어금니의 뿌리를 건드려 염증과 통증이 반복되고 있으니 당장이라도 발치를 해야 한다고 했다.

"당장이요?"

"놔둬서 좋을 게 하나도 없어요. 뽑아버려야죠."

당연한데 어려운 결정. 미룰 수 있을 때까지 미루고 싶은 일. 사랑니 발치가 그랬다.

강서는 이준석이 핵심 역량과 포지션에 부합한다는 리포트를 작성해서 이력서와 함께 OA 그룹에 보냈고 인재개발실 담당자에게서는 내부 검토 후 연락드리겠다는 답변이 왔다. 거기서 멈출 수도 있었다. 욕을 엄청 먹겠지만 이준석에게는 일을 더 진행할 수 없게 됐다고 양해를 구하고, 다른 후보자를 찾아 OA 그룹에 추천할 수도 있었다. 그런데 강서는 멈추지 않았다. 아니, 그러질 못했다. OA 그룹에서 서류 불합격 통보를 해준다면 모를까, 강서는 내리막길을 달리는 자전거에서 내려올 수가 없었다.

이준석은 1차 합격통보를 받았다. 임원 면접에서 높은 점수를 받았다고 했다. OA 그룹에서는 레퍼런스 체크*를 요청했다. 후보자의 학력 및 경력의 사실 유무는 기본, 업무 능력, 인간 관계, 조직 친화력 등을 검증하는 절차다.

강서는 이준석에게 합격 소식을 전하며 레퍼리**를 선정해 달라고 했다. 이준석이 전 직장의 직속 상관이었던 김수만 상무와 현 직장 후배인 나해리 대리의 연락처를 주며 말했다.

"나 대리는 첫 직장에서도 6개월 정도 같이 근무했었어요. 공교롭게도 이번 직장에서 또 만났지 뭡니까."

"첫 직장이라면, 발릭파판에서 근무하실 때죠?"

공교롭게도. 강서는 필연이라는 확신이 들었다. 여기까지 온이상 더더욱 자전거에서 내려올 수가 없다. 끝까지 달리는 수밖에.

김수만 씨와의 레퍼체크는 전화로 진행됐다. 그는 대화를 이어가기 힘들 정도로 단답형이었다. 그것까진 잘 모른다거나, 길게 드릴 말씀은 없다고 하면서도 이준석이 일은 잘한다고 강조했다. 팀워크에 관한 질문에는 무난했다고 답했다. 강서가 동료들과의 관계에서 문제는 없었는지 구체적으로 묻자, 이렇게 말했다.

"그건 뭐, 사생활까진 모르겠고요……."

---

* 레퍼런스 체크 (Reference Check, 채용 후보자의 평판 조회)
** 레퍼리 (Referee, 추천인)

며칠 후 카페에서 만난 나해리는 카톡 프사의 이쥰석과 비슷했다. 반짝거리는 악세사리로 온몸을 포장하고 강서 앞에 앉았다. 시크한 듯 무심한 척하고 있지만 거만해 보였고, 상대에게 스마트한 이미지를 주고 싶은 모양인데 건방에 가까웠다.

그녀는 김 상무와 달리 말이 길었는데 건질 만한 건 없었다. 찬사가 담긴 수식어가 과했다. 이준석이 일 잘하는 사람이라는 걸 고무줄처럼 길게 늘여 말했다. 강서가 어떤 식으로 잘하는지에 대한 구체적인 질문을 던지면 그냥이라고 답했다. '여기보다는 거기가 더 어울려요, 여기는 좁죠, 큰물로 갈 사람이죠'라는 말을 반복하면서.

강서는 알아차렸다. 나해리는 이준석이 이 회사를 떠나기를 원하고 있다는 걸.

"잘돼서 거기, OA라고 했죠? 꼭 가셨으면 좋겠어요."

축복이 아니었다. 등 떠밀고 싶은 심정이라는 게 확연히 느껴지는 말투였다.

"두 번이나 같은 직장에 근무하게 된 것도 인연이겠죠? 그래서 이준석 후보자께서 나해리 씨를 믿고 평판조회를 부탁하셨나 봐요."

강서의 말에 나해리는 떨떠름한 웃음을 지어 보였다.

"저 완전 깜놀했잖아요. 힘들게 입사했는데 나갈 수도 없고."

나해리는 앗차, 하는 표정이었다.

"아, 그게 제가 다른 회사도 합격했는데, 여기서 자꾸 잡아서⋯⋯. 그러니까⋯⋯."

나해리는 횡설수설했다. 연거푸 '음, 그러니까'만 터져 나왔고 이미 뱉은 말은 수습이 안 되고 더 꼬여만 갔다. 강서가 노트북을 덮자 그녀는 엉덩이를 들썩거리면서 물었다.

"저, 그만 가봐도 되죠?"

"바쁘실 텐데 시간 내주셔서 감사해요. 레퍼 체크는 끝났지만, 개인적으로 궁금한 게 있어요."

강서의 말에 나해리의 눈빛에 잠시 긴장이 스쳐갔다.

"혹시 앤이라는 여자를 아세요?"

나해리가 눈을 가늘게 뜨며 고개를 저었다.

"왜요? 그게 이준석 씨가 이직하는 거랑 무슨 상관이죠?"

모른다고 하지 않고 왜라고 되물었다는 건 그녀가 앤을 알고 있다는 뜻이다. 이직과의 관계성을 확인하는 건 이준석이 이직에 성공하기를 바라는데 그것이 틀어질 수도 있는 상황임을 직감했다는 뜻이다. 강서는 나해리가 어떤 대답이 이준석을 자기 삶의 반경 밖으로 밀어내는 데 일조할지를 계산하는 중이라고 확신했다. 그래서 강서는 부탁하지 않았다.

"상관없어요. 말씀드렸잖요, 개인적인 궁금증이라고."

오히려 위압적인 태도로 말했다.

이준석을 칭찬해주고 싶은 마음은 손톱만큼도 없지만 그의 부탁을 거절할 수는 없는 여자, 거절하지 못할 바에는 맞장구나 쳐주고 원하는 걸 얻겠다는 여자에게 강서는 당신이 원하는 방향으로 키를 돌릴 수 있는 건 나라고 알려주려고 했는데.

"당신 누군데?"

나해리가 불쾌한 표정으로 강서를 쏘아봤다.

"발릭파판에서, 앤을 만난 적 있어요?"

강서는 다시 질문했다.

"내가 대답해야 할 이유는 없잖아요?"

나해리는 백을 챙겨들고 황급히 카페를 나가버렸다.

잇몸이 욱신거렸다. 턱관절이 얼얼했다. 강서는 화장실로 가서 가글을 하고는 세면대의 거울 속 자신을 노려보았다. 난 앤의 동생이라고, 아는 대로 말해달라고 부탁을 했어야 했다. 판단 착오다. 절호의 기회를 날렸다는 생각에 속이 상했고, 통증은 더 심해졌다.

그때였다.

"깜짝놀랐잖아. 그 여자가 앤을 어떻게 알지? 앤? 내가 말 안 했냐? 이준석한테 임신 테스트기 들이댄 또라이년 있었다고. 아, 진짜 짜증 나. 그 쓰레기 같은 새끼랑 더는 엮이기 싫은데."

화장실의 맨 안쪽 칸의 문이 열리면서 나해리가 나왔다.

"미친 새끼가 앤하고 사귀면서 나한테 집적거렸다니까."

세면대 쪽으로 또각또각 하이힐을 옮기며 통화 중이던 나해리가 강서를 보고는 놀라 휴대폰을 떨어뜨렸다. 강서가 허리를 숙여 그녀의 휴대폰을 주웠다. 그리고는 그녀 앞에 영서의 사진이 담긴 자신의 휴대폰을 내밀었다.

"앤, 알죠?"

발치 수술은 금방 끝났다. 걱정했던 것만큼 아프진 않았다. 나해리가 영서의 사진을 보고 앤을 안다고 말했을 때처럼 무감각했다. 통증은 한참 후에 찾아왔다. 미치도록 아팠다. 이준석이 앤의 임신 사실을 알고는 MBA 핑계를 대고 싱가포르로 가버렸다는 나해리의 말을 곱씹을수록 아팠다. 이준석이 자신을 버렸다는 것을 알고는 앤도 배 속의 아이를 포기했을 거라고 생각했다는 나해리의 말에 아프고 또 아팠다.

'근데 당신은 앤하고 무슨 사이죠? 형제도 친구도 없다고 했는데.'

나해리의 말이 떠올라 강서는 울었다.

그럴 수도 있는 일이지만, 그러면 안 되는 일. 그런데도 일어나버린 일. 연우의 생물학적 친부는 이준석이다. 누군지 알고 싶었던 지난 6년이 차라리 좋았다. 언니가 만난 남자가 괜찮은 사람일 거라고 상상할 수 있던 시간이 차라리 좋았다. 연우의 아빠가 정말 좋은 사람이라고 경우의 수를 타진하고 시나리오를 쓸 때가 차라리 좋았다. 열흘 전으로 되돌아가고 싶어졌다.

이준석의 프로필에서 발릭파판을 보기 전으로, 이준석에게 포지션을 제안하기 전으로.

강서는 물 한 모금 삼킬 수 없었다. 일주일 가까이 열에 들떠 신음했다. 재영은 사랑니가 사람 잡는다며 진통제, 항염제, 해열제를 부지런히 날랐다. 운몽은 따듯한 죽을 들고 왔다가 식은 죽을 들고 나가기를 몇 번이고 반복했다.

***

정심 씨가 김 선생님과 화촉을 밝히기로 결심했다고 말했을 때, 강서는 기뻤다. 영서가 발릭파판에서 돌아와 엄마의 재혼을 함께 축복해주길 바라면서도 선뜻 연락하지 못했다. 언니도 나처럼 기뻐할까, 자문했고. 언니는 내가 기뻐하는 만큼의 깊이 이상으로 더 슬픔에 빠질 거라고 자답하느라 시간만 보냈다. 정심 씨의 청첩장을 메일에 첨부하는 순간까지 갈등했다.

의외였다. 늘 전화하는 사람은 강서였고 영서는 전화를 받기만 했는데 이번에는 역할이 바뀌었다. 강서는 평생 들어보지 못한 영서의 목소리를 들었다.

이거 실화야? 너 장난치는 거 아니지? 우리 엄마 능력자네! 김 선생님은 어떤 분이셔? 잘 생겼어? 착해? 엄마 행복하겠다!

영서는 밝은 목소리로 쉴 새 없이 묻고 또 물었다.

"언니, 엄마 결혼식 때 올 수 있지?"

"가고 싶어, 정말 가고 싶어. 근데……."

못 온다고 했다. 결국 못 온다는 말을 하려고 평소 영서답지 않은 하이톤으로 떠들어낸 건가. 강서는 힘이 쭉 빠졌다.

그래놓고 정심 씨의 결혼식 일주일 전, 영서에게서 인천공항에 도착했다는 전화가 왔다. 서프라이즈인가? 역시 영서답지 않았지만 강서는 기쁜 마음으로 공항으로 달려갔다. 영서는 만삭이었다.

"7개월인데 아가가 크대. 엄청 건강한가 봐."

영서가 환하게 웃었다.

강서는 웃어야 할지 울어야 할지 몰랐다.

영서는 아기 아빠에 대해서는 아무것도 묻지 말아달라며 먼저 선을 그었다. 그리고 엄마에게도 당분간은 말하지 않겠다고 했다. 신혼의 엄마에게 충격을 줄 순 없다고, 막 새아버지가 된 김 선생님에 대한 예의도 아니라고. 한 생명의 탄생이 충격이거나, 예의가 아닌 일이 되는 게 강서는 속상했다. 일을 이렇게 만든 영서가 가장 미웠지만, 언니는 임산부다. 왜냐고 묻지 말고, 왜 꼭 그래야 하냐고 따지지 말고 언니가 하자는 대로 하자.

영서는 청주의 미술 학원에 근무할 때 지내던 오피스텔의 위층을 얻어두었다고 했다.

"알잖아. 초록 대문집은 슬퍼."

강서는 영서를 차에 태우고 청주로 달렸다.

"엄마 신혼집은 어때? 가봤어?"

"그냥 아파트지 뭐."

"우리 아가 태어나면 데리고 가야지. 김 선생님이 우리 아가 예뻐해주실까? 아휴, 참. 나 뭐래니. 엄마 뒷목 잡을 걱정부터 해야지. 호호."

영서는 웃다가 미간을 찡그리며 심란해하다가 또 웃었다. 차창 밖을 보면서 눈물을 흘리기도 했고 불룩한 배를 쓰다듬으며 알 수 없는 말들을 낮게 소곤거리기도 했다. 웃다가 울다가 기분이 널뛰기한다고 했고, 임신하면 다 그런 거라고 했다. 걱정하는 강서에게.

"호르몬 장난질일 뿐이야."

영서는 대수롭지 않다는 듯 말하고는 또 웃었다.

영서의 오피스텔은 14층이었다. 넓은 통창으로 파란 하늘이 쏟아져 들어왔다. 영서는 전망이 좋다며 햇살처럼 웃었다.

"연우라고 지었어."

"연우? 왜?"

강서는 이름 속에 아빠에 대한 단서가 있을까 생각에 잠겼다.

"그냥 연우야."

"배 속에선 엄청 크다더니, 쪼그맣네. 귀여운 녀석."

35주 4일 만에 2.9Kg으로 태어난 연우가 신기했다. 그리고 미안했다. 귀한 널 근심거리로 여겨서 미안. 앞으로 이모가 잘 할게, 하고 속삭여주었다.

영서가 산후 조리원에서 나오던 날, 강서는 14층의 집으로 데려다주었다. 산후 도우미 아주머니께 이런저런 부탁의 말을 전하고 연락처를 주고받았다. 영서에게 자주 오겠다고 했지만 그러질 못했다. 주니어에서 시니어 컨설턴트로 진급하던 시기라 신경 써야 할 일도 많았고 경제적으로도 복잡했다. 초록 대문집을 팔고 언니와 조카와 함께 살 작은 집을 장만해야겠다, 아직 변제하지 못한 대출금 부담은 줄어들겠지만 아이 하나 키우려면 기둥 뿌리 뽑힌다는데 어쩌나, 새살림을 시작한 엄마한테 손 벌릴 수도 없고, 부지런히 일해 버는 수밖에.

강서는 신생아실의 투명한 요람에 누워 있던 감자처럼 울퉁불퉁한 아가 얼굴을 떠올리며 더 열심히 일했다.

연우 잘 있지? 모유 잘 먹어? 이번 주에 갈게 언니. 미안, 다음 주엔 꼭 갈게. 매번 같은 내용의 통화를 반복했다. 영서의 목소리는 늘 밝았다. 연우가 하루에 몇 시간을 자고 똥을 몇 번 쌌는지를 전해주었다. 트림을 시키려 했더니 방귀만 뿡뿡거리더라며 웃었다.

영서가 14층에서 뛰어내렸다는 소식을 전해들은 건 한 달 후였다.

***

"왜 그래요?"

운몽이 놀라 물었다. 강서는 침대 아래에 주저앉아 울고 있었다.

"사랑니 하나 뽑았다고 이렇게까지 아플 수 있나? 뽑은 지 삼 주나 지났는데 아직도 아픈 게 말이 돼?"

운몽이 강서를 안아 일으키려고 하자, 강서는 운몽 품으로 쏟아져버렸다.

"괜찮아요? 큰 병원 가보자, 얼른요."

"나는, 나는…… 괜찮냐고 묻지 않았어."

강서가 느닷없이 오열하기 시작했다.

으응? 뭘 안 했다고? 운몽은 당황스러웠다. 무슨 영문인지 도통 모르겠다.

"애처럼 울긴, 연우가 보면 어쩔라고 이럴까. 119 불러야겠네."

강서는 고개를 저으며 엉엉 울기만 했다. 운몽은 자신은 사랑니가 나더라도 절대 뽑지 않겠다는 엉뚱한 생각을 하며 강서의 등을 천천히 토닥였다.

그때 방문이 열리며 재영이 들어섰다. 운몽은 저도 모르게 두 손을 번쩍 들었다.

"죄지었냐? 꺼져."

운몽은 총 든 형사 앞의 범죄자처럼 뒷걸음질하며 강서의 방을 나왔다.

불쑥 화가 치밀었다. 방금 전까지 강서를 토닥이던 두 손은 불순물이 조금도 섞이지 않은 나이팅게일과도 같은 순수한 공감과 의료의 손길이었는데! 강서의 방문을 노려보며 운몽은 속으로 외쳤다.

"찐따를 만난 거야?"

방 안에서 재영의 목소리가 들려왔다.

찐따? 운몽은 방 문짝에 귀를 갖다 댔지만 그후로는 아무 소리도 들리지 않았다. 한참이 지나고.

"찐따는 연우가 태어난 줄도 모른단 얘기잖아. 제 딸이 있는 줄도 모르고 혼자 잘 먹고 잘 살았단 거잖아. 너 이제 어떡할 거야?"

연우 아빠? 운몽의 심장에 시동이 걸리기 시작했지만 또 아무 소리도 들리지 않았다.

운몽은 방문에 들러붙어 오감을 청각에만 몰빵 했다. 최대치로 끌어올린 운몽의 청력이 수집한 내용은 다음과 같다.

재영은 이준석을 직접 만나 담판을 짓겠다고 했고, 강서는 말렸다. 재영은 내가 이러려고 복싱을 한 거였다며 주먹이 운다고 했고, 강서는 또 말렸다. 강서는 모르겠다만 연발하다가 연우를 잘 키우고 싶은 생각밖에 없다며 흐느꼈다. 재영은 운다고 달라질 일은 없다고 했고, 강서는 연우를 잘 키우는 일이 삶의 목표라며 더 서럽게 흐느꼈다. 재영은 정신 똑바로 차리고 빨리 결혼해서 연우 아빠를 만들어줘야 한다며 목소리를 높였다.

미쳤어? 운몽이 포크레인으로 돌변해 방문을 부수고 쳐들어갈 뻔한 순간에 브레이크가 걸렸다. 오랜만에 찾아온 녀석, 요의.

운몽이 화장실에 간 사이에 강서의 방 안에서는.

"선물이라고 생각해."

재영이 말했다.

"연우 처음 안고 네가 뭐랬는지 기억나? 영서가 준 마지막 선물이라고 했어."

강서가 고개를 끄덕였다.

"근데, 진짜 마지막 선물은 이거였던 거지. 네가 연우 아빠는 어떤 사람일까 집착하고, 연우 크면 뭐라고 말해줘야 할지 걱정하니까 영서가 정지선을 그어준 거라고."

"정지선?"

"쓸데없는 생각은 멈추라고. 알았으니 멈추라고. 딱 여기까지만 하라고."

재영은 연우의 아빠가 누군지 알았다고 해서 바뀔 건 아무것도 없다고. 강서 네가 연우의 엄마고, 연우가 네 딸이라고. 그러니 아파할 일도, 울 일도 없다며 강서를 꼭 안아주었다.

"있잖아, 강서야. 말도 안 되는 불가능한 확률로 인생의 답을 얻기도 하잖냐. 지금이 그래."

재영의 말을, 방금 화장실에서 돌아온 운몽이 들었다.

답을 얻었다니, 어떤 답일까? 설마, 연우를 잘 키우기 위해서 강서가 찐따와 재혼을 해야 한다는 결론을 내린 건 아니겠지? 안 돼, 그딴 올드하고 고리타분한 생각은 버려! 막장 드라마에 나오는 주인공 엄마 같은 대사에 휘둘리면 안 된다고! 아빠가 꼭 있어야 아이가 잘 크는 거 아니라고!

운몽이 방 문손잡이를 돌리려고 하는 순간, 안에서 문이 열렸다.

"너 계속 여기 서 있었어?"

재영이 눈을 가늘게 뜨고 물었다.

"아니, 냉동실에 양념 쭈꾸미 있길래, 먹을래? 파 송송 깨 살짝?"

운몽이 어깨를 으쓱하며 둘러댔다.

"소주도!"

안에서 울음기 가신 강서의 목소리가 들려왔다.

잠시 후, 두 여자는 감탄하며 쭈꾸미 볶음을 먹어치웠다. 운몽은 오랜만에 존재의 희열을 느낄 수 있었다. 희열은 짧았다. 아무 일도 없었다는 듯 쭈꾸미를 씹는 두 여자 앞에서 운몽은 캄캄한 앞날에 대한 고민에 휩싸였다. 연우 아빠라는 찐따 자식이 몰고 올 파장, 즉 운몽의 안락한 삶과 숭고한 사랑에 끼칠 부정적 영향과 강서를 울리고 연우를 혼란스럽게 할 그 자식을 초록 대문집 근처에 얼씬도 못 하게 할 방법 등등이 혼란스럽게 엉켰다.

부정적 영향은 명약관화한데 해결 방법은 오리무중이었다. 두 여자가 소주 두 병을 비우고 각자의 방으로 돌아간 후에도 운몽은 한참이나 그 자리에 앉아 있었다.

**

이제 됐다는 건 말뿐이었다. 강서와 재영은 인간말종 이준석에 대한 분노를 도저히 다스릴 수가 없었다. 강서는 김수만 씨에게 레퍼체크를 보완해야 한다고 설득해 직접 만났다. 김수만 씨는 자기가 말했다는 것을 철저히 비밀에 부칠 것을 이중삼중으로 확인하고는 이준석에 대해 털어놓기 시작했다.

이준석의 팀원이었던 윤모 씨는 김수만 씨에게 부서 이동을 요청하면서 그에게서 두 차례 성추행을 당했다고 말했다. 이준석이 회식 자리에서 그녀의 어깨와 허벅지를 만졌고 윤모 씨는 하지 말라는 거부 의사를 밝혔지만 그의 나쁜 손은 멈추지 않았다고 했다.

김수만 씨는 당시 회식 자리에서 윤모 씨와 가장 가까운 자리에 있던 동료 한모 씨에게 사실을 확인했다. 한모 씨는 윤모 씨가 하지 말라는 말을 하지 않았고, 이준석의 행동은 스스럼없는 친근감의 표현이라고 봐야 적당하다고 했다. 윤모 씨는 그 판단을 왜 한모 씨가 하냐며 울먹이더니 퇴사를 하겠다고 했다. 김수만 씨는 직장 내 괴롭힘 금지법이 있으니 적극적으로 대처해보자고 했지만 윤모 씨는 원망스러운 눈빛으로 돌아섰고 그 길로 퇴사를 해버렸다.

이준석은 오히려 무고를 당한 피해자처럼 굴었고 위로와 동정까지 받으며 회사를 잘만 다녔다.

"계속 찜찜했어요. 사실, 이런 일 생기면 골치 아프잖아요. 그 여직원이 퇴사했을 때 차라리 다행이다 싶었죠. 그땐 다행이라고 생각했던 게 지금에 와선 많이 후회돼요."

김수만 씨는 윤모 씨에게 적극적으로 대처해보자고 말만 했지 무얼 어떻게 할지는 자신도 별생각이 없었다고 했다.

"귀찮기도 했죠. 시시비비 가리기 어려운 민감한 문제잖아요. 상사니까 매뉴얼대로 응대했지만 그게 다였어요. 제가 너무 무책임했어요."

김수만 씨를 만나고 돌아온 강서는 레퍼리 보고서에 전 직장에서 사생활 이슈가 있었다는 내용을 추가했지만 어떤 힘도 발휘하진 못했다. 강서는 이준석이 원하는 조건과 위치로 올라가는 데에 꽃길 안내자가 되고 싶진 않았는데 OA 인재개발실에서 오퍼레이터가 왔고 이준석은 이직에 성공했다. 담당자는 이준석의 업무 능력만을 보기로 했다며 채용에 사적 영역은 중요하게 작용하지 않았다고 했다. 강서는 다른 루트의 레퍼체크를 통해서 더 알아보고 신중하게 결정하시는 게 좋지 않겠냐고 말했지만, 법적인 하자가 있는 건 아니라 괜찮다는 그들의 생각은 바뀌지 않았다.

강서의 말을 들은 재영은 이제 자신에게 바통을 넘기라고 했다. 파이트 클럽에서 갈고닦은 주먹이 꽂힐 곳이 분명해졌다며 격분하더니 다음 날 이상한 가면을 사 왔다.

"이거 쓰고 어디 조용한 뒷골목에서 쥐도 새도 모르게 패 줄 거야!"

"너 미쳤니?"

"너 웃으니까 좋다. 너 웃는 거 보니까 나 진짜 좋다!"

재영은 가면을 쓰고 허공을 향해 펀치를 날리며 춤을 춰댔다.

웬 소란인가 싶어 올라온 운몽은 복면쌈닭이 된 재영을 보고는 기겁하며 뒷걸음질로 계단을 내려가다 구르고 말았다. 절뚝거리며 1층 거실로 내려온 운몽은 접지른 발목을 붙들고 대체 두 여자가 왜 저러는지, 나는 왜 계단에서 굴러야 했는지를 물었다.

"불가능한 확률로 얻은 인생의 답이 대체 뭔데!"

혼자 외쳤는데.

"죽어라 안 풀리던 수학 문제가 하나 있었어. 풀어도 그만, 못 풀어도 그만인 거. 근데, 우린 꼭 그런 문제에 집착하곤 하잖아? 당락을 결정할 비중 있는 문제도 아니고, 인생 사는 데 하등 도움도 안 되는, 출제자들이 쓸데없이 꼬아놓은 별 거지 같은 문제들인데도 말야. 아무튼 그런 문제의 답을 알게 된 것 뿐이야. 그런 거라고."

언제 왔는지 재영이 한방 파스를 내밀며 알 수 없는 말을 지껄였다.

"그러니까, 그런 게 뭔데?"

"강서한테 들어."

"아, 그냥 누나가 말해!"

"그럴까, 그럼."

잠시 갈등하던 재영은 순순히 소파에 앉았다. 그리고 언니 영서의 죽음으로 강서가 연우의 엄마가 된 사연을 전부 얘기해 주었다. 운몽은 이준석이 강서의 전남편이 아니란 사실에 안도하고, 이준석이 연우의 생물학적 친부란 사실에 비분강개하고, 영서의 죽음에 안타까워하느라 감정이 요동을 쳤다. 롤러코스터를 타고 내린 직후의 멍함에 젖어 있는데.

"이 이야기의 핵심이 뭐겠냐?"

재영이 국어 시간에나 들을 법한 질문을 던졌다.

"강서 누나가 연우 이모란 거?"

퍽! 재영의 주먹이 운몽의 오른뺨에 꽂혔다. 정확히 말하면 교근. 어금니 꽉 물면 움직이는 바로 그 근육, 깨물근이라고도 불리는 근육에 꽂혔다.

"하으, 쓰바……."

보통 그쪽 세계에서는 '어금니 꽉 물어라!'라고 선 경고를 준 후에 주먹을 날리던데 매너 꽝이다, 구재영!

"뭐 이 새끼야? 억울해? 말을 그따위로 하고선 뭘 바란 거야? 상이라도 주랴?"

"그럼 뭔데!"

"강서가 연우 엄마란 사실은 변하지 않는다는 거야. 이모 소리 한 번만 더 해. 아주 그냥!"

재영이 주먹을 쓰다듬으며 운몽을 노려봤다.

아! 뒤늦게 깨달음을 얻은 운몽은 곧 자세를 낮췄다. 그건 그거고. 운몽은 따져야 할 게 있었다.

"강서 누나가 꼭 결혼 해야 돼? 아니, 언젠가 결혼은 하겠지만. 아니, 안 할 수도 있지. 아무튼, 연우 아빠를 만들어주기 위한 결혼은 말이 안 되지 않나? 사랑하는 반려자를 만나는 게 결혼 아니야? 어떻게 그런 구시대적인 발상을 할 수 있지?"

운몽은 강서의 방 앞에서 엿들은 재영의 말을 되돌려주며 열변을 토했다. 편부든 편모든 조부든 이모든 고모든 삼촌이든, 기타 피붙이가 아니라도 유사 가족의 형태로 얼마든지 사랑으로 아이를 키울 수 있으며 그것이 가장 중요한 어른의 역할이라며 목소리를 높였다.

한참을 핏대를 세우다 불현듯 뻘쭘해졌다. 재영이 말을 끊지 않고 가만히 듣고만 있는 것이 아닌가. 왜지? 주먹 날릴 타이밍을 보고 있는 것일까. 운몽은 일단 소파에서 일어났다. 왼뺨마저 내주고 싶진 않았다.

"그러게. 난 강서는 결혼을 했으면 좋겠다고 생각했어. 많이 외로운 애니까. 근데 자기 짝 찾으라고 하면 평생 안 찾을 애거든. 연우 아빠 찾으라고 하면 그건 눈에 불을 켜고 찾을 거라서."

재영은 운몽을 보며 이렇게 덧붙였다.

"연우를 잘 알고 좋아하고, 연우도 좋아하는 그런 남자. 어른을."

그러고는 당최 해석할 수 없는 이상하고 묘한 미소를 입가에 걸고는 사라져버렸다.

아, 두 볼이 달아오른다. 빨갛게 불타버릴 것 같다. 맞아서 그래. 얼얼하잖아. 오른뺨은 맞았다 쳐, 왼뺨은 왜 타오르지? 아무도 모를 줄 알았는데, 구재영이 알고 있었던 거야? 언제 들

킨 거지? 운몽은 심장이 얼얼했다. 곧 온몸이, 뼈마디 구석구
석까지 얼얼해지더니 운몽의 뇌가 멈춰버렸다. 아무 생각도
할 수가 없었다.

9
커튼콜

당신이 불행해 보여 다행입니다.

꽃다발과 함께 온 카드의 메시지를 읽는 이준석의 눈에 불꽃이 튀었다. '누가 보낸 거지'에서 시작한 의문이 '내가 불행한가'에 도달하고 나서의 심적 고통은 이루 말할 수가 없었다. 정말 불행한 것만 같았기 때문이었다. 그리고 그게 누군가에게 다행이라니 참을 수가 없었다.

이준석이 동료들과 즐겁게 점심 식사를 마치고 사무실로 돌아왔을 때 책상에는 안개꽃다발이 놓여 있었다. 꽃다발은 이준석의 상체를 다 가리고도 남을 정도의 크기였다. 보통의 꽃다발과는 차원이 다른 거대한 꽃다발에 사람들은 놀라워하면서 생일이냐, 프로포즈 받은 거냐, 집안 경사라도 있냐 등의 질문을 쏟아냈다.

"아무 일도 없는데. 배달 사고인가?"

이준석은 갸웃하면서 꽃다발에 걸린 카드 봉투의 수취인을 확인했다. '이준석 님께'라고 쓰여진 출력스티커가 붙어 있었다. 메시지 카드에도 적힌 문구도 손글씨가 아니라 함초롬 바탕체로 쓰여진 출력물을 오려 붙인 거였다.

뭐래요? 누구예요? 사랑한대요? 결혼하재요? 사람들은 궁금해하며 또 한 바가지의 질문을 쏟아냈고. 이준석은 '어, 아뇨, 뭐……'를 반복하며 꿈틀거리는 불안을 짓눌렀다.

꽃다발에 대한 사람들의 관심이 시들해지고 몰려드는 오후의 졸음에 무기력해질 무렵, 이준석은 조용히 1층 로비로 내려가 건물 경비원에게 꽃다발 배달원에 대해 물었다. 경비원은 검은 점퍼를 입고 검은 헬멧을 쓴 남자라고 말해주었다. 꽃다발에 가려져 보이는 것도 없었으며 목소리도 듣지 못했다고 했다. 목장갑을 낀 손으로 이준석의 명함을 내밀길래 4층 사무실을 안내해줬다는 게 전부였다.

이준석은 지하의 관리사무실로 내려갔다. 잘못 배달 온 물건이 있어서 CCTV를 확인하고 싶다는 그의 말에 관리실 직원이 보여준 녹화 영상에서 빌딩 출입구와 사무실 앞에서 찍힌 배달원의 모습을 확인할 수 있었다. 경비원의 말대로 머리부터 발끝까지 온통 검정인 블랙맨이 하얀 목장갑을 낀 손으로 하얀 꽃다발을 안고 걷는 모습이 다였다.

"이렇게 커다란 꽃다발을 어디서부터 들고 온 걸까요?"

관리실 직원은 의아해했다.

"바로 앞에 주차할 데가 없는 것도 아닌데 이 큰 걸 끙끙거리면서 쩌어기서부터 들고 오잖아요."

수상했다. 그리고 난감했다. 오토바이든 차량이든 빌딩 앞에 주차했을 거라고 생각했고, 꽃다발 업체를 확인할 수 있을 거라고 생각했고, 누가 꽃배달을 주문했는지 알아낼 수 있을 거라고 생각했는데 말이다.

"혹시 꽃다발 안에 뭐 이상한 거라도 있었어요?"

이준석이 대답하지 않았음에도 관리실 직원은 그의 표정에서 낌새를 챘는지 말을 이어갔다.

"경찰에 신고하면 인근 CCTV 다 볼 수 있을 텐데."

"아니요. 제 것도 아닌데 그냥 버리면 되죠, 뭘."

이준석은 애써 대수롭지 않은 표정을 지어 보이고는 관리사무소를 나왔다.

'너 누구냐! 전혀 불행하지 않은 나를, 불행하다고 단정 지은 놈!'

이준석은 모두 퇴근한 빈 사무실에 앉아 안개꽃다발을 노려보며 생각에 잠겼다.

어디선가 나를 지켜보고 있는 놈, 나를 시기 질투하는 놈들을 헤아려보자니 그런 놈이 너무 많았다. 회사를 옮긴 지는 겨우 한 달이었지만 이 회사로 옮긴 걸 아는 사람은 너무도 많았기에 누구 하나를 특정할 수 없었다. SNS에 얼마나 자랑질을 해댔던가. 후회가 밀려왔다. 썰물처럼 후회가 빠져나간 자리에는 수많은 용의자들이 밀물처럼 밀려들었다.

이준석의 생애에 길게 엮였건 짧게 스쳤건 그가 아는 모두가 용의자가 됐다가 곧 용의선상에서 빠져나갔다. 도무지 모르겠다. 이준석은 다시 꽃다발을 노려보았다. 노려본들 안개꽃. 이준석은 더더 깊은 안개 속에서 헤맬 뿐이었다.

휴대폰이 진동했지만 받지 않았다. 메시지가 폭주했지만 확인하지 않았다. 금요일 밤, 강남 클럽에서 광란의 파티가 예정된 시각이 지나고 있었지만 이준석은 전자발찌라도 찬 범죄자처럼 움츠러들어 사무실 밖을 벗어나지 못하고 끙끙거려야 했다.

***

운몽은 고민했다. 이준석을 응징하고 싶었지만 방법은 많지 않았다. 속 시원하게 패주자니 운몽의 주먹은 연약했다. 근육 자랑으로 도배한 SNS 사진으로 볼 때, 운몽이 더 많이 맞을 공산이 컸다. 패놓고 도망치자니 운몽의 발은 느렸다. 단박에 잡힐 것이다. 합의금 줄 돈도 없고, 전과를 남길 수도 없으니 폭력은 지양해야 마땅했다. 그렇다면 할 수 있는 게 무엇이겠는가! 운몽은 평화롭게, 그러나 잔인하게 응징할 방법을 마침내 찾아낸 것이다.

'당신이 불행해보여 다행입니다'라는 문장을 끄적여놓고서 운몽은 비로소 은밀하고 위대한 응징의 첫 단추를 뀄 기쁨에 들떴다. 지금 불행하지 않더라도 당신은 곧 불행해질 것이라는 저주이자, 그런 당신의 불행을 지켜보고 있다는 경고를 참으로 야무지게 표현하지 않았는가. 게다가 윽박지르지도 않고 예의 바르기까지 하다. '다행입니다'라니.

그나저나 이 완벽한 메시지를 어떻게 전달하지? 실행에 제동이 걸린 운몽은 편의점 파라솔 의자에 앉아 바나나 우유를 마시면서 골똘해졌다. 쉴 새 없이 골목을 오고 가는 오토바이를 보면서 운몽은 대한민국이 배달의 나라라는 것에 새삼 감사했다.

운몽은 이준석에게 꽃다발을 배달하기로 했다. 마음 같아서는 빅 엿을 사서 어마어마한 상자에 넣어 주고 싶었지만 빅 엿에 맛이 간 이준석이 운몽이 전하고자 하는 메시지는 소홀히할 우려가 있었다. 운몽은 거금을 들여 안개꽃을 샀다. 그리고 정신병원에 입원한 우찬희가 중고 마켓에 올려달라고 부탁했지만 아직 구매자가 나타나지 않아 초록 대문집 담벼락에 세

워둔 오토바이의 시동을 걸었다.

이준석의 회사로부터 두 블록 떨어진 곳에 오토바이를 세워 두고 꽃다발을 들고 가는 운몽의 얼굴에는 만감이 서렸다. 제일 먼저 솟아오른 느낌은 그 누구도 부여하지 않은 책임감이었다. 강서를, 연우를 지키고 싶었다. 왜냐고 묻는다면 초록 대문집의 동거인으로서의 의무라고 답할 수 있겠다. 웃기는 일이긴 했지만 운몽은 아무도 시키지 않은 일을 하면서 책임에 의무를 다하고 있다는 안도감을 느꼈다. 나아가 소속감도 느껴졌다. 그럴 리 없겠지만 강서와 연우라는 울타리가 자신을 둘러싸고 응원해주는 것만 같아 내심 뿌듯하기도 했다. 연우의 생물학적 친부가 누군지 안다는 것의 후폭풍은 강서만의 것이 아닐 수도 있다. 미래의 연우에게 어떤 식으로든 영향을 미칠 수 있는데 그걸 연우가 감당해야 할 이유는 없다. 까닭에 분노도 응징도 인정도 수긍도 할 수 없어 무력했던 강서를 위해 뭔가를 시도할 수 있어서라고, 운몽은 생각했다. 결과적으로는 하나 마나 한 일이 될지라도 결행했다는 자체에 의미를 두니 벅차오르기까지 했다.

그리고 설렜다. 무대에 오르기 전, 백스테이지에서의 긴장과 설렘이라고나 할까. 꽃다발을 두고 나오는 게 전부다. 대사한 줄 없이 등장했다가 바로 사라지는 배역이다. 그러나 파장은 클 것이다. 의도한 대로 이준석이 불안에 찌들어 지난 삶을 떠올리면서 숱하게 저질렀을 과오를 반성할지, 카드를 찢어버리고 침을 뱉을지는 알 수 없는 일이지만 아주 작은 균열이라도 생길 것이다. 아님 말고. 이준석의 변화는 그놈 몫이니까.

정말 중요한 건 자신의 변화와 성장인데, 운몽은 지금 그걸 느끼고 있었다. 이 연극이 끝나고 나면 운몽은 무한 커튼콜을 받을 수 있을 것만 같았다. 운몽 자신이 운몽에게 환호와 박수를 보내고 인생의 무대 위로 끊임없이 스스로를 불러낼 것이다. 그것이 어떤 무대라도 운몽은 자신 있었다.

***

아침부터 운몽은 달팽이 김밥을 싸느라 정신이 없었다. 아쿠아리움 견학을 앞두고 어젯밤 연우가 달팽이 김밥을 주문했다. 대체 그런 듣도 보도 못한 김밥은 뭔가. 난감해하는 운몽에게 연우는 친구 엄마들은 곰돌이 김밥, 미니언즈 김밥, 니모 김밥 등을 다 만들어준다고 했다. 대체 요즘 엄마들은 못하는 게 뭔가. 더 난감해하는 운몽을 보며 연우는 입술을 삐죽거렸다. 여차하면 정심 씨를 소환할 조짐이 보였다.

"알았어! 삼촌이 열심히 만들어볼게!"

운몽은 호언장담하고는 폭풍 검색을 했다. 다행히 난이도가 그리 높은 편은 아니었다.

그런데 이게 무슨 일? 운몽은 늦잠을 자고 말았다!

운몽은 놀라운 속도로 밥에 참기름과 소금 간을 하고, 김 위에 올려 햄 말이와 치즈 말이를 올리고 그 위에 또 밥을 올려 돌돌돌 말아냈다. 달팽이 김밥이다 보니 가장 중요한 건 달팽이의 깜찍하고 땡그란 눈일 터. 뒤늦게 부엌으로 온 강서가 뭐라도 돕겠다고 해서 슬라이스 치즈에 빨대를 콕 찍어 동그란 모양의 흰자를 만드는 단순 작업을 요청했다. 그리고 운몽은 그보다 작은 크기로 김밥을 잘라 검은자를 만들었다. 그런데 그게 뭐 어려운 일이라고, 강서가 찍어낸 걸로는 달팽이 눈의 흰자로 쓸만한 게 하나도 없었다.

"그냥 출근해요!"

"아냐, 내가 할게."

그러고는 운몽이 애써 모양을 잡아놓은 달팽이 몸통에 하얀 치즈를 짓이겨놓는 것이 아닌가.

안 도와주는 게 도와주는 거라며 운몽은 강서의 등을 떠밀었고, 강서는 밀려나지 않으려고 버텼다. 옥상에서 누룽지를 씹으면서 내려온 재영은 달팽이 눈알 하나를 제대로 못만들고 옥신각신하는 둘의 모습을 보고는 씨익 웃더니 운몽이 썰어놓은 김밥을 입에 쏘옥 넣었다. 하필, 가장 예쁘게 말아놓은 김밥을 먹다니! 운몽은 울화가 치밀었다.

"다 꺼져! 아무도 내 부엌에 들어오지 마!"

영역을 침범당한 짐승처럼 그르렁거리는 운몽에 다소 당황 스러움을 느낀 강서와 재영이 서둘러 자리를 피했다. 두 여자 가 없는 부엌에서 운몽은 비로소 평정을 되찾고 가볍게 손을 놀려 달팽이 김밥을 완성할 수 있었다.

연우는 '삼촌 짱!'을 외쳐주고 아쿠아리움으로 떠났다. 강서 는 앞머리에 구루프를 단 채로 출근했다. 재영은 누룽지를 씹 으며 옥상으로 올라갔다. 난장판이 된 부엌을 후다닥 치우고 나서 운몽은 라떼 한 잔의 여유를 만끽했다. 아침이 분주했던 탓인지 잠깐의 여유가 더 값지게 느껴졌다.

오전 아홉 시, 장금이 여사에게 안부 메시지를 보내야 할 시 간이다. 운몽은 사랑스러운 아들이 되겠다는 다짐을 매일같이 실천하는 중이다. 처음엔 안부 전화를 드렸다. 장금이 여사는 받지 않았다. 그래서 문자를 보내기 시작했다. 엄마, 뭐 해? 잘 지내시죠? 밥은 잘 챙겨 드시나요? 따위의 안부가 반복됐다. 지겹다고, 맨날 같은 소릴 영양가 없이 할 거면 집어치우라는 매몰찬 답이 온 건 열흘쯤 지난 후였다.

백번 공감한다. 보내는 운몽도 지겨웠으니까. 그러나 아무리 머리를 쥐어짜봐도 서른 살 아들이 유선상으로 모친과 주고받 을 이야깃거리는 그리 많지 않으니 어쩌겠나. 답이 없으면 없 는 대로 운몽은 꾸준히 안부를 여쭈었고, 어느 아침 전화가 걸 려 왔다. 장금이 여사는 퉁명스럽게 운전 중이니 신경 거슬리게 자꾸 문자 보내지 말라고 했다. 그녀는 삼십 년 동안 운전대를 잡지 않은 관록의 장롱면허 소지자였다.

엄마가 운전을? 왜? 차는 또 언제 샀대? 아침부터 어딜 가는데? 운몽이 질문을 퍼부었고 장금이 여사는 더 퉁명스러운 목소리로 이렇게 말했다.

"내 맘대로 되는 게 하나도 없다. 자식새끼 낳아 금이야 옥이야 키워놓으면 뭐 하는데? 지들 맘대론데. 내가 오른쪽으로 돌리면 오른쪽으로 가고, 내가 왼쪽으로 돌리면 왼쪽으로 가는 건 이 운전대밖에 없다!"

매일 운전대를 이리 돌리고 저리 돌리면서 장금이 여사는 자식이란 존재, 그로 인해 파생되는 희로애락의 총체를 옛말에서 찾아 위안 삼았다. 다 품 안의 자식이고, 자식 농사가 가장 어려운 일이며, 자식 이기는 부모 없고, 자식 겉만 낳지 속은 못 낳는 것이니 결국은 무자식이 상팔자라는 불변의 진리를 씹고 또 씹었다.

씹는다고 운몽에 대한 배신감이 사그라드는 것은 아니었지만 지나온 삶에 대한 억울함은 조금씩 가라앉았다. 왜? 나만 그런 게 아니니까. 자식이 뜻대로 안 된다는 건 보편적 인류의 공통된 경험인 것이다. 그러니 억울할 것도, 미련을 가질 것도 없다는 체념이 가슴 밑바닥에 넓게 자리 잡았다.

장금이 여사의 운전은 운몽으로 하여금 안부 문자의 다양화를 촉발시켰다. 오늘 드라이브는 어땠는지, 운전 중 애로사항은 없는지, 필요한 운전 용품은 없는지에 대해 물을 수 있었으니까. 여전히 그녀에게서 답은 없었지만 운몽은 운전대를 돌리며 울분을 승화시킬 모친을 위해 꽃무늬 운전 장갑과 자외선 차단용 토시와 졸음 방지 껌과 '오늘도 안전 운전!'이라고 쓰여진 차량용 스티커를 사서 강릉으로 보냈다.

이렇게 조금씩 저변을 확대해가다 보면 장금이 여사의 한랭전선이 무너지는 날이 곧 올 것이라 기대해 마지않으며.

오전의 햇살을 좀 더 알차게 즐기고 싶은 마음에 운몽은 옥상으로 올라갔다. 재영이 이른 월동 준비를 하며 화분들을 옥탑방 안으로 들여놓고 있었다.

"너희들 덕분에 내 방은 사시사철 봄이로구나!"

재영이 손에 흙을 털며 웃었다. 최근 한 달 사이에 본 재영의 미소는 운몽이 지난 삼십 년 동안 봤던 것보다 훨씬 더 많은 횟수를 자랑한다. 재영이 아무 때나, 수시로, 맥락 없이 미소를 걸고 다녀서 연우는 미소 이모라고 부르다가 미소 천사라고 불러주기까지 했다.

운몽은 생각한다. 무엇이 재영을 미소 짓게 한 것일까. 아무래도 퇴사가 가장 결정적인 공헌을 한 듯싶다. 백약이 무효하던 옥탑방 빌런을 일평생 근접할 수 없을 거라고 여겼던 미소

천사의 반열에 올려준 것은 퇴사, 그로 인한 감사인 것이다.

그러고 보니 재영이 요즘 자주 쓰는 말은 '덕분에'였다. 감사의 실천을 위해 '때문에'를 '덕분에'로 바꿔봤다는 재영. 그녀는 작은 언어 습관의 변화로 새 삶을 얻은 것 같다며 구원받은 표정을 짓지 않았던가.

우찬희가 떠올랐다. 지금의 운몽은 우찬희 때문에, 이루어진 결과물이다. 운몽이 생각지도 못했던 인생 무대에 오르게 된 출발점은 우찬희의 횡령과 도주였으니까.

초록 대문집에 입성해 네 번째 계절을 맞이하는 동안 운몽은 숨겨져 있던 주부 재능을 대방출하며 삶의 희열을 맛보았다. 반딧불이맘들과 순자와 순자 아빠를 알게 됐고 소중한 인연을 이어갈 수 있게 됐다. 팔리지 않는 책이지만 출간 작가가 되었다. 진실의 석고대죄를 통해 무거운 외투를 벗었다. 그리고 세상에서 가장 사랑스러운 연우와 강서를 한 지붕 아래서 아침저녁으로 얼굴 맞대고 살 수 있게 되지 않았는가.

그러니 우찬희 덕분이라고 해야 마땅할 것이다. 어쩌면 환골탈태한 것은 초록 대문집이 아니라, 운몽 자신이란 생각에 감사의 마음이 절로 솟구친다. 우찬희 덕분에 청년 주부라는 명함을 갖게 되고, 우찬희 덕분에 주부의 일상을 체험하며 그 숭고한 가치를 깨달을 수 있었다. 운몽에게 확실하게 장착된 주부의 눈, 주부의 손, 주부의 마음은 앞으로 운몽 앞에 펼쳐질 무수한 선택의 순간들마다 지침이 되어줄 것이다. 그러니 얼마나 감사한 일인가. 아! 우찬희의 오토바이를 빨리 팔고 초코파이를 사가지고 면회를 가야겠다.

형, 고마워.

운몽은 허공에 대고 작게 옹알거려본다.

옥상에서 내려온 운몽은 도서관에 갈 준비를 하고 방을 나섰다. 양말을 신으려고 잠시 소파에 엉덩이를 걸쳤는데 엉덩이가 TV 리모컨을 눌러버렸다. TV 홈쇼핑 채널이 켜졌고, 사골 곰탕을 팔고 있었다. 대형 가마솥에서 신선한 국내산 사골과 뼈만을 엄선해 열두 시간 이상 푹 고아 우려낸 후 급냉한 곰탕에 갈비탕까지 추가 구성했다고 쇼호스트가 목청을 높였다. 살까 말까 고민이 깊어졌다. 그때 TV 화면 하단에 홈쇼핑 신입 PD를 모집한다는 자막이 흘러갔다.

운몽은 방으로 돌아가 노트북을 펼쳤다. 이력서를 쓰기 시작했다. 이력이라고 할 게 별로 없었기에 술술 써졌다. 출간 경력으로 한 줄이라도 더 채울 수 있어서 그나마 다행이었다. 자기소개서는 예전에 쇼핑 적립금과 원 플러스 원 이벤트 알람을 기다린 끝에 원하던 상품을 최저가에 구매한 기쁨을 노래했던 에세이로 대신했다. 취직이 쉬운 일이 아니기에, 입사 통지를 받을 리가 없다고 생각했기에 언젠가 그랬던 것처럼 그냥 던

저보는 기분으로 가볍게 작성했다.

도서관 가는 길에 장 선배에게서 전화가 왔다. 희동이네 치킨이 먹고 싶단다. 감정평가사가 된 희동이 바빠서 좀체 만나기가 힘드니 너라도 나랑 놀아달라는 거였다.

"글쎄, 나 바쁜데."

"네가 바쁠 일이 뭐 있어?"

있다. 도서관에서 도서 배가 자원봉사를 하는 날이니까. 도서 배가는 새로 구매하거나 반환된 자료 및 도서를 일정한 분류 방식에 따라 서가에 늘어놓는 것인데, 운몽은 동네 도서관에서 소정의 비용을 받고 4시간 동안 일을 하기로 했던 것이다.

"내가 너네 집으로 갈까?"

"그럴래, 형?"

장 선배에게 초록 대문집의 주소를 문자로 보내주고 운몽은 도서관으로 가는 마을버스에 올랐다. 장 선배가 오면 구재영이 문을 열어주겠지. 만난 적은 없어도 서로 아니까 데면데면 굴면서 인사를 나누겠지. 구재영은 옥상으로 올라가버리겠지. 어쩌면 나를 기다리다 심심해진 장 선배가 옥상으로 올라갈 수도 있겠지. 거기서 구재영이 습관화된 미소를 저도 모르게 지어 보인다면……? 여기까지 상상의 나래를 펼친 운몽은 마을버스 안에서 혼자 배시시 웃었다.

귀가한 운몽이 초록 대문집 현관의 도어락에 지문을 찍으려는 순간, 안에서 합창이 들려왔다.

"우리는! 뚜―루루―뚜루! 바다의! 뚜―루루―뚜루! 사냥꾼! 뚜―루루―뚜루!"

뭐지? 운몽이 문을 열었다.

낮술에 불콰하게 취한 구재영과 장 선배와, 실로 간만에 썩쎄스를 내고 일찍 퇴근해서 한 턱 쏘겠다고 한껏 기분을 낸 강서와, 아쿠아리움 견학을 다녀와서 바다 생물들의 매력에서 헤어나오지 못하고 있는 연우가 한데 어우러져 신나게 놀고 있었다.

"하아……."

운몽의 입에서 짧은 탄식이 흘러나왔다.

멀리서 봤을 때 그것은 분명 한 편의 아름다운 아기 상어 뮤지컬이었다. 그러나 가까이서 보니 음정 박자 제멋대로인 괴이한 합창이랄까. 게다가 발 디딜 틈 없이 완벽하게 어질러진 거실 풍경이라니.

"도망쳐! 뚜―루루―뚜루! 도망쳐! 뚜―루루―뚜루!"

그들은 경악할 하모니를 뿜어냈고, 운몽은 진심으로 도망치고 싶어졌다.

저도 모르게 뒤로 한 걸음 물러서는데 연우가 손을 흔들었다. 운몽은 예의 방싯 웃어주면서 '뚜―루루―뚜루'를 외치며 바닷속을 헤엄치는 듯 유려한 자유형과 평영 수동작을 서부이며 뮤지컬에 합류했다. 강서는 깊고 그윽한 눈빛으로 운몽을 바라봤고 운몽은 날마다 오늘만 같았으면 좋겠다고 생각했다. 그 밤, 행복한 아기 상어 가족의 노랫소리로 초록 대문집이 들썩들썩했다.

달은 밝고 명랑했다.